# Raising Hare

## Chloe Dalton

BARAMBOOKS

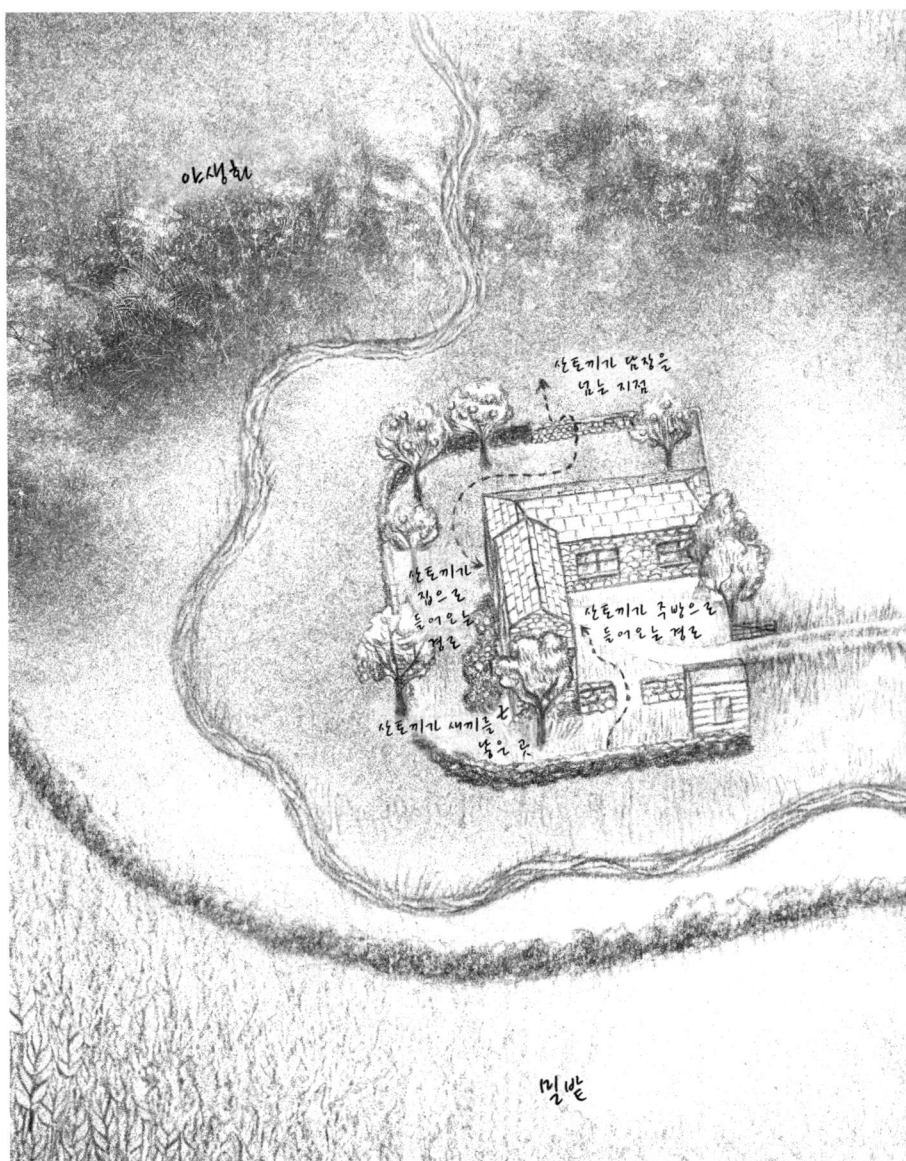

야생화

산토끼가 담장을
넘는 지점

산토끼가
집으로
들어오는
경로

산토끼가 죽밭으로
들어오는 경로

산토끼가 새끼를
낳은 곳

밀밭

숲

들길

개울

도롱뇽
서식지

연못

# 산토끼 키우기

### 클로이 달튼 지음
### 이진 옮김

BARAMBOOKS

나의 가족과 친구들에게

인간을 비롯한 여느 동물들이 그런 것처럼 산토끼 중에도
좀 더 빠르고 강한 녀석이 있다.

—노리치의 에드워드, 『사냥의 대가』


그림자와 태양,
우리네 삶 또한 그것으로 이루어졌으나
생각해 보라, 태양이 얼마나 거대하며
어둠은 얼마나 미미한지.

—해시계에 적힌 글귀

차례

---

프롤로그                                          13

1부

겨울날의 새끼 산토끼                              19

유대                                            33

생후 한 달, 어린 산토끼                            49

이름 없는 산토끼                                  61

5월의 나날들 : 마녀 산토끼                         73

독립                                            85

생후 4개월의 행동 반경                            99

8월의 가벼운 발걸음                               115

2부

어리지 않은 산토끼                    131

궁극의 신뢰                          147

두 살배기 산토끼의 경이로움          159

산토끼라는 동물                      171

맑은 하늘에 날벼락                    185

피로 물든 수확                        195

비밀 통로                            209


저자 후기                            227

역자 후기                            241

## 일러두기

1. 이 책은 Chloe Dalton의 Raising Hare : The heart-warming true story of an unlikely friendship(Canongate, 2024)를 한국어로 옮긴 것이다.

2. 원서의 이탤릭체는 이탤릭체로 옮겼다. 다만 책이나 글 제목인 경우 겹낫표(『』)와 홑낫표(「」)를 사용하였다.

3. 이 책에서 산토끼hare는 한국에서 흔히 말하는 토끼rabbit와 구분된다. 한국에 있는 멧토끼*Lepus Coreanus*는 굴을 파지 않고 사는 산토끼에 속하지만 외형적으로 집토끼와 비슷해서 서구의 산토끼와는 다르게 생겼다. 새끼 산토끼를 의미하는 단어 leveret도 한국어 단어가 따로 존재하지 않아 '새끼 산토끼' '어린 산토끼' 등으로 옮겼다.

## 프롤로그

1월은 북극 같았다. 기온이 수시로 영하 5도까지 떨어졌다. 새해부터 눈이 내리기 시작했고 잠시 눈이 녹은 틈을 타 설강화가 젖은 땅을 뚫고 올라온 2월 중순까지 거의 그칠 줄을 몰랐다. 며칠 뒤 내린 눈이 설강화를 한 번 더 덮었다. 바람에 날린 눈송이가 나무에 서리처럼 내려앉았고 생울타리에는 실뜨기 놀이처럼 얼음 거미줄이 드리워졌다. 정원 담장에서 알을 품은 외로운 황조롱이는 어스름한 햇살 속에서 환영과도 같았다. 호리호리한 여우들이 골짜기와 덤불숲을 몰래 살피며 지형을 순찰했다. 굶주림이 녀석들을 더욱 대범하게 만들었다. 통통한 산비둘기가 남긴 흔적이라고는 피가 엉겨 붙은 깃털 한 줌뿐이었다. 마치 누군가가 깃털 한 주머니를 땅에 쏟아놓은 것처럼. 당황한 꿩들이 들판을 가로질렀다. 눈이 얼어붙어 묵직해진 꼬리 깃털 때문에 언 땅을 느리게 행군했다. *이쪽이야, 이쪽,* 완벽한 화살표 모양의 발자국이 멀리까지 이어지다가 이내 사라졌다.

얼어붙은 몇 주 동안, 산토끼 한 마리가 들판에서 뛰어다녔다. 배 속에서 새 생명이 자라고 있어 움직임이 굼떴다. 겨울의 태양이 지평선에 낮게 걸려 있을 때, 녀석은 닥치는 대로 몸을 숨겨가며 매서운 바람과 포식자들의 탐욕스러운 시선을 피했다. 밤이 되면 옥수수 그루터기 속에서 새싹을 앞발로 파내거나 생울타리 속에서 나무껍질을 갉아 먹었다. 산토끼의 임신 기간인 42일 동안, 추위를 견디며 태어나지 않은 새끼를 지켜내기엔 먹이가 부족했다.

2월의 어느 날 밤, 산토끼가 들판 가장자리의 키 큰 풀숲에 보금자리를 틀었다. 그리고 달빛 속에서, 이마에 있는 별 모양의 흰 점을 제외하면 밤처럼 어두운 빛깔의 새끼 산토끼를 낳았다. 어미 산토끼는 새끼를 깨끗하게 핥고 젖을 먹인 다음, 새끼가 다리의 용도를 깨달을 때까지 품고 있다가, 초조하게 코끝으로 새끼를 밀어 다른 장소로 옮겼다. 새 은신처는 휴면기에 접어든 풀숲이 새끼 산토끼를 천막처럼 아늑하게 감싼 곳이었다.

욕심껏 새끼를 숨긴 어미 산토끼는 지평선에서 밝아오는 새벽의 빛보다 빠르게 발끝으로 발자국을 지워가며 왔던 길을 되짚었다. 단 하나의 풀잎도 건드리지 않겠다는 듯 우아하고도 탄력 있게 움직였다. 발자국을 다 지우고 나서 산토끼는 강한 뒷다리를 이용하여 펄쩍 뛰어서, 자신과 새끼 사이에 발자국 없는 깨끗한 땅을 만들었다. 새끼를 숨길 굴이 없으니 어미가 할 수 있는 일은 새끼를 떠나는 것뿐이었다. 어미는 밤이 될 때까지 포식자들을 따돌리다가 어둠을 틈타 돌아올 것이다.

그 뒤로 이어진 시간에 겨울이 한풀 꺾이며 그 기세를 누그러뜨렸다. 질척해진 땅에서 녹은 눈이 보글거렸다. 인간들이 기뻐하며 집 밖으로 나왔다. 이마에 흰 별이 있는 조그만 새끼 산토끼는 땅에 바짝 엎드린 채, 바람을 타고 멀리서 들려오는 소리에 귀를 기울였다. 소리가 점점 더 가까워졌다. 또 다른 소리와 함께. 앞발로 땅을 때리는 소리, 헐떡이는 소리, 퀴퀴한 냄새. 개 한 마리가 다가오고 있었다. 새끼 산토끼가 숨어 있는 곳으로, 들판을 가로지르며 달려오고 있었다. 신이 나서 무섭게 짖어대는 소리가 허공에 울려 퍼졌다.

1 18/7

## 겨울밤의 새끼 산토끼

시베리아인들은 태어난 시간으로 산토끼의 이름을 짓는다.
눈 쌓인 3월에 태어나면 나스토빅Nastovik, 여름에 태어나면
레트닉Letnik, 낙엽 지는 가을에 태어나면 리스토파드닉
Listopadnik.

—A.A. 체르카소프, 『동시베리아 사냥꾼의 기록』, 1865

긴 산책을 하려고 뒷문에 서 있는데 개 짖는 소리가 들리더니, 이내
남자의 고함 소리가 이어졌다. 웬 소란인가 싶어 얼른 장화를 신고 자

갈밭을 가로질러 나무문으로 향했다. 이 근방에 개가 올 일이 없는데.
우리 집은 널찍한 경작지 한복판에 외로이 서 있었다. 개울과 생울타
리가 넷으로 분할한 땅에, 군데군데 작은 숲이 한 자락씩 자리잡고 있
는 경작지였다. 나는 밀렵꾼들이 자물쇠를 자르고 담장문을 강제로 열
고는 농부들의 밭과 숲으로 차를 몰고 들이닥쳐서 사슴과 토끼를 사
냥하거나 개를 풀어 산토끼를 쫓게 했다는 이야기를 들으며 자랐다.
물론 그보다 온순한 이야기들도 있었다. 개들이 산토끼를 쫓으려고,
혹은 탁 트인 공간에 이끌려서, 산책하던 주인으로부터 도망쳐 양들
을 흩어놓거나 둥지에 있던 새들을 놀라게 했다는 얘기였다.

작년에는 사냥하다 흥분한 개 한 마리가 헐떡이며 담장을 넘어 우
리 정원으로 들어왔는데, 장난치듯 꼬리를 흔들며 허공을 향해 돌진
했다가 별다른 소득이 없자 펄쩍 뛰어올라 돌아서더니 멀리 달아났다.
그러나 그런 일은 지극히 드물었기 때문에, 나는 대체 무슨 소란인지
의아했다.

나는 담장 문에 기대어 서서 지평선까지 완만한 경사로 높아졌다
가 시야에서 사라지는 들판을 보았다. 하늘은 푸르스름한 잿빛이었다.
나의 시선이 생울타리를 훑다가, 그 너머 발가벗은 그루터기와 천천
히 녹아내리는 눈덩이가 드문드문 남아 있는 넓은 들판을 지나, 가장
가까운 숲의 어두운 윤곽으로 향했다. 짖으며 돌아다니던 개는 더 이
상 보이지 않았다. 얼음처럼 차가운 바람이 뺨을 베었다. 나의 흰 숨
이 안개처럼 퍼졌다가 순식간에 사라졌다. 나는 주머니에서 장갑을 꺼
낸 다음 코트를 단단히 여미고 걷기 시작했다.

내가 택한 길은 옥수수밭 가장자리를 따라 난 짤막한 흙길이었는

데, 블랙베리와 스노우베리가 무성하게 자란 키 큰 생울타리가 양쪽으로 늘어선 좁은 시골길로 이어져 있었다. 시골길은 단단하게 다져진 두 갈래 길이라 차가 다닐 수 있었지만 곳곳에 패인 자리와 물웅덩이가 있었다. 깊은 생각에 잠긴 채로 언덕을 넘고 시골길로 이어진 완만한 내리막길을 걷다가, 시골길 한복판의 조각 잔디 위에서 날 쳐다보는 작은 생명체를 발견한 순간, 흠칫 놀랐다. 나는 걸음을 멈추었다. *새끼 산토끼Levret.* 새끼 산토끼를 한 번도 본 적이 없는데도, 그 단어가 떠올랐다.

내 손바닥보다도 크지 않은 새끼 산토끼가 눈을 뜬 채로, 짧고 보드라운 귀를 등에 바짝 붙이고 엎드려 있었다. 짙은 갈색 털은 두껍고 거칠었으며, 척추를 따라 섬세하게 곱슬거렸다. 삐죽하게 자란 엷은 색 긴 보호털과 수염이 여린 햇살 속에서 반짝이며 엉덩이와 주둥이 주변에 후광을 만들었다. 벌거벗은 대지와 마른 풀 사이에 앉아 있어서 어디까지가 털이고 어디부터가 땅인지 분간하기 어려웠다. 겨울의 죽은 풍경에 너무도 완벽하게 녹아든 나머지, 빠르게 오르락내리락하는 옆구리의 움직임이 아니었다면 돌덩이로 착각했을 것이다. 가장자리에 뼈 빛깔의 털이 난 두 발은 마치 그렇게 해야 안심이 된다는 듯 단단히 포개어 모았다. 굵고 고르지 않은 크림색 털이 칠흑 같은 두 눈의 가장자리를 둘렀고, 이마 위쪽에는 마치 물감이 살짝 흘러내린 듯 선명한 흰 점이 있었다. 나를 보고도 녀석은 꼼짝도 하지 않고 앞쪽 땅만 쳐다보았다. *새끼 산토끼.*

나무 밑이나 강둑에 입을 벌리고 있는 토끼 굴이나 그 속에서 휙 지나가는 흰 솜뭉치 같은 토끼의 꼬리는 어린 시절 내게 익숙한 풍경

21

이었다. 하지만 산토끼는 희귀하고 은밀했고, 스쳐 지나가는 모습을 멀리서만 볼 수 있었다. 새끼 산토끼가 길 한복판에 나와 있는 것은, 혹은 산토끼를 보는 것 자체가, 무척 놀라운 일이었다. 아까 짖던 개에게 쫓겼거나 개가 물었다가 놓치는 바람에 길을 잃고 무방비 상태로 인간에게 노출되었을 확률이 높았다.

나의 선택지들을 생각해 보았다. 녀석을 그 상태로 내버려둘 수도 있었다. 그리고 포식자에게 발견되거나 지나가는 차 바퀴에 깔려 죽기 전에, 녀석이 숨을 곳을 찾고 어미에게 발견되기를 바랄 수도 있었다. 혹은 녀석을 키 큰 풀숲으로 옮겨놓을 수도 있었다. 그러나 원래 있던 장소에서 옮겨지면 어미가 못 찾거나 버릴 위험이 있었다.

어렸을 때 나는 새끼 양이 태어나는 계절을 무척 좋아해서 근처 농장에서 시간을 보내곤 했다. 어미 양이 수많은 새끼 양 틈에서 자신의 새끼를 정확히 찾아내는 것을 보았다. 어미 양은 다른 새끼 양이 다가오거나 젖을 먹으려 하면 단호하게 밀어냈다. 고아 양에게 젖을 물리도록 농부가 어미 양을 구슬리기도 했다. 농부는 죽은 새끼 양의 가죽을 벗겨 고아 양을 감쌌다. 어미는 죽은 새끼와 똑같은 냄새가 나야만 새끼 양을 보살폈다. 새끼 산토끼에게 낯선 냄새를 묻히는 것은, 그게 불과 몇 미터 거리를 옮기는 것이라고 해도, 친절로 녀석을 죽이는 것일 수 있었다.

여우들은 물론이고 낮게 날다가 바위처럼 먹잇감을 덮치는 매들이 우글거리는 위험한 야생에서 내 발치에 있는 이 연약한 짐승이 홀로 살아남는 것은 거의 불가능했다. 새끼 산토끼에겐 하늘과 땅의 온갖 암살자들로부터 자신을 보호할 장치가 전혀 없었다. 그러나 나는 인간의 개입이 득보다 실이 될 수 있음을 알았고, 그래서 자연의 섭리에 맡기는 것이 최선이라고 판단했다. 산토끼를 발견한 그 자리에 두기로 했고, 내가 자리를 뜨는 순간, 녀석이 곧바로 긴 풀숲으로 달려가 어미와 만날 수 있기를 바랐다. 나는 장소를 기억하기 위해 담장의 기둥을 센 다음 가던 길을 갔다.

그로부터 네 시간 뒤 다시 그 자리로 돌아왔을 때 나는 새끼 산토끼를 거의 잊고 있었다. 그런데 녀석이 내가 두고 떠났던 바로 그 자리에 그대로 있었다. 무방비 상태로 축 늘어진 채로. 하늘에서 말똥가리들이 길 잃은 영혼들처럼 구슬프게 울며 맴돌았다. 해가 지려면 아직 몇 시간은 더 있어야 했고 나는 망설였다. 어미 산토끼가 와서 새끼를 데려가지 않은 게 이상했다. 분명히 올 줄 알았는데. 새끼 산토끼가 개에게 물려 다쳤거나, 어미가 죽었을 가능성에 대해 생각해 보았다. 어느 쪽이든 이 길에서 벗어나지 않으면, 그 상태로 오래 머물수록, 차에 치이거나 포식자에게 공격당하거나 잡아먹힐 위험이 커졌다.

본능에 따라 움직이면서도 어떻게 하는 게 옳은지 확신이 없었다. 일단은 해가 질 때까지만 집에 데리고 있다가, 밤이 되면 있던 자리로 다시 데려다놓을 생각이었다. 내 손이 직접 닿지 않도록 길가의 마른 풀을 한 움큼씩 뜯어 모은 다음 바닥에 웅크리고 앉았다. 갑자기 달아날 수도 있다고 생각했지만, 녀석은 꿈쩍도 하지 않았다. 나는 풀로 감싼 새끼 산토끼의 몸뚱이를 양쪽에서 잡아 가슴 높이까지 들고는 우리 집 뒷문까지 몇 백 미터를 걸었다.

집에 도착하자마자 산토끼를 조심조심 주방 조리대에 내려놓고 다친 데가 없는지 살폈다. 내 손이 털에 직접 닿지 않도록 새로 꺼낸 노란색 먼지 닦는 헝겊으로 느슨하게 감쌌다. 다행히 출혈의 흔적이나 상처는 없었다. 산토끼가 떨리는 앞발로 바닥을 짚고 몸을 일으켰다. 조그만 앞발은 내 새끼손가락의 절반밖에 되지 않았고 연필처럼 가늘었다. 산토끼는 뒷다리로 어정쩡하게 앉아 눈을 깜빡이면서, 낯선 환경을 탐색하듯 코를 벌름거렸다. 인간의 쓸모를 위해 만든 온갖 물건들에 주눅이 든 새끼 산토끼는 집 안에서 보니 길에서 보았을 때보다 훨씬 왜소했다. 그러나 두려워하는 기색이 없었고 달아날 생각도 하지 않았다. 동그랗고 조그만 두상 아래쪽 입은 검댕으로 짧게 줄을 그은 듯했고 자신에게 주어진 삶에 이미 조금 실망한 듯 입꼬리가 처졌다. 새카만 두 눈은 갓 태어난 생명체 특유의 희미한 우윳빛과 자줏빛 광채를 머금었다. 수염은 짧고 빳빳했고, 뒷다리는 날카로운 각도로 구부러져 있었으며, 뒷발은 몸통 길이의 절반은 될 정도로 길쭉했다.

나는 한때 수렵관리인이었던 지역 자연보호활동가에게 전화해서 상황을 설명하고 조언을 구했다. 그는 산토끼를 다시 들판으로 돌려보내겠다는 나의 생각이 말도 안 된다고 일축했다. 설령 내가 어미를 찾는다고 해도 어미가 새끼를 거부할 거라고. 내가 아무리 조심했어도 새끼에겐 이제 인간의 냄새가 배었을 거라고 했다. 더구나 그는 수십 년 동안 이 일을 해오면서, 새끼 산토끼 기르기에 성공한 사람을 한 명도 못 봤다고 했다. "아마 굶어 죽거나 충격으로 죽을 거예요. 그 사실을 받아들이세요." 그가 친절하지만 직설적으로 말했다. "오소리나 여우를 기른 사람은 봤어도, 산토끼는 집에서 못 길러요."

당혹스러웠고 걱정스러웠다. 나는 산토끼를 기를 생각이 전혀 없었고 단지 쉴 곳을 제공하고 싶었을 뿐이었다. 단단히 잘못 생각했다.

나는 어린 짐승을 야생으로부터 데려왔다. 부질없는 짓이었다. 어떻게 돌볼지 생각조차 안 해보고 무작정 데려왔고 그 바람에 산토끼는 죽을 것이다. 가슴이 무너졌다.

나는 부모님과 세 남매와 함께 외국에서 자랐다. 부모님이 외국에서 일을 하셨다. 방학이 되면 영국으로 돌아와 친지들을 방문했고, 어린 시절 우리는 시골집에서 여름을 보냈다. 어머니는 동물들과 특별한 방식으로 교감하는 사람이었다. 고슴도치와 어린 갈까마귀들, 심지어 까마귀 입안에서 간신히 구출한 초록색 핀치새까지, 어머니가 정성껏 보살펴 건강을 회복한 수많은 동물들이 나의 기억 속에 있었다. 나는 그 시절을 사랑했지만, 학업을 마치고 대학을 졸업한 뒤 런던으로, 그 너머의 세계로 나가야 했다.

그 뒤로 이어진 세월이 전원으로부터 점점 더 멀리 나를 데려갔다. 심장을 고동치게 하는 나의 삶은 도시에 있었고, 나는 정치외교 분야에 이끌려 정치 고문으로 일하게 되었다. 나는 정치인을 위해 아이디어를 내고 전략을 짰고, 그들의 생각을 글로 풀어냈으며, 위기가 닥치면 '상황실'에서 그들 곁을 지키며 나와 똑같이 헌신적인 팀원들과 함께 일했다. 『어린 왕자』의 저자 앙투안 드 생텍쥐페리는 '진정한 동지애는 하나의 밧줄로 몸을 묶은 채 같은 정상을 오를 때에만 느낄 수 있는 것'이라고 했는데, 한마음으로 움직이는 나와 나의 동료들을 표현한 말 같았다. 우리는 쿠데타나 혁명이 일어나 모두가 도망치더라도, 우리만은 총탄이 빗발치는 지도자의 벙커에서 끝까지 버티자고 농담을 하곤 했다.

당시 내가 일종의 중독 상태였다면 아마도 사건이 터지고 위기 상황이 발생할 때마다 분출되는 아드레날린과, 몇 시간 전에 갑작스럽게 통보 받고 떠나야 하는 출장 중독이었을 것이다. 나는 언제든 짐을 싸서 떠날 수 있는 삶의 유연성을 유지하는 데 걸림돌이 될 수 있는 고정적인 일정을 잡지 않았다. 휴가나 가족 행사를 놓치고 있었지만 이 일을 하지 않았다면 결코 가볼 수 없었을 세계 여러 나라에서 한 번뿐인 새로운 경험을 쌓으며 얻는 것도 있다고 믿었다. 나는 바마코, 바그다드, 카불, 알제, 다마스쿠스, 울란바토르, 탈린, 사라예보, 시엠레아프 같은 곳을 다녔다. 주말이나 공휴일에 일하는 건 지극히 당연했다. 이런 상황에서 반려동물을 기른다는 건 잔인한 일이었고 나는 동물을 키울 자세가 되어 있지 않았다. 나는 인류의 국제적 위기를 해결하는 일을 했고 동물 생각은 거의 하지 않았다. 사무실과 회의실과 공항에서 시간을 보냈다. 더구나 동물 돌보는 일에 재능이 있는 사람도 아니었다. 내가 마지막으로 돌본 동물은 여덟 살 때 키운 흰 쥐 '나폴레옹'이었는데, 어느 날 내가 학교에 간 사이, 우리 집 고양이가 나폴레옹의 우리를 쓰러뜨려 문을 여는 바람에, 예상할 수 있는 결말로 끔찍하게 끝나버렸다.

팬데믹의 광풍이 나를 시골집에 가두었을 때, 나의 내면에서는 안도감과 내가 운 좋은 사람이라는 생각이 미래에 대한 깊은 불안, 초조와 싸우고 있었다. 갑작스러운 삶의 속도 변화가 버거웠다. 우리의 사무실이 폐쇄되자 친구이자 동료가 나와 함께 내려왔다. 친구와 나는 업무 리듬을 엄격하게 유지하면서 끊임없이 도시로 돌아갈 계획을 세웠다. 새끼 산토끼는 우리가 논의했거나 내가 구상했던 그 어떤 시나리오에도 들어 있지 않았다.

며칠 전 홀로 산책하다가 나는 개울보다 아주 조금 큰 냇물 가장자리에 있는 바위에 앉았다. 장화가 진흙탕에서 질척거렸고 머리 위 생기 없는 나무들도 내가 하는 생각들보다 더 우울하진 않았다. 나의 삶이 서서히 느려지다가 이제는 시냇물처럼 가늘게 졸졸 흐르고 있다는 생각이 들어서 비참했다. 그런데 이제 그것도 모자라서, 눈앞에 있는 야생동물을 먹이고 어떻게든 살려내야 하다니, 기가 막힌 노릇이었다.

내 속도 모른 채 새끼 산토끼는 잠자코 기다렸다. 옆에서 상황을 지켜보던 친구가 내 마음속 질문을 대신 해주었다. "기분 나쁘게 듣진 마. 난 이게 과연 좋은 생각인지 잘 모르겠어." 친구가 조심스럽게 말을 꺼냈다. "런던으로 돌아가게 되면 그땐 얘를 어쩔 건데? 차라리 동물에 대해 잘 아는 다른 사람한테 맡기는 게 낫지 않을까?" 나도 같은 생각을 하고 있었지만, 친구의 말을 듣는 순간 오기가 생겼다. *어떻게든 내가 키울 거야.*

나는 작은 농장을 갖고 있는 언니에게 전화를 걸어 상황을 설명했다. 야생에서 태어난 지 하루 정도 된 새끼 산토끼에게 대체 무얼 먹여야 하냐고 물었다. 언니는 산토끼에 대해 아는 게 없다면서도, 아마도 젖을 떼기 전 고양이가 먹는, 락토스 없는 우유 대용품이 필요할 거라고 했다. 다음 날 아침에 사다주겠다면서, 일단은 어미 없는 양을 키울 때 쓰는 분유를 가져다주겠다고 했다. 언니가 차를 몰고 와서 분유가 담긴 양동이를 건넸다. 양동이는 낡고 흙이 묻었고 뚜껑이 달려 있었다. 소독액도 한 통 받았다.

나는 있지도 않은 자신감을 억지로 끌어모아, 양동이 뚜껑을 열고 안에 소복하게 쌓인 노란색 고운 분말을 보았다. 양떼를 먹이고도 남을 양이었다. 가장 먼저 할 일은 가장 작은 새끼 양하고 비교해도 신체 일부 크기에 불과한 이 작은 생명체에게 적합한 분유와 물의 양을 계산하는 것이었다. 그러려면 산토끼의 체중을 재야 했다. 나는 조심스럽게 산토끼를 들어 주방 저울의 계량 용기에 올려놓았다. 천으로 감싼 산토끼의 무게는 겨우 백 그램으로, 사과 한 개보다도 가벼웠다.

나는 분유를 물에 타서 조그만 화장품 용기에 부었다. 스포이트 마개가 달린 유리병은 분해해서 미리 여러 번 씻고 소독해 두었다. 분유를 먹이기에 적절한 용기가 아니라는 걸 알았고 혹시라도 화장품 잔여물이 남아 있지 않은지 꼼꼼히 살폈다. 나는 분유 병을 끓인 물이 담긴 머그잔에 잠시 넣어두었다가, 손목에 분유를 몇 방울 떨어뜨려 온도를 확인한 다음 헝겊으로 감싼 새끼 산토끼를 조심스럽게 품에 안았다. 따뜻하고 보드라웠고 거의 무게가 느껴지지 않았다. 손바닥을 오므리니 그 속에 쏙 들어갔다. 헝겊 위로 산토끼의 조그만 발 윤곽이 느껴졌다.

나는 새끼 산토끼의 머리를 살짝 들어 조그만 입을 찾은 다음, 스포이트를 입에 대고 액체를 몇 방울 흘렸다. 산토끼가 액체를 삼키고 눈을 깜빡였다. 그러나 액체의 대부분은 턱밑으로 흘러 헝겊으로 스며들었다. 한 입이라도 삼켰을까? 알 수 없었다. 나는 그 과정을 반복했고 어느 순간 새끼 산토끼는 눈을 감고 내 손바닥에서 조는 것 같았다.

나는 새끼 산토끼를 안고 조심스럽게 복도를 지나 내가 사무실로 쓰고 있는 방으로 갔다. 나는 녀석을 카펫 위에 내려놓고 책상에 앉아 산토끼에 관한 정보를 검색했다. 토끼에 관한 조언이라면 인터넷에 넘쳤지만, 산토끼에 관해서는 산토끼 종種의 개요 정도가 전부였다. 혼자 두었더니 산토끼가 비틀거리며 돌아다녔다. 수평으로 누워 있다가 몸을 일으키려 할 때마다 뒷다리가 뒤로 쭉 펴지면서 바닥에 엎어졌다. 녀석은 방 한구석에서 비틀거리다가 요란하게 옆으로 쓰러졌고 때로는 코를 박고 넘어지기도 했다.

경고를 들었던 대로 산토끼가 벌써 병든 건 아닌지 두려워진 나는 당황한 나머지 언니에게 전화를 했고 새끼 산토끼를 맡아 기르는 게 어떻겠냐고 물었다. 내가 키울 능력이 있는지 자신이 없었고 나 때문에 죽을 수도 있다고 생각하니 불안했다. 나와는 달리 언니는 삶의 대부분을 전원에서 살았다. 집중 치료실 간호사라서 언니는 훈련을 통해 강해진 면도 있지만 워낙 천성이 강한 사람이었다. 상대가 동물이건 사람이건, 언니는 동요하지 않았다. 오토바이 사고 생존자의 목숨을 구하는 일이나 난산으로 힘겨워하는 양을 돕는 일을 똑같은 침착함으로 할 수 있는 사람이었고, 우리 가족이 의료적 응급상황에 처하면 가장 먼저 찾는 사람이었다. 반면 나는 피를 보면 기겁을 하고 질병을 비롯한 삶의 거친 순간들을 맞닥뜨릴 때마다 동요한다. 그런 고통과는 되도록 거리를 두는 것을 선호하며 그럴 수 있기를 바란다.

"나는 이 일에 적임자가 아니야." 내가 언니에게 말했다. "뭘 어떻게 해야 할지 모르겠어. 실수로 얘를 죽일 것 같아." 언니는 자기 집에서 이미 키우고 있는 동물들의 목록을 읊었다. 고양이 두 마리, 양치기 개 두 마리, 강아지 한 마리, 갓 태어난 기니피그 몇 마리, 고아 양 몇 마리, 그리고 새끼 공작새 한 쌍. 그들이 만들어내는 불협화음이 언니의 대답을 대신했다. 자기 집은 새끼 산토끼에게 전혀 적합하지 않다고, 언니가 말했다. 나는 잠자코 있었다. "너 잘할 거야." 언니가 전화를 끊었다.

황혼 무렵 온 집 안을 뒤져 새끼 산토끼의 임시 보금자리로 적당한 크기의 신발 상자를 하나 찾았다. 나는 도로 밖으로 나가서 들 가장자리에서 풀을 뜯어 모았다. 풀이 있으면 가장 익숙한 잠자리가 될 것 같았다. 지금까지는 거의 알아차리지 못했지만, 어느새 풀이 허리 높이까지 자라 있었다. 이미 한참 전에 여름날의 태양에 말라버린 식물의 줄기가 깃털 같은 씨앗의 무게로 고개를 숙이고는, 마치 하강하다 얼어붙은 파도처럼 바람 방향으로 기울어 있었다. 나는 풀을 한 아름 뜯어 불가에서 말린 다음, 신발 상자의 바닥과 옆면을 덮었다. 그리고 상자 안에 새끼 산토끼를 조심스럽게 내려놓았다. 나는 상자 뚜껑을 덮지 않고 대신 기다란 풀 한 다발을 상자 위에 살짝 얹고는, 상자를 햇빛에 달구어진 집 뒤쪽 석조 타일 위에 두었다. 나는 몸을 숙이고 새끼 산토끼가 배가 고프거나, 목이 마르거나, 춥거나, 두려워하는 기색이 없는지 살폈다. 새끼 산토끼는 앞발을 앞으로 뻗고 귀를 척추 양옆에 바짝 붙인 채 미동도 없이 가만히 있었다. 녀석의 검은 눈동자로는 아무것도 짐작할 수 없었다. 나는 어떻게든 녀석이 살아주기를 간절히 바라면서 불을 끄고 잠자리에 들었다.

계단을 올라가면서 어린 시절 우리 가족이 키웠던 수탉 찰리를 떠올렸다. 찰리는 사납고 고집 세고 사교적인 녀석이었다. 찰리가 병들었을 때 부모님은 나와 형제자매들이 그의 마지막을 보지 못하게 막았다. 그러나 나는 아무도 보지 않을 때 살금살금 찰리에게 다가갔다. 왠지 내가 찰리를 도울 수 있을 것만 같았다. 찰리의 모습은 충격적이었다. 비늘 덮인 가느다란 다리가 힘없이 떨렸고, 눈은 흐릿했으며, 마지막 숨을 몰아쉬느라 부리가 애처롭게 열렸다 닫혔다. 내가 사랑했던 거만하고 괴팍한 수탉은 그렇게 사라졌고 그것은 어린 내가 이해할 수 없는 미스터리였다.

다음 날 아침 생명 없이 축 늘어진 새끼 산토끼를 보게 될까 봐 두려웠다. 그리고 다시 한번 녀석을 집으로 데려온 나의 결정을 후회했다. 녀석의 어미가 들판 어딘가에서 젖이 불은 채 헤매고 다니는 건 아닐까. 나는 착잡한 마음으로 잠이 들었다.

## 위대

그들 모두가 야생이다. 거칠고 젖은 계곡의 산토끼, 클로버 언덕의
산토끼, 추운 산속의 토끼들 모두가. 그들은 왕발 도요새의 울음소
리처럼 야생이고, 왜가리의 슬프고 쓸쓸한 날갯짓처럼 야생이다.

—이안 닐, 『밀렵꾼을 위한 안내서』, 1950

이른 아침 햇살 속에서 배 속을 조여오는 불안감을 느끼며 서둘러 내
려가보니, 새끼 산토끼가 마른 풀로 자기 몸이 겨우 들어갈 둥지를 틀
어놓고 있었다. 녀석은 마치 이제 세상을 맞이할 준비가 되었다는 듯,

조그만 귀를 하늘로 바짝 세우고 둥지 옆에 앉아 있었다.

언니는 약속했던 대로 그날 아침 새끼 고양이용 분유 한 상자를 들고 왔다. 같이 들어 있던 오십 밀리짜리 젖병 포장지에는, '새끼 고양이, 강아지, 토끼, 고슴도치용'이라고 적혀 있었다. 산토끼가 없다는 사실을 나는 놓치지 않았다.

나는 손을 씻고 젖병을 소독한 뒤 두 번째로 새끼 산토끼를 먹일 채비를 했다. 나에게서 친근한 냄새가 나도록 전날 입었던 검은색 티셔츠를 도로 입었고 어제 사용했던 헝겊으로 산토끼를 살며시 감쌌다. 녀석이 작은 숟가락으로 한 스푼 정도의 분유를 삼키자 내 심장이 두근거렸다. 예상과는 달리 녀석은 살아 있었고 또 먹고 있었다. 나는 무릎 위 따스한 생명체의 존재감에 매혹된 채, 가만히 앉아 있었다. 아침은 나의 배에 기댄 새끼 산토끼처럼 정지된 듯 고요했다.

나의 집은 야트막한 석조 건물로, 세 개의 밭이 만나 자연스럽게 움푹 패인 지점에 자리 잡고 있다. 집 바로 뒤편 숲을 제외하면 집을 둘러싸고 있는 땅은 각기 다른 농가에서 경작하는 밀과 옥수수가 빼곡하게 자란 밭이다. 저만치 생울타리 사이에 서 있는 외로운 참나무 몇 그루와 숲을 제외하면, 그늘을 제공할 나무가 거의 없다. 주변이 탁 트여 있지만 땅은 평평하지 않다. 완만한 경사와 감춰진 골짜기, 가파른 둑, 숨겨진 도랑, 젖은 잔디로 대지가 굽이친다. 하늘은 낮고 바람은 거세다. 지하로 흐르던 물줄기가 지면으로 솟아올라 좁은 냇물을 이루며 졸졸거리고, 물푸레나무와 버드나무, 자작나무가 낮게 자란 땅 사이로 구불구불 흐른다. 겨울에는 성급하게, 여름에는 느긋하게.

하늘 높이 날아다니는 새들에게는, 어두운 숲과 조용한 들판과 좁은 길들로 이루어진 조각보와도 같은 풍경 속에서, 이 집이 거의 눈에 띄지 않을 것이다. 집은 인근에서 채석되거나 들판에서 주워온 거친 회색 돌로 지었고 18세기 지도에도 표시되어 있어서 어쩌면 그보다 더 오래된 것일 수도 있었다. 건물을 지은 방식이나 용도에는 전혀 웅장함이 없었다. 애초에 양들을 분류하고 점검하거나, 겨울 사료로 쓸 건초를 저장하거나, 병든 새끼 양을 보호하기 위해 만들어진 헛간이 었다. 그러한 목적에 맞게 대략 말굽 모양으로 야트막하게 지었고, 가축을 몰아 중앙의 우리에 가둘 수 있도록 집을 빙 둘러 외벽을 세웠다.

나는 이 허름한 건물을 일종의 보루로 매입했다. 나의 일은 재미있고 짜릿했지만 한편으로는 불안정했다. 정치적 변화에 휘둘릴 수밖에 없었기 때문에, 만약의 사태에 대비할 필요가 있었다. 처음 넘겨받았을 때 건물은 그야말로 폐허나 다름없었다. 내려앉은 들보와 쐐기풀이 뒤엉킨 상태로 빙하가 깎아낸 계곡을 따라 끝없이 몰아치는 거센 바람을 그대로 맞고 있었다. 헛간을 주거 공간으로 개조하기 위해 보강공사로 허물어진 벽을 세워야 했고, 들보와 골조를 새로 들여야 했으며, 건물 전체를 타일로 덮어야 했다. 그로부터 몇 년 뒤 단층집이 완공되었다. 계곡을 바라보고 있어서 바람을 정면으로 맞는 지붕 밑 다락방 침실을 제외하면 단층이었다. 집이 완공된 뒤에도 나는 일 때문에 도시에 머물러야 했고 이곳에는 어쩌다 한 번 와서 짧게 며칠간 머물 뿐이었다.

양 우리가 있던 집 밖 공간에는 오래된 담이 둘러싼 조그만 안뜰이 있다. 집과 안뜰 모두 우리 집 정원이라고 볼 수 있는 개간한 거친 땅에 둘러싸여 있고, 우리 집 정원은 다시 돌담과 기둥들과 토끼의 침입

35

을 막아주는 울타리, 바람을 막아주는 생울타리로 주변의 땅과 구분되어 있다.

그날 밤 새끼 산토끼가 살아남았기 때문에, 나는 뒷문 옆보다 좀 더 영구적인 녀석의 보금자리를 만들어야 했다. 나는 녀석을 우리 집 맨 안쪽에 있는 손님방으로 옮겼다. 그곳이 가장 방해를 덜 받을 것 같았다. 손님방에는 안뜰 쪽으로 난 문이 있고 안뜰은 다시 벽으로 둘러싸여 있어서 녀석을 안전하게 밖으로 내보낼 수 있었다. 나는 상자 한쪽에 구멍을 내어서 녀석이 원할 때 자유롭게 드나들게 했다.

그 무렵 산토끼 보호운동 사이트를 찾았는데 거기서 산토끼를 돌보는 방법을 안내하고 있었다. 야생의 새끼 산토끼는 어미 젖을 하루에 한 번만 먹는다고 했다. 충분한 양을 섭취하려면 하루 세 번은 먹어야 할 것 같았지만 그게 간단치가 않았다. 새끼 산토끼는 위턱과 아래턱 맨 앞쪽에 휘어진 앞니 한 쌍을 갖고 태어난다. 이 앞니들은 입을 다물었을 때 서로 맞물려 완벽한 장벽을 형성한다. 산토끼가 겁을 먹으면 입을 꼭 다물고 절대 열지 않는데, 그럴 땐 굶어 죽는 한이 있어도 젖을 먹지 않는다. 그래서 나는 산토끼의 아랫입술 옆에 젖병을 대고 먹였고 녀석을 놀라게 하지 않으려고 최선을 다했다. 포획된 산토끼를 죽음에 이르게 하는 주된 요인은 소음과 과도한 접촉으로 인한 스트레스이기 때문이었다. 그러면서도 한편으로는 산토끼가 우유를 넘기다가 기도가 막히거나 액체를 너무 많이 마셔서 흡인성 폐렴에 걸리지 않도록 주의해야 했다. 약 8주가 지나 산토끼가 젖을 떼고 고형식에 적응하게 되면, 녀석을 다시 자연으로 돌려보내야 했다. 그 때까지는 최대한 조용하고 평온한 환경을 유지하는 것이 중요했고 오직 한 사람만 산토끼를 만져야 했다.

나는 주변의 소리에 귀를 기울였다. 대지를 스치는 바람의 미세한 떨림과 나무를 때리는 바람의 깊은 울림이 들릴 정도로 고요했다. 바람이 잦아들면 새들의 노랫소리가 들릴 정도로 고요했다. 하늘과 나무와 대지가 만들어내는 소리의 풍경이었고 인간의 집에서 나는 인공적인 울림이나 소음과는 달랐다. 나는 냄비 달그락거리는 소리와 물 트는 소리, 말소리를 더 의식하고 조심해야겠다고 생각했다. 그런 소리가 녀석에게 어떻게 들릴지 알 수 없었다.

새끼 산토끼는 대체로 무척 조용했다. 그러나 며칠이 지나자 들릴락 말락 할 정도로 조그맣게 *칫칫칫* 소리를 내기 시작했다. 이빨이나 턱을 살짝 부딪쳐 내는 소리 같았다. 나는 그 소리가 편안해졌다는 신호이기를 바랐다. 분유를 먹일 때, 나는 새끼 산토끼의 따스한 몸을 보금자리에서 살며시 안아 들고 젖병 꼭지를 조심스럽게 입에 대어주었다. 녀석이 놀라지 않도록 문을 열고 다가갈 때마다 매번 똑같은 말을 노래하듯 다정하게 건넸다. 분유를 먹일 때 분유 방울이 녀석의 턱 밑에 맺혔다가 목을 타고 흘러내렸고 내 옷은 금세 젖었다. 새끼 산토끼는 헝겊에 싸인 채로 눈을 감고 천천히 턱을 움직였고, 때로는 먹다가 잠이 드는 것 같았다. 다 먹고 난 뒤에도 내 가슴에 기댄 채로 내 손바닥 안에 한참을 있었다.

첫 주가 지날 무렵 새끼 산토끼가 좀 더 힘차게 분유를 먹기 시작했다. 상아색 조그만 앞발로 내 손 가까이에서 젖병을 잡거나 분유가 주는 짜릿한 황홀경에 허공을 휘젓기도 했다. 그럴 때면 짧은 귀가 젖혀진 채 가늘게 떨렸고 보드라운 코끝이 쉬지 않고 움직였다. 부채처럼 펼쳐진 수염이 나의 손과 얼굴을 간질였고, 나는 몸을 숙여 새끼 산토끼를 가까이에서 관찰하는 호사를 누렸다.

처음 보았을 땐 털이 젖은 흙 빛깔 비슷한 짙은 갈색 같았다. 그러나 한 가닥씩 찬찬히 살펴보니 한 올의 털에 짙은 갈색과 엷은 갈색이 번갈아 나타났다. 처음엔 잘 이해가 안 갔지만, 얼마 후 그것이 '아구티 색상agouti colouring'이라는 걸 알게 되었다. 아구티 색상은 한 개의 털에 여러 색의 띠가 나타나는 현상을 일컫는 말로, 산토끼를 비롯한 수많은 야생동물들에게 필수적인 위장 기능이며 수천 년에 걸친 자연 선택의 결과였다. 위장술이 덜 발달한 개체들은 가장 먼저 포식자의 먹이가 되었기 때문이다.

윤곽이 뚜렷하게 드러날 수 있는 부위마다 대비되는 색으로 흐릿해지거나 위장이 되어 있었다. 눈가의 엷은 색 털은 마치 눈화장을 한 것처럼 둥글게 검은 테가 둘러져 있었다. 목털은 세상에서 가장 보드라운, 식어버린 재의 회색이었고 그 어느 부위보다도 털이 짧고 가늘었다. 코와 입 주변은 상아색이었고 조그만 입은 항상 놀란 것처럼 조그만 'O' 모양으로, 그을음 같은 털이 테를 둘렀다. 콧구멍도 어두운 회색 털이 테를 둘렀다. 등에 난 털은 얼룩덜룩하고 수북했다. 귀는 아래쪽이 좁고 위로 갈수록 점점 넓어지다가 다시 끝으로 갈수록 가늘어지고 뾰족해졌다. 귀 끝부분은 얼마나 새카만지 마치 먹물에 담근 것 같았다. 앞발도 페인트를 밟고 지나간 것처럼 끝부분이 희었다.

개와 달리 새끼 산토끼는 발에도 털이 나 있었다. 만지면 보드랍고 따뜻하고 항상 티 없이 깨끗했다. 고대 그리스어로 산토끼는 '털 많은 발'이라는 뜻인데, 이는 새끼 산토끼의 발바닥에 난 두꺼운 털을 정확히 묘사한 것이다. 뒤에서 보면 마치 정교하게 짠 얇은 캐시미어 양말을 신은 것 같았다. 편안한 상태일 땐 발가락들이 우아하게 오므려지지만 필요할 땐 활짝 펼칠 수도 있어서 발가락 사이의 가느다란 털을 이빨과 혀로 씻어낼 수 있었다. 발가락은 사람 손가락처럼 네 개로 뚜렷하게 구분되어 있었고 몸의 크기에 비해 상당히 길었다. 산토끼의 발가락은 고양이의 발가락보다도 길었고 성장할수록 발가락의 뼈와 관절, 질감이 뚜렷해졌다.

분유를 먹이고 나서 내려놓으면, 새끼 산토끼는 배가 팽팽하게 부풀어 오른 채 방 안을 뛰어다녔고 내 다리를 타고 기어올랐다. 산토끼의 꼬리는 우리가 흔히 생각하는 것처럼 동그란 솜털 방울 모양이 아니었다. 길쭉한 막대처럼 생겨서 양쪽으로 살랑거릴 수 있었다. 앉을 땐 뒷다리 사이로 집어넣고 누울 땐 뒤로 길게 뻗을 수도 있었다. 꼬리 윗부분은 거친 회색 털로 덮여 있었지만, 아래쪽은 눈부시게 희었다. 나는 새끼 산토끼가 몸 위로 기어오르는 걸 허락했지만 반려 토끼에게 하듯 안거나 쓰다듬지 않으려고 조심했다. 실제로 그렇게 해본 적이 없어서 모르겠지만, 왠지 녀석이 좋아하지 않을 것 같았다. 어쩔 수 없이 분유를 먹일 때, 혹은 그 이후 정원에서 안으로 데리고 들어올 때의 짧은 시간 외에는, 사람 손을 타는 게 좋지 않을 것 같았다. 아무리 사랑스러워도 녀석이 야생에서 태어났다는 사실을, 얼음과 눈과 비바람 속에서 태어났다는 사실을 잊어선 안 되었다. 산토끼는 반려 토끼나 개, 말, 심지어 닭처럼 수 세기에 걸쳐 인간의 손에 사육되면서 선택적으로 진화한 동물이 아니었다. 외양과 체구, 힘, 성격 또는 그 외 인간의 관점에서 바람직하다고 여기는 특성들이 강화되도록 사육된 가축들과는 달랐다. 단지 너무 작고 저항할 수 없는 동물이라는 이유로, 타고난 본성을 거스르며 인간이 함부로 가지고 놀아도 된다고 생각하는 건 싫었다. 나는 최대한 다정하고 조용하게 행동하면서 녀석에게 나를 들이대거나 놀라게 하지 않으려 애썼다.

녀석이 인간에게 너무 길들여져서 야생으로 돌아갔을 때 인간을, 그리고 인간의 개와 총을 두려워하지 않을까 봐 걱정이 되었다. 야생에서 분리되어 사육되면 야생의 본능이 무디어질 수도 있었고, 내가 쓰다듬으면 야생성이 더 약해질 수도 있었다. 그래서 보드라운 천연 솔이 달린 골동 머리빗을 얻어와서 며칠에 한 번씩만 먹이를 준 직후 사용했다. 나는 그 빗으로 어린 산토끼의 턱 바로 아래 미세한 털을 살살 빗어주었다. 그곳은 산토끼의 혀가 닿지 않았고 분유가 엉겨 붙은 채로 말랐는데, 그 상태로 계속 방치하면 건강에 해로울 것 같았다.

산토끼가 여기저기 돌아다니고 나면 다시 보금자리로 돌려놓았다. 그러면 녀석은 말라버린 풀 사이로 코끝만 살짝 내놓고 몇 시간이고 꼼짝도 하지 않았다. 상자에 집어넣기만 하면 언제까지나 꼼짝 않고 그 자리를 지킨다는 게 놀라웠다. 상자의 한 면이 트여 있는데도 절대로 상자 밖으로 나오지 않았다. 내가 다시 들여다볼 때마다 녀석은 여전히 마른 풀 속에 가만히 앉아 있었다. 나중에야 그것이 야생의 새끼 산토끼가 보이는 행동임을 알았다. 새끼 산토끼는 생후 몇 주 동안은 낮 시간에 보금자리를 떠나지 않는다.

오랜 시간 꼼짝 않고 앉아 있던 시간을 보상하기 위해서인지, 혹은 관절과 근육을 풀어주기 위해서인지, 새끼 산토끼는 조심스럽게 몸 전체를 쭉 늘이며 기지개를 켜곤 했다. 앉은 상태로 배가 바닥과 평행을 이루도록 앞으로 앞발을 길게 뻗고는 뒷다리도 뒤로 뻗었다. 그럴 때면 뒷발의 끝부분만 땅에 살짝 닿았다. 꼬리는 똑바로 뒤로 뻗거나 땅으로 비스듬히 내렸다. 4초에서 5초 정도, 새끼 산토끼의 몸은 귀를 꼿꼿하게 세운 상태로, 마치 화살처럼 곧게 펴졌고 목부터 발목까지 모든 근육을 길게 늘이는 듯했다. 저러다 몸의 균형을 잃겠다 싶은 순간, 뒷다리를 한 쪽씩 차례로 당기고는 아무 일도 없었다는 듯 앞으로 달려 나갔다.

새끼 산토끼는 뒷다리로 앉아 불안정하게 균형을 잡으면서 머리, 귀, 가슴, 옆구리, 꼬리, 뒷다리, 그리고 열여섯 개의 발가락 사이까지 차례로 핥았다. 핥는 내내 비틀거렸고 가끔 넘어지기도 했지만, 매번 할 일을 마쳤다. 그렇게 하고 나면 확연히 깨끗해졌고 적어도 인간의 감각으로 맡을 수 있는 냄새는 나지 않았다. 그러나 녀석이 아무리 깔끔을 떨어도 집 안에서 대소변을 배출할까 봐, 나는 분유를 먹이고 나면 밖으로 데리고 나가 잔디 위에 내려놓았다. 그럴 때면 혹시 매가 공격하지 않는지 주위를 살펴야 했다. 때로는 모닝커피를 마시며 분유를 먹이기도 했다. 녀석은 앉은 채로 꾸벅꾸벅 졸기도 했고 사무실 바닥에 책상다리를 하고 앉아 있는 나의 발바닥에 몸을 기대고 잠들기도 했다. 모든 게 순조로웠고, 그래서 조만간 심각한 실수를 저지르게 될 줄은 정말 몰랐다.

산토끼 보호운동 사이트에서 젖병으로 산토끼를 먹이는 방법에 관한 유용한 정보를 얻곤 했는데, 바로 그 사이트에서 산토끼를 풀어주기 전에, 여러 가지 실용적인 이유로, 우리에 가둘 것을 권했다. 썩 내키지 않았지만 지금껏 그 사이트의 지침에서 도움을 받아왔기에, 그 조언도 따르기로 했다. 단순한 우리를 만들기 위해 부품을 주문했고, 정성을 다해 조립했다.

길고 폭이 넓은 우리였고 윗부분은 뚫려 있었다. 벽은 철망이 아닌 반투명 플라스틱이었다. 우리의 바닥에는 낡은 침대 시트를 반으로 잘라 낡은 수건과 포개어 깔았다. 한 면을 뜯어낸 신발 상자에 마른 풀을 깔아서 우리 중앙에 두었고, 물그릇과 미네랄 공급을 위한 소금 한 덩이, 튼튼한 나뭇가지도 몇 개 넣었다. 전부 다 권장 사항대로 준비한 것이었다. 산토끼의 치아는 평생에 걸쳐 계속 자라기 때문에 나뭇가지가 반드시 필요했다. 사육 환경에서 나무껍질 같은 단단한 물체의 표면을 갉아 이를 적절한 길이로 유지하지 못하면 먹지 못해 굶어 죽을 수도 있었다. 모든 준비를 마치고 새끼 산토끼를 인공 보금자리 한복판에 살며시 놓았다.

처음 며칠은 괜찮아 보였다. 아침에 내가 다가가서 먹이를 주려고 우리 가장자리로 몸을 숙이면 녀석은 먹을 생각에 신이 난 듯 기쁜 마음으로 내 손으로 뛰어들었다. 그러나 그로부터 며칠 동안 조그만 똥 덩어리들과 함께 이불 위 오줌 자국이 갈수록 커져서 신경이 쓰였다. 녀석은 신발 상자를 항상 깨끗하게 관리했었다. 그토록 깔끔한 습성을 지닌 동물이 그토록 지저분한 환경에서 밤을 보내기란 무척 힘들 것이고, 나는 뭔가 잘못되었다는 생각이 들었다. 그러던 어느 날 아침 오줌 색이 이상하게 붉었다. 녀석의 식단에는 전혀 변화가 없었기 때문에 당혹스럽고 걱정스러웠다.

그래서 나는 우리를 없애기로 결심했다. 어차피 몇 주 뒤에는 녀석을 놓아주어야 했다. 최악의 상황이라고 해봐야 침실 카펫을 버리는 정도였고 이 매혹적인 생명체를 위해 그 정도 희생은 감당할 수 있었다. 새끼 산토끼를 단 한 순간도 더는 우리에 놔둘 수가 없었다. 나는 우리의 세 벽을 해체하고 흔적을 전부 없앤 다음, 다시 산토끼의 상자를 바닥에 놓았다. 집 안에서 혹은 정원에서 마음껏 돌아다니도록 방문과 정원으로 나가는 문을 둘 다 열어두자 녀석의 행동은 즉시 달라졌다. 그 뒤로는 단 한 번도 실내에 배설물을 남기지 않았다.

자유를 얻은 새끼 산토끼는 머지않아 행동 반경을 넓혔고 자연스럽게 내가 있는 곳으로 이끌리듯 다가와 시간을 보냈다. 거실과 사무실에서도 머물기 시작했는데, 나의 사무실도 안뜰과 연결되어 있었다. 나는 문을 살짝 열어두고 녀석이 스스로 길을 찾게 했다. 녀석이 매끄러운 마룻바닥은 피해 헝겊을 씌운 표면만 밟으며 이동하는 것을 알아차리고, 사무실 입구의 짧은 나무 계단에 징검다리처럼 쿠션을 놓았다. 녀석의 발톱이 헝겊을 스치는 조그만 소음은 녀석의 등장을 알리는 신호가 되었다.

며칠간 용맹한 전진과 날렵한 후퇴를 반복한 끝에, 새끼 산토끼는 마침내 내 책상 뒤쪽의 계단까지 오르는 데 성공했다. 나의 침실로 이어진 계단이었다. 녀석이 낮 시간에 내 침대 밑에서 잠들기 시작했다. 잠드는 위치는 내가 일하는 책상 바로 위였다. 녀석은 내가 일하는 동안 침대 옆으로 늘어진 이불이나 담요로 몸을 감싼 채 잠이 들곤 했는데, 마치 모로 누운 사람처럼, 하얀 배를 다 드러내고 두 무릎과 발목을 붙이고 잤다.

무지의 소치였지만 새끼 산토끼가 활동량이 없거나 너무 길들여질까 봐 걱정되었던 나는 때때로 침실로 올라가 녀석을 안아 들고 밖으로 데리고 나가 안뜰의 풀밭에 놓아주곤 했다. 그래야만 '산토끼다운 산토끼'가 될 수 있을 거라 생각했다. 새끼 산토끼는 바람이 털을 스칠 때면 짙은 색의 털 안쪽에 있던 옅은 회색 속털이 드러났는데 마치 아기 새의 솜털 같았다. 풀 사이를 쿵쿵거릴 때면 앞발이 살짝 안으로 구부러지고 다리가 활처럼 휘어서 아직 어린 짐승임이 확연히 드러났다. 햇빛을 받은 섬세한 보호털이 윤곽을 흐리며 황금빛 후광을 만들었다. 바람이 불 때면 녀석은 귀를 납작하게 눕히고 내 곁에 바짝 붙었다. 나는 일하는 날의 이런 막간의 시간을 점점 더 사랑하게 되었다. 느긋하게 돌계단에 앉아, 종달새들이 힘찬 날갯짓으로 불가능한 고도까지 솟아오르며 대지를 향해, 그리고 그 속의 나를 향해 노래를 쏟아내는 모습을 바라보는 틈틈이, 새끼 산토끼를 살피곤 했다. 새끼 산토끼는 온순하게 눈을 깜빡이며 몸을 씻고는 도로 안으로 들어가 한 번 더 낮잠을 청했다.

어떤 날에는 오후 내내 새끼 산토끼가 내 뒤쪽 침실 계단의 중간까지 내려와 앉아 있곤 했다. 녀석은 긴 화상 회의의 소음이나 프린터가 윙윙거리며 살아나 종이를 뱉어내는 소리에 별로 개의치 않는 듯했다. 그러나 어쩌다 누군가 재채기를 하거나, 아무리 조심스럽게 열어도 탄산음료 뚜껑을 따는 소리가 들리면, 번개처럼 달아났다. 그러나 보통은 내가 일하는 동안 계단에서 앞발을 몸 아래로 접어 넣고 조심스럽게 코 끝과 귀를 닦으며 이빨로 *칫칫* 이 가는 소리를 냈다. 나는 하루 중 많은 시간을 전화 통화를 하며 보냈고, 몇 사람에게는 산토끼의 존재에 대해 얘기했다. 그러나 나도 모르게 산토끼에 대한 애정을 축소해서 말하곤 했다. 어린애처럼 동물에 홀딱 빠지는 진중하지 못한 사람 혹은 지나치게 감상적인 사람으로 비칠 것 같아서였다.

사실 새끼 산토끼는 내게 위안을 주었다. 가끔 책상에서 빠져나와 녀석을 가만히 바라보곤 했는데, 녀석의 차분하고 평온한 모습이 놀라웠다. 산토끼가 지닌 평온함과 안정감을 오랜 세월 나의 삶을 지배했던 미친 속도감과 비교하지 않을 수 없었다. 나의 삶은 늘 긴장의 연속이었고 온갖 예측할 수 없는 일들과 스트레스로 가득 차 있었다. 새끼 산토끼는 인간의 집에 살았던 적이 없을 텐데도 마치 여기 속한 존재처럼 편안해 보였다. 나는 공사를 하기 전 무너져가는 건물의 폐허 속에서 뛰어다니던 산토끼들을 기억해 냈고 그 일을 다른 각도로 생각해 보게 되었다. 그때 나는 산토끼들을 바라보는 게 좋았지만, 녀석들은 아름다우면서도 좀처럼 곁을 주지 않아서, 아주 작은 소리나 움직임에도 쏜살같이 달아나곤 했다. 어느 날 아침 기초 공사를 이제 막 마친 주방의 마르지 않은 콘크리트 위에 녀석들의 발자국이 찍혀 있는 것을 보았다. 그 흔적은 지금도 남아 있지만, 방수가 되는 편안한 주거환경을 위해, 또한 거친 날씨와 쥐를 포함한 들짐승을 막기 위해, 여러 겹의 석재와 다른 자재들이 그 위로 쌓였다. 그런데 이곳에 다시 산토끼가 살게 되다니. 어떻게 보면 녀석은 제 집에 있는 셈이었다.

매일 오후 네 시가 되면 새끼 산토끼가 일어나 정원으로 나갔다. 날씨의 변화로부터 녀석을 보호해야겠다는 생각에, 새끼 꿩을 키울 때 쓰는 낡은 나무 우리를 하나 빌려왔다. 본채에 기대어 지은 별채처럼 생긴 우리에는 경사진 지붕이 달려 있었고 앞면이 나무 살로 되어 있어서 잔디 위에 바로 놓을 수 있었다. 나는 우리를 꼼꼼히 닦고 소독한 다음, 들판에서 마른 풀을 가져와 채우고 그늘에 두었다. 녀석은 낯선 물체를 찬찬히 살펴보더니 철저히 외면했다. 나는 녀석이 시야가 트인 은신처를 선호한다는 것을 알게 되었다. 산토끼의 생존은 먼 곳의 위험을 감지할 수 있는 능력에 달려 있었다. 시야를 가로막는 것은 포식자가 몰래 접근할 가능성을 높였다. 막혀 있는 우리, 즉 막다른 골목은 산토끼의 입장에서는 말도 안 되는 선택이었다. 트인 들판이 훨씬 더 안전했고 산토끼는 그 사실을 본능적으로 알고 있었다.

황혼이 지면 녀석이 어디에 있건 주방으로 데리고 들어와 분유를 먹였다. 먹고 나면 녀석은 나를 따라 거실로 왔고 소파 위 창틀로 뛰어올라가 내 머리 근처에 놓아둔 쿠션 위에 누웠다. 나는 자연광이 사라질 때까지 글을 읽었는데 이따금 한 차례씩 들려오는 조심스러운 그루밍 소리만이 정적을 갈랐다. 밖이 너무 어두워져서 글을 읽을 수 없게 되면 산토끼를 그 자리에 두고 잠을 자기 위해 침실로 올라갔다. 아침이 되면 녀석은 소파 가장자리에 앉아 내가 나타날 문 쪽을 바라보며 날 기다렸다. 머지않아 녀석이 침실로 날 찾아오기 시작했다. 녀석의 발이 카펫을 타닥타닥 두드리는 소리가 몇 분간 들리다가 사라졌다. 그때는 대수롭지 않게 생각했지만 나중에는 그런 행동이 혼자 있기 좋아하는 산토끼의 습성과 정면으로 배치된다는 걸 알았다. 녀석은 고양이나 다른 반려동물들처럼 내 무릎 위에 올라오진 않았지만, 나를 볼 수 있는 곳에 있고 싶어 하는 것 같았다. 결국 나는 녀석이 내 옆에 있는 상태로 일을 하거나, 하던 일을 멈추고 책상에서 일어나 안뜰에 있는 녀석을 바라보곤 했다. 어느 순간부터 나의 일과는 더 이상 나 자신의 필요에 의해서만 결정되지 않았고 예전에는 알지 못했던 한 생명체의 기분과 움직임에 좌우되었다. 새끼 산토끼는 이전에 내가 알았던 그 어떤 동물과도 달랐다.

새끼 산토끼는 놀라운 속도로 성장했다. 특히 귀와 앞발은 신체의 다른 부위에 비해 더 빨리 자라는 것 같았다. 속도와 청각이 산토끼의 안전에 결정적인 역할을 하기 때문일 것이다. 산토끼가 젖을 뗄 무렵인 생후 삼십 일 정도가 되면 출생 당시 체중의 여덟 배 정도가 된다는 것을 나중에야 알았다. 아홉 살이 되어서야 출생 당시 체중의 여덟 배가 되는 인간과 비교하면 훨씬 빠른 속도다. 뒷다리 길이만 해도 자그마치 십오 센티미터까지 자란다.

더 이상 녀석을 헝겊으로 감싸고 먹이지 않았다. 녀석이 헝겊보다 더 커졌다. 손바닥 위에 눕는 대신 녀석은 내 무릎 위로 올라와서 먹었다. 꼬리를 내 쪽으로 향한 채 내 다리 위에 배를 깔고 누웠다. 나는 한 손으로 녀석의 앞다리를 받쳐주면서 다른 한 손으로 젖병을 들었다. 분유가 턱으로 흘러 내 바지에 스며들었지만 마치 방수포처럼 분유를 밀어내는 녀석의 굵은 가슴털에는 스며들지 않았다. 녀석은 여전히 분유를 먹을 때 앞발로 젖병을 붙잡거나 내 손 옆 허공을 향해 뻗었고, 젖병 꼭지에 닿도록 머리를 한옆으로 기울였다. 나는 분유를 먹이는 동안 신비로운 털의 문양을 관찰하고 동그란 한쪽 눈동자를 들여다보면서 그 반짝이는 심연에 비친 나 자신과 창문, 그 뒤의 하늘을 보았다. 녀석이 나를 볼 땐 무엇을 볼지 궁금했다.

지상의 겨울 팔레트가 싱그러운 봄의 초록빛에 밀려나면서 힘이 세어진 태양이 대지를 말렸다. 그림자가 짙어지면서 색의 대비가 더욱 날카로워질 때, 산토끼의 색도 달라졌다. 짙은 초콜릿 색이 사라졌고 앞발, 옆구리, 가슴의 털 빛깔이 크림을 쏟아놓은 것처럼 변했다. 등과 귀의 털만이 여전히 갓 태어났을 때의 빛깔로 남아 있었다. 어깨와 얼굴에 난 털은 짙은 색과 옅은 색의 경계가 뚜렷했다. 짙은 색 이마는 먹구름 빛깔의 코로 이어졌고 뺨과 주둥이는 가장 옅은 황갈색이었다. 코 주위의 가느다란 수염도 자랐다. 길이와 두께가 제각각인 수염들은 뿌리 부분은 희었지만 차츰 검은색으로 변했고 코 주위에서는 완벽한 원뿔 모양을 이루며 앞으로 뻗었다. 눈 위로는 짧은 감각 수염들이 띠를 이루며 자라 있었다.

어린 산토끼의 눈동자도 본래의 짙은 먹색에서 차츰 변하기 시작했다. 산토끼는 태어날 때부터 그 유명한 호박색 눈을 갖고 태어나는 게 아니었다. 한 달에 걸쳐 검은 동공 주위로 옅은 색 고리가 형성되더니 서서히 강렬하게 반짝이는 홍채로 변해갔다. 홍채를 더욱 강조하듯 타원형의 눈꺼풀 주위로 두툼하게 검은 털이 자랐고 눈 전체가 옅은 색 털의 원 안에 있었다. 산토끼의 눈은 얼굴의 양쪽 측면에 있었고 몸에서 돌출되었다. 정면에서 보면, 어린 산토끼의 귀와 코는 완벽한 V자를 이루었고, 이마에는 볏처럼 길고 촘촘한 털이 넓게 분포되었으며, 눈은 완전한 반구 형태로 홍채와 동공이 모두 선명했다.

어린 산토끼가 나를 보고 싶을 때면 한쪽 눈을 내 쪽으로 돌려 옆으로 보았지만, 심지어 내게 등을 돌리고 있을 때조차도 녀석이 날 보고 있다는 걸 느낄 수 있었다. 녀석의 그런 모습은 주의 깊고 신중한 인상을 주었지만 한편으로는 나와 함께 있는 것을 편안해한다는 느낌도 들었다. 내가 그의 영역에 머물 수 있었던 것은 단지 녀석이 허락했기 때문이었다.

# 생후 한 달, 어린 산토끼

산토끼는…… 단지 모든 짐승의 먹이가 되기 위해 태어난다.
―대大 플리니우스, 『자연사』 서기 77-99년

새끼 산토끼를 돌보는 법을 배우는 과정은 실험의 연속이었다. 야생에서 살아갈 수 있도록 산토끼를 준비시키려면 정확히 무얼 먹여야 하는지 내가 모른다는 사실이 마음에 걸렸다. 주변의 땅에 단서가 있으리란 건 알고 있었다. 나는 토끼가 신선한 녹색 식물을 먹어야 할 거

라고 가정하고, 녀석이 갓 태어났을 때부터 가위와 그릇을 들고 나가
서 녀석이 좋아할 것 같은 풀이나 새싹을 잘라서 담았다. 그릇을 들고
돌아오면 새끼 산토끼가 그릇에 코를 박고 풀들을 헤집었지만 먹지는
않았다. 나는 오랜 세월 런던 도서관 회원이어서, 인터넷으로 산토끼
와 관련하여 내가 찾을 수 있는 책을 전부 다 검색했다. 코로나로 도
서관이 폐쇄되었기 때문에 도서관 측에서 기꺼이 책을 보내주었다. 나
는 소파에 누워 그 책들을 읽었고 그동안 새끼 산토끼는 내 어깨 근처
에서 이따금 몸을 숙여 책 가장자리를 썹었다.

책에는 산토끼를 어떻게 사냥하고 어떻게 죽이는지, 혹은 어떻게
요리하는지에 대한 설명이 수없이 많았다. 하지만 어떻게 키워야 하
는지에 관한 설명은 전혀 없었다. 죽은 산토끼를 묘사한 정물화 사진
은 빠르게 넘겼다. 주로 죽은 산토끼가 갈고리에 거꾸로 매달려 있거
나 뒷다리가 밧줄에 묶인 채 탁자 위에 놓여 있는 그림들로, 전시실이
나 박물관의 벽을 장식한 작품들이었다. 산토끼 한 마리의 고기는 여
섯 명에서 여덟 명이 충분히 먹을 양이라고 적혀 있었다. 고대의 레시
피도 많았는데, '약초(잎채소를 뜻함)에 담근 산토끼'를 비롯해, 후추와
맥주로 양념하는 '피와 빵을 곁들인 산토끼', 맥주와 밤을 넣은 산토끼,
초콜릿을 곁들인 산토끼, 산토끼 스튜, 그리고 왕을 위한 요리라 불리
는 *리에브르 알라 루아얄lièvre à la royale* 등이 있었다. 왕을 위한 요리
는 루이 14세를 위해 처음 만들어졌다고 전해지는데, 프랑스 최고의 '
진미'로 일컬어진다. 레시피에 따르면, 산토끼의 뼈를 발라내고 푸아
그라, 트러플과 산토끼의 다리 살로 속으로 채운 다음 피를 넣어서 만
들고 농축한 레드와인 소스를 곁들여 낸다. 새끼 산토끼를 곁에 두고

이런 잔인한 글을 읽는 것이 왠지 녀석을 배신하는 것처럼 느껴졌다.

어쩌다 보니 윌리엄 쿠퍼의 시를 읽게 되었는데, 그는 1774년 실연을 하고 정신적으로 피폐해진 상태였다. 그는 이렇게 썼다. "나는 밤이나 낮이나 고통 속에 있었고, 두려움 속에서 누웠다가 절망 속에서 일어났다." 그런데 동네 아이들로부터 태어난 지 석 달 된 산토끼 퍼스를 받은 뒤로 그의 우울은 차츰 나아지기 시작했다. 이후 그는 산토끼를 두 마리 더 기르게 되었는데, 이름은 각각 타이니Tiney(그가 철자를 이렇게 썼다)와 베스Bess였다. 세 마리의 산토끼는 쿠퍼의 집에서 함께 지냈고 쿠퍼가 그들을 위해 손수 지은 나무 우리 안에서 잠을 잤다.

쿠퍼는 산토끼들을 사랑했다고 직접 밝혔으며, 시를 써서 그들을 불멸의 존재로 만들었다. 타이니의 죽음을 애도하며 쓴 '산토끼를 위한 비문'이라는 시에서 나는 마침내 찾던 것을 발견했다.

그의 식사는 통밀빵,
그리고 우유, 귀리, 짚.
엉겅퀴 혹은 상추를 대신 먹기도 했다네.
위장을 깨끗이 하기 위해
모래도 같이 삼켰지.

산사나무 가지를 즐겨 먹었고,
사과의 붉은 껍질도 좋아했네.
신선한 샐러드가 없을 땐,
자른 당근으로도 만족했지.

마침내 단서를 찾았다. 산토끼에 관한 쿠퍼의 시는 훗날 그가 『젠틀맨스 매거진The Gentleman's Magazine』에 기고했던 에세이로 나를 이끌었다. 그 에세이에서 그는 '산토끼에게 적합한 먹이'에 대해 설명했는데, 거기엔 '엉겅퀴, 민들레, 상추, 풋옥수수, 모든 종류의 짚, 향이 있는 허브, 귀리' 그리고 네모나게 자른 빵에 '당근 조각'과 '사과 껍질'을 섞은 것이 포함되어 있었다.

나는 쿠퍼의 목록에 있는 것들을 거의 다 실험해 보았고 결과는 다양하게 나타났다. 새끼 산토끼는 갈색 빵, 짚, 상추, 사과 껍질, 그리고 건초는 외면했다. 도로변에서 토끼풀이나 민들레 비슷하게 생긴 산토끼들의 상추를 구해왔지만 별로 좋아하는 것 같지 않았다. 통째로 주건 썰어주건 당근에는 관심이 없었다. 파슬리를 주었을 땐 살짝 맛을 보았고 고수를 주었을 땐 맛있게 먹었다. 처음엔 고수잎을 조금씩 잘라서 주었지만, 나중엔 고수 화분을 통째로 놓아주었다. 녀석은 줄기 사이로 코를 들이민 채 잎사귀를 깔끔하게 갉아 먹고 줄기만 남겼는데 갉아 먹는 동안 이를 부딪치며 귀여운 소리를 냈다. 잎을 먹고 나서 분유를 주려고 녀석을 안아 들면 상큼한 레몬 향이 났다. 마지막으로 발견한 것이 귀리 가루였다. 그릇에 귀리 가루를 조금 뿌려주었더니 흡족한 표정으로 먹었다.

쿠퍼는 거의 이백오십 년 뒤 자신이 쓴 시가 새끼 산토끼를 위한 지침서로 사용될 줄은 몰랐겠지만, 그가 남긴 글이야말로 내가 찾아낸 모든 정보 중 가장 유용했다. 내가 쿠퍼와 다른 점이 있다면, 그는 밤마다 산토끼를 우리에 가두었다는 것이다. 종종 밖으로 데리고 나가긴 했지만 그의 산토끼들은 평생 갇혀 살았다. 나는 산토끼를 가두지 않겠다고 마음먹고 있었다. 녀석이 현관문 앞에 서면, 식사나 회의 중이어도 문을 열어주었다. 결국 나는 창밖을 내다보며 산토끼의 움직임을 지켜보는 데 많은 시간을 할애하게 되었다. 녀석이 안에 갇혔다고, 혹은 밖에서 못 들어온다고 느끼지 않길 바랐다.

그때부터 나는 새끼 산토끼의 식단에 소량의 과일과 채소를 추가했다. 한동안 녀석은 고수를 곁들인 케일을 무척 좋아했다. 자라면서 밖에서 보내는 시간이 많아지자 두 가지 모두 먹지 않게 되었지만, 귀리 가루에 대한 애정만은 식지 않았다.

녀석은 입맛이 까다로웠다. 녀석을 유혹해 보려고 잘 익은 딸기를 내어놓았지만 거들떠도 보지 않았다. 그러나 라즈베리는 때때로 먹었다. 새끼 산토끼가 라즈베리를 먹을 때 내는 끈적하고 부드러운 소리는 직접 들어보기 전에는 설명해도 믿기 힘들 것이다. 산토끼는 개나 앵무새처럼 앞발로 먹이를 고정하지 않고 입으로만 먹기 때문에 골무 모양의 라즈베리 한쪽 끝을 물고 천천히 턱을 오물거리며 씹어 삼켰는데, 그동안 라즈베리가 그의 코 앞에서 위아래로 까딱거렸다. 산토끼가 라즈베리를 천천히 체계적으로 먹는 모습은 어딘가 진지해 보였고 심지어 의미심장하게 느껴졌다.

녀석은 절대 게걸스럽게 먹지 않았다. 그릇 가장자리에 잠시 머물며 조금씩 먹었고 집 안에서 먹는 시간보다 정원에서 풀을 뜯어 먹는 시간이 더 많았다. 클로버를 얼마나 좋아하는지 가장 무성한 클로버 수풀에 들어가 귀 끝부분만 보일 때까지 몸을 깊게 파묻고 먹었다. 내가 잘라서 주었을 땐 먹지 않던 풀들도 돌아다니면서 뜯어 먹게 되었다. 녀석은 땅에서 자란 풀을 직접 뜯어 먹는 것을 선호했다. 거친 풀밭에는 미나리아재비와 민들레가 가득했고, 나는 새끼 산토끼의 신중한 식습관을 지켜보는 게 재미있었다. 풀을 먹을 땐 잎끝에서부터 줄기를 따라 아래로 내려가며 뜯어 먹었고 꽃은 그 반대로 먹었다. 민들레는 뿌리 부분에서 잘라 줄기를 따라 천천히 씹어먹다가 노란 꽃잎이 주둥이에 닿는 순간 깔끔하게 꽃머리를 잘라 앞발 옆에 떨어뜨렸다.

내가 산토끼에게 옮길 수 있는 세균과 산토끼가 내게 옮길 수 있는 세균 모두 조심하려고 노력했다. 녀석을 만지기 전후로 손을 씻었고, 매일 식기와 가구의 표면을 소독하고 바닥을 닦았다. 녀석은 매일 아침 주방으로 나를 졸졸 따라와 뒷다리로 서서 앞다리로 나의 다리를 짚었고 내가 바닥에 앉으면 내 무릎 위로 올라와 젖병을 찾았다. 고양이가 야옹거리거나 개가 짖는 것처럼 소리로 날 재촉하진 않았지만, 녀석이 조급해하는 것을 분명히 느낄 수 있었다. 내가 늦잠을 자는 날에는 깔개 가장자리에 앉아 침착하게 날 기다렸다. 새끼였을 때 집 안을 탐색하면서 끊임없이 내던 '칫칫' 소리가 어느 순간 더는 나지 않았다. 그러나 분유를 먹고 내게서 달아날 때면 희한한 소리를 내곤 했다. 숨소리보다는 크고 한숨보다는 날카로웠으며, 신음보다는 부드러웠고 콧김 소리보다는 음악적인, 뭐라 설명하기 힘든 소리였다. 마치 하모니카를 아주 살짝 불었을 때 나는 가냘픈 소리 같았다. 날숨이 압축된 듯한 그 짧고 날카로운 소리가 무슨 소리인지 나는 결코 알 수 없었는데, 산토끼에게 성대가 없다는 글을 읽은 적이 있기 때문이다. 나는 날마다 성장하는 산토끼에게서 새로운 행동을 발견하며 경이로움을 느꼈다. 지금까지의 관심사나 취향에 맞지 않게, 나는 산토끼의 모든 것이 알고 싶어졌다.

나는 이 새끼 산토끼가 유럽 갈색 산토끼European brown hare, 혹은 레푸스 유로파이우스*Lepus europaeus*라 불리는 종이며, 현존하는 삼십여 종 이상의 산토끼 중 한 종임을 알게 되었다. 유럽 갈색 산토끼는 레푸스 카펜시스*Lepus capensis*, 혹은 케이프 산토끼Cape hare로 알려진, 가장 오래된 산토끼 종의 후손인 것으로 추측된다. 유럽 갈색 산토끼의 뼈 화석은 약 12만 6천 년 전부터 180만 년 전(빙하기) 사이로 거슬러 올라간다. 빙하가 사라지고 인류가 유럽 대륙 전역으로 퍼져나가 농경을 위해 땅을 개간하자 산토끼도 영역을 확장했다.

그러나 20세기 초부터 영국과 유럽 일부 지역에서 갈색 산토끼의 개체 수가 급격히 감소하기 시작했다. 과거에는 어디에서나 쉽게 볼 수 있었지만, 현재는 특정 지역에만 밀집해서 서식한다. 환경보호 활동가들에 따르면, 지난 백 년간 영국에서는 산토끼의 개체 수가 80퍼센트 이상 감소했다. 나의 친구들 상당수가 산토끼를 본 적이 없거나, 새끼 산토끼를 뜻하는 '레버릿'이라는 단어를 들어본 적조차 없는 것은 바로 그런 이유 때문이었다.

레버릿은 '산토끼'를 뜻하는 프랑스어 리에브르*lièvre*에서 유래한 말로 '작은 산토끼'를 뜻한다. 얼핏 들으면 너무 직설적이고 심지어 따분한 명칭 같지만, 사실 매우 적절한 명칭이다. 새끼 산토끼는 태어날 때부터 성체 산토끼의 완벽한 축소판이라 털이 촘촘하고 눈을 뜨고 있기 때문이다. 새끼 산토끼와는 달리 새끼 토끼rabbit는 땅속 보금자리에서 눈을 감은 채 털 없는 분홍 피부로 태어난다. 새끼 산토끼는 태어나자마자 들판에서 스스로의 힘으로 살아가야 한다. 나는 새끼 산토끼가 끊임없이 털을 닦고 말리는 이유를 비로소 이해했다. 새끼 산토끼는 찬 바람과 젖은 눈에 죽을 수도 있었다. 털이 흠뻑 젖으면 보온 능력이 떨어지는데 기온이 영하 8도 이하로 떨어지면 수많은 갈색 산토끼의 새끼들이 얼어 죽는다. 폭우가 쏟아지면 익사할 수도 있다.

산토끼는 생존을 위해 우리가 상상할 수 있는 전 세계의 모든 오지에 적응해 왔다. 황야와 습지는 물론이고 사막, 초원, 덤불, 고원, 북극 툰드라에 이르기까지. 유럽에는 갈색 산토끼 외에도 여러 종의 산토끼가 있지만, 다른 종은 훨씬 희귀한 편이다. 예를 들면 스페인 칸타브리아 산맥의 고지대에 서식하는 금작화 산토끼broom hare는 그들이 먹고 서식지로 이용하는 식물에서 그 이름을 따왔다. 그 외에 이탈리아 본토와 시칠리아, 코르시카섬에 서식하는 코르시카 산토끼Corsian hare 혹은 아펜니노 산토끼Apennine hare, 스페인과 포르투갈에 서식하고 있고 조그만 작은 흰 반점이 있는 이베리아 산토끼Iberian hare가 있다.

일부 산토끼 종은 극한의 더위와 추위를 견디도록 진화했다. 사막에 서식하는 산토끼는 바닷물의 거의 두 배에 달하는 염분을 함유한 물을 마실 수 있으며, 갈색 산토끼보다 체격이 3분의 1 정도로 작고 신진대사율이 훨씬 낮아 체온을 낮추는 데 유리하다. 또한 귀로 체열을 방출하고 스스로 그늘을 만들기도 한다. 북극 산토끼Arctic hare는 영하 30도에서 40도에 달하는 혹한을 견디고 수분을 섭취하기 위해 눈을 먹는다. 이들은 계절에 따라 털의 색을 갈색에서 흰색으로 바꾸기도 하는데, 그와 같은 방식으로 색을 바꾸는 사촌으로는 스노우슈 산토끼Snowshoe hare와 '레푸스 티미더스Lepus timidus(수줍은 산토끼)'

혹은 마운틴 산토끼라는 근사한 이름을 가진 산토끼가 있다. 이들은 러시아, 시베리아, 스코틀랜드, 북유럽의 툰드라와 타이가 지대에 서식한다. 산토끼의 눈은 측면에 있어서 거의 360도에 가까운 시야를 확보한다.

그러나 이렇게 놀라운 적응력을 갖추고 있음에도 산토끼는 매우 취약한 동물이다. 생후 3주에서 4주까지는 위험에 노출되어도 도망칠 수 없으며 포식자를 따돌릴 능력도 없다. 녀석들은 오직 숨거나 꼼짝없이 얼어붙는 것으로 공격을 피하려 애쓸 뿐이다. 따라서 인간은 산토끼들에게 날씨나 다른 짐승들보다 더 위협적인 존재다. 산토끼는 위험에 노출되면 본능적으로 몸을 웅크리고 숨으려 하기 때문에, 농기계에 깔리거나 갈가리 찢기는 일이 빈번히 발생한다. 평균적으로 새끼 산토끼의 4분의 1만이 성체로 성장하고, 때로는 그보다도 훨씬 적은 숫자가 살아남는다. 한 연구에 따르면, 특정 번식기 동안 새끼 산토끼의 사망률은 첫 28일 동안 50퍼센트에 달하고, 농경과 관련된 폐사는 갈색 산토끼의 급격한 개체 수 감소의 가장 큰 요인이다.

이러한 이유로 인해 야생에서 산토끼가 3년 혹은 4년 이상 사는 것은 극히 드문 일이고, 실제로 대부분의 산토끼는 1년도 채 살지 못한다. 그게 내 옆에 있는 새끼 산토끼의 운명이라고 생각하니 괴로웠다. 거의 무게가 나가지 않았던 것으로 보아 녀석은 내가 발견했을 당시 생후 하루나 이틀 정도밖에 안 되었을 것이다. 만약 살아남는다면, 8개월 안에 성체의 크기에 도달할 것이다. 생후 1년까지는 어린 산토끼로 보아야 하고 네 살 때까지는 몸이 계속 자랄 것이다.

알고 보니 토끼는 '박명성' 동물로, 야간은 물론이고 주로 새벽과 황혼에 가장 활동적인데, 이런 습성은 포식자로부터 몸을 숨기는 데 도움이 된다. 나는 새끼 산토끼의 습성을 거스르며 낮 시간에 정원으로 데리고 나가는 것이, 누군가가 한밤중에 나를 깨워 산책하자고 제안하는 것과 다르지 않다는 사실을 깨달았다.

4월 중순이 되어 생후 6주차에 접어들자, 산토끼는 빠른 속도로 털 갈이를 시작했다. 동전 크기로 등의 털이 빠지는 것으로 시작되었고, 털이 빠지니 마치 머리가 벗겨지는 것처럼 회색 속털이 드러났다. 한동안 산토끼는 마치 좀먹은 것처럼 충격적인 몰골이었다. 어느 날 우리 집에 온 남동생이 정원 계단에서 산토끼에게 인사를 건네며, 건강한 게 맞느냐고 물었다. 나는 건강하다고 대답했지만, 녀석의 몰골이 초췌했던 건 사실이었다. 보드라운 회색 털이 등에서부터 시작해서 다리와 머리에서도 우수수 빠졌다. 그러나 이것은 겨울털을 벗는 과정이었고 털이 빠진 자리에서 반들거리는 갈색 털이 나기 시작했다. 특히 가슴에는 마치 여우처럼, 붉은빛이 감도는 털이 돋았다.

정원에 심은 나무 한 그루가 지난여름 가뭄으로 말라 죽었다. 나무를 뽑았더니 깊고 움푹한 그릇 모양의 구덩이가 생겼다. 새끼 산토끼는 그곳을 발견하고 곧 거기서 흙목욕을 하기 시작했다. 녀석은 마른 흙구덩이의 바닥에 등을 대고 뒹굴었고, 그럴 때면 발끝만 보였다. 그 과정이 털갈이를 돕는 것 같았다. 털갈이가 완전히 끝날 때까지 한 달이 걸렸고 그동안 석조 바닥과 마룻바닥에는 우윳빛 회색 털 뭉치들이 둥둥 떠다니곤 했다.

그 외에도 나는 산토끼의 여러 가지 변화를 목격했다. 이전에는 몸 전체가 내 손바닥 안에 쏙 들어갔지만, 이제는 머리만 겨우 손바닥에 올릴 수 있었고 안아 들 땐 두 손을 사용해야 했다. 앞발을 몸 아래로 접어넣고 있으면 여전히 작아 보였지만, 뒷다리로 서서 창문에 기대면 머리부터 발끝까지 대략 사십 센티미터 정도는 되어 보였다. 유리창에 기대어 선 모습이 가냘프면서도 강인해 보였다.

# 이름 없는 산토끼

그가 주는 기쁨 때문에
그를 곁에 두었다.
그는 나의 아픔을 달랬고
나를 미소 짓게 했다.

—윌리엄 쿠퍼, 「산토끼를 위한 비문」, 1783

산토끼는 모두의 예상을 깨고 10주 차까지 살아남았다. 모두가 앞다투어 산토끼의 이름을 제안했다. '잘 버티는 것 같다' '네가 녀석을 살렸다'는 대화는 대체로, '그래서 뭐라고 부를 건데?'로 이어졌고, 그럴 때마다 나는 묘한 거부감을 느끼며 화제를 돌렸다.

새끼 산토끼에게 이름을 지어주고 싶지 않은 내가 잘못된 건가 싶기도 했다. 모두가 녀석에게 이름을 지어주는 것을 너무도 당연하게 여길 뿐 아니라 애정어린 행동이라고 생각했기 때문이었다. 그러나 산토끼에게 이름을 지어주는 것은 산토끼가 반려동물임을 선포하는 것이고, 왠지 녀석에게서 무언가를 빼앗는 일 같았다. 나는 이미 산토끼의 삶을 바꾸어 놓았다. 이제는 자유로운 삶을 살 수 있도록 그를 준비시키는 것이 내가 할 일이었다. 산토끼를 부를 일이 있을 때, 나는 '꼬마little one'라고 불렀다. 꼬마는 '작은 산토끼'에서 크게 벗어나지 않는 것 같았다. 몸을 숙여 녀석을 안아 들고 최대한 다정하고도 조심스럽게 분유를 먹이면서 그렇게 불렀다.

사람들이 새끼 산토끼를 반려동물로 여기는 것도 당연하다. 인간은 수천 년 동안 토끼를 길러왔기 때문이다. 그러나 토끼나 개와는 달리, 산토끼는 한 번도 길들여진 적이 없는 종이다. 다만 신석기 시대 중국에서 산토끼를 길들였을 가능성을 시사하는 고고학적 자료가 남아 있긴 하다. 어렸을 때 반려 토끼를 기른 적이 있어서 토끼와 산토끼가 근본적으로 다르다는 건 알고 있었다. 하지만 그 둘의 차이를 명확하게 설명할 수 없었다. 산토끼에 대해 가졌던 인상이 있다면, 토끼는 토끼인데 덩치가 좀 크다는 것 정도였다. 나 혼자만 그렇게 생각한 건 아니었다. 중동 출신의 내 친구는 아랍어에서는 그 두 종을 같은 단어로 부른다고 했다. 북아메리카에서는 대부분의 산토끼 종을 '잭래빗jackrabbit'이라 불렀고, 남아프리카의 붉은바위 산토끼red rock hare와

히말라야 기슭에 사는 히스피드 산토끼hispid hare는 실제로 토끼 종에 속한다. 흔히 반려동물로 길러지는 벨기에 산토끼Belgian hare는 토끼지만 산토끼처럼 보이도록 품종을 개량한 것이다.

토끼rabbits와 산토끼hares는 같은 동물 분류군인 토끼목Lagomorpha에 속한다. 이들에겐 공통적인 특징이 있는데, 점프할 때의 충격으로부터 뇌를 보호하기 위한 격자 구조의 두개골을 갖고 있다는 점이다. 그러나 일반적으로 산토끼가 토끼보다 두 배 정도 크다. 실제로 그리스어의 '토끼'라는 단어는 영어로 번역하면 '절반의 산토끼half hare'라는 뜻이다. 유럽 산토끼의 체중은 최대 5킬로그램까지 나갈 수 있는 반면, 가장 무거운 야생의 토끼라고 해도 2킬로그램 정도밖에 되지 않는다. 산토끼의 몸길이 또한 토끼의 두 배에 달한다. 그러나 이들의 차이는 단순히 크기에만 머물지 않는다. 사실 토끼와 산토끼는 서로 다른 종이어서 교배 자체가 불가능하다.

토끼는 외형적으로 산토끼보다 머리 모양이 둥글고 귀도 짧을 뿐 아니라 산토끼처럼 귀 끝부분이 검지도 않다. 토끼는 눈 전체가 검은색이고 호박색 홍채가 없으며 눈이 두상에서 더 낮은 위치에 자리 잡고 있다. 토끼의 털은 대체로 회색인 반면 대부분의 저지대 산토끼는 털이 갈색이거나 황갈색이다. 토끼는 다부진 몸집에 다리와 목이 짧고 달릴 때 흰 꼬리를 항상 드러내고 종종걸음과 점프로 이동한다. 반면 산토끼는 검은 윗부분만 보이도록 꼬리를 내리고 큰 보폭으로 달린다. 대부분의 토끼 종은 땅속에 굴을 파고 굴속에서 새끼를 키우며 생활하는데, 굴을 마치 핵 벙커처럼 안전한 피난처로 여겨서 위험을 감지하는 순간 즉시 굴로 달아나는 습성이 있다. 다만 아메리칸 코튼

테일 토끼American cottontail rabbit는 예외적으로 스스로 굴을 파지 않고 땅속의 틈새나 다른 동물들이 파놓은 굴에서 산다. 산토끼는 토끼와 달리 굴에 의존하지 않고 생존할 수 있도록 진화했으며, 얕은 보금자리를 파놓고 계속 그 자리로 돌아오는 방식을 택한다. 흥미롭게도 토끼는 체구가 더 작은데도 산토끼에게 공격성을 보이고 자신의 영역에서 산토끼를 몰아내는 것으로 알려져 있다.

한 번이라도 두 종을 나란히 놓고 본 적이 있다면 그 둘을 절대 혼동할 수 없다. 산토끼는 체구가 더 크고 색이 더 짙고 주둥이가 길어서, 토끼라기보다는 개나 작은 사슴을 연상시킨다. 그러나 산토끼가 훨씬 희귀한 탓에 그 차이가 사람들의 인식 속에서 흐릿해졌고 나 역시 마찬가지였다. 대중문화 속에서 등장하는 토끼는 종종 산토끼의 특성을 드러내는데, 벅스 버니Bugs bunny가 그 대표적 사례. 언어적 혼란도 두 종의 혼란에 어느 정도 영향을 미쳤다. '잭래빗'이라는 단어는 '멍청이 토끼jackass rabbit'에서 유래한 것으로 보이는데, 미국에 정착한 초기 유럽 이주자들이 산토끼에게 붙인 이름이었다. 마크 트웨인은 이 불명예스러운 호칭을 대중화하는 데에 부분적으로나마 기여했다. 그는 자신의 저서 『서부유랑기Roughing It』에서 1861년 형과 함께 역마차를 타고 네바다 사막을 여행했던 이야기를 썼다.

해가 저물 때, 우리는 한 마리의 동물을 처음 보았다. 캔자스에서 태평양에 이르기까지 2천 마일에 달하는 산지와 사막에서 자주 볼 수 있는 멍청이 토끼였다. 이름 한번 잘 지었다. 멍청이 토끼는 일반 토끼와 거의 똑같지만, 몸집이 3분의 1에서 2배 정도 더 큰 데다 다리도 더 길고, 당나귀를 제외하면 그 어떤 생명체도 가져본 적 없는 어이없을 정도로 커다란 귀를 갖고 있다.

트웨인과 그의 동반자들은 권총을 쏘아 산토끼를 놀라게 하고 재미있어했다. 산토끼가 쑥 덤불 사이를 뛰어다니며 '수 마일을 거뜬히 달아나는 모습이 매혹적'이라고도 생각했다.

어느덧 새끼 산토끼도 자기 다리에 달린 스프링과 보폭의 위력을 깨닫게 되었다. 녀석은 안뜰의 풀밭을 뛰어 다니는 미니어처 로데오 야생마였다. 마치 스카이 콩콩처럼 네 발 모두 허공에 떴다가 뻣뻣하게 뻗은 상태로 착지하며 머리를 흔들어서 두 귀가 빙글빙글 돌았다.

녀석은 제자리에 가만히 있다가도 갑자기 펄쩍 뛰곤 했다. 뒷다리로 튀어올라 몸을 완전히 길게 뻗으면 머리와 엉덩이가 배보다 높아지면서 몸뚱이가 오목하게 휘었다. 귀는 힘차게 쫑긋 섰다. 공중에서 자세를 반대로 바꾸었는데, 마치 개구리가 뛸 때처럼, 뒷다리를 귀 쪽으로 끌어오고 앞발은 땅으로 뻗은 상태로 허공에 떠 있었다. 착지하는 순간 방향을 틀어 다시 한번 도약을 시도하면서, 달리는 중에도 수직으로 도약하는 놀라운 능력을 선보이기도 했다.

어느 날 나는 풀밭에 러그를 깔았다. 러그 위에서 햇볕을 쬐며 책을 읽을 생각이었다. 책과 쿠션을 들고 밖으로 나와 보니 산토끼가 벌써 한 자리를 차지하고 있었다. 녀석은 마루 운동을 연습하는 체조 선수처럼 러그 위에서 빙글빙글 돌며 빠르게 뛰어다녔고, 러그 안에만 머물렀다.

산토끼는 내게 따라오라는 신호를 보내기도 했다. 내게 가까이 다가와 장난스럽게 펄쩍펄쩍 뛰다가, 순식간에 쏜살같이 멀어졌다가, 달리는 도중 방향을 틀어 약 올리듯 도로 가까이 왔다가 다시 멀어졌다. 녀석을 따라가 보려 했지만, 뒤뚱거리며 어설프게 쫓아가는 나를 남겨두고 눈부신 속도를 뽐내며 달아났다. 녀석은 그런 식으로 몇 분을 달리며 내가 빙글빙글 돌게 만들었다. 그러고는 어느 순간 갑자기 멈추어서 아무 일도 없었다는 듯 다시 풀을 뜯었다. 녀석은 하나도 숨이 차지 않았지만, 나는 땅바닥에 드러누워 숨을 헐떡이면서, 내가 얼마나 둔하고 느린지 절감했다. 품에 안을 수 있을 정도로 조그만 동물이 나보다 열 배는 빠르게 달릴 수 있다니.

새끼 산토끼가 다 자라면 시속 50킬로미터에서 80킬로미터(시속 35마일에서 50마일)까지 달릴 수 있고 이는 인간의 평균 속도인 시속 8킬로미터에서 9킬로미터(대략 시속 6마일)는 물론 가장 빠른 인간의 기록인 시속 44킬로미터(약 27마일)와도 크게 차이가 난다. 산토끼는 초당 자기 몸길이의 37배를 이동할 수 있는데, 이는 초당 자기 몸길이의 23배를 이동하는 치타보다도 빠른 속도다. 이러한 속도는 산토끼를 사냥하는 수많은 포식자—여우, 독수리, 매 등의 맹금류, 까마귀, 갈까마귀, 큰까마귀, 집고양이, 그리고 족제빗과 동물들(이 단어를 보고 백과사전을 찾아보니 오소리, 흰담비, 족제비, 담비, 수달, 울버린 등이 여기 속한다)로부터 도망치는 데 필요하다.

완전히 자란 유럽 갈색 토끼는 최대 2미터 높이, 3미터 너비를 뛰어넘을 수 있고 물에서 1킬로미터(약 반 마일) 이상 헤엄쳤다는 기록도 있다. 이러한 탁월한 신체 능력은 체중의 4분의 1이 근육으로 이루어져 있기 때문인데, 사실상 체중을 고려했을 때 산토끼의 등 근육은 개나 말보다 훨씬 크다. 산토끼의 심장은 평균 무게가 체중의 1퍼센트 정도로, 인간의 심장이 체중의 약 0.5퍼센트인 것과 비교하면 두 배에 달한다. 또한 평상시 심박수는 분당 최대 140회로, 당신이나 나의 심장보다 두 배 정도 빠르게 뛴다. 덕분에 산토끼는 포식자들을 따돌릴 수 있지만 한편으로는 심장을 혹사하기 쉽다. 산토끼도 다른 초식동물들처럼 포획 근병증capture myopathy을 앓을 수 있는데, 이는 야생동물이 포획되고 다루어지는 과정에서 발생하는 치명적인 충격 증상으로 심각한 경우에는 사망에 이르기도 한다. 종종 철창에 몸을 던져 사지나 목이 부러지는 산토끼들이 있다. 이는 타고난 본성을 거스르는 감금 상태에서 벗어나려고 필사적으로 몸부림치다가 죽는 것이다.

나는 산토끼에게 더 많은 자유가 필요하다는 생각이 들어서 우리의 벽에 달린 쪽문을 열어주고 정원에서 마음껏 뛰어다닐 수 있게 했다. 녀석은 넓은 공간에서 쫓기는 걸 좋아하는 것 같았다. 햇살에 반짝이는 풀밭에서 달려왔다가, 달아났다가, 다시 돌아와 나를 빙글빙글 돌면서 자신의 날렵함으로 나를 약 올렸다. 생울타리를 따라 달리다가 사라지는 속도가 얼마나 빠른지 맨눈으로도 카메라로도 따라잡는 것이 불가능했다. 녀석이 속도를 내어 달릴 때면 주위의 땅이 흐릿해질 정도였다. 새끼 산토끼는 항상 제자리에서 방향을 틀었고, 원을 그리며 빙 돌아 방향을 트는 법이 없었다. 더구나 놀라운 속도로 방향을 틀었다. 이 놀이를 할 때, 나는 너무 가까이에서 녀석을 압박해서 겁주지 않도록 조심했다. 새끼 산토끼는 대체로 혼자 놀았다. 공중으로 펄쩍 뛰어올랐다가 마치 놀라거나 겁에 질린 듯한 표정으로 네 발을 쫙 펼치고 착지했다가, 반듯하게 대각선을 그리며 풀밭을 이리저리 뛰어다녔다.

며칠이나마 녀석을 우리에 가두었던 게 후회스러웠다. 눈에 보이는 모든 것이 내게 말하고 있었다. 산토끼는 단순히 도망을 치는 게 아니라 달리기 자체를 즐긴다는 것을, 그리고 감금된 삶은 그들에게 엄청난 고통을 준다는 것을. 산토끼는 달려야 하는 동물이었다. 정원 너머 들판에서, 거의 땅에 닿지도 않고 쏜살같이 달리는 산토끼들이 보였다. 그들이 가장 가까운 언덕 너머로 사라진 뒤에야 내가 나도 모르게 숨을 참고 있었다는 걸 알았다.

그 빠른 속도가 치명적인 약점이 되기도 한다는 것이 바로 산토끼의 서글픈 숙명이다. 빠른 속도로 인해 산토끼는 인간 사냥꾼들에게 매혹적인 사냥감이 된다. 그리스의 산악지대에서부터 이집트의 사막과 영국의 계곡에 이르기까지, 고대로부터 인간은 산토끼를 사냥해 왔다. 도보로, 혹은 말을 타고, 매나 송골매, 사냥개 떼, 비글과 바셋을 데리고, 소총과 엽총으로 죽이거나 이동 경로에 잔인한 철사 덫을 설치해서 목을 졸라 죽였다. 과거 산토끼는 귀한 육류 공급원이었다. 산토끼의 뼈와 털가죽은 도구를 만드는 데 쓰였고 옷과 장갑의 장식이나 안감으로 활용되었다.

어니스트 톰슨 시턴은 자신의 단편소설 「작은 전쟁마Little Warhorse」에서 20세기 초 미국에서 행해졌던 '토끼몰이'에 대해 묘사하고 있다. 몰이꾼들은 약 30야드에서 40야드(약 27미터에서 37미터) 간격으로 5마일(약 8킬로미터)에 걸쳐 죽 늘어서서 막대기로 덤불을 두드리며 산토끼를 우리로 몰아 가두었다. 시턴은 한 번의 사냥에서 약 사천 마리의 산토끼가 무참히 도살당했다고 기록했다. 그중 가장 강한 오백여 마리는 살려두었는데, '코싱coursing'을 위해 우리에 가두었다. 코싱이란 그레이하운드를 두 마리씩 풀어 산토끼를 쫓게 하는 사냥 스포츠였다. 시턴은 작은 전쟁마라는 이름을 가진 산토끼의 일화를 전했는데, 이 산토끼는 사냥개와 열세 차례나 싸우고도 살아남았다. 극적으로 살아남을 때마다 이를 기념하기 위해 귀에다 별 모양을 새겼다. 그러던 중 산토끼를 가엾이 여긴 사람이 그를 풀어주었다. 당시의 사진에는 죽은 산토끼들로 뒤덮인 들판과 울타리에 트로피처럼 걸려 있는 산토끼 사체들이 담겨 있다.

영국에서 코싱은 우수한 사냥개의 기량을 시험할 목적으로 고안된 스포츠였다. 그 스포츠를 하려면 적절한 사냥감이 필요했고 안타깝게도 지상에서 가장 빠른 포유류가 바로 산토끼였다. 지금은 코싱이 불법이지만 여전히 암암리에 성행하고 있다. 코싱을 즐기는 사람들은 산토끼에겐 관심이 없고 오직 자신들의 개의 기량에만 관심이 있기 때문에 산토끼의 사체는 대부분 그냥 버려진다. 남의 땅에서 산토끼를 밀렵하거나 훔치는 것은 불법이지만, 토지 소유주나 농부가 직접 산토끼를 사냥하거나 다른 사람을 초대해 사냥하는 것은 법적으로 금지되어 있지 않다.

영국에서는 지금도 매년 수십만 마리의 산토끼가 단순히 오락 목적으로 사냥당하고, 유럽 전체에서 보면 그 숫자가 수백만 마리에 달한다. 사냥을 위해 거액을 지불하는 고객들도 있다. 희한하게도 산토끼는 영국에서 유일하게 사냥 금지 기간에 보호받지 못하는 사냥감이기 때문에 임신 중이거나 새끼를 기르는 어미도 사냥할 수 있다. 일반적으로 산토끼 사냥은 꿩 사냥 시즌이 끝나는 2월에 행해지는데, 하필 이 시기는 산토끼들이 번식을 시작하는 시기다. 2월 중순에 태어나 내가 발견했던 새끼 산토끼도 그 한 사례였다.

피비린내 나는 산토끼 사냥의 역사에도 불구하고, 산토끼에 관한 가장 사려 깊고 감동적인 글은 역설적이게도 사냥꾼들이 썼다. 사냥꾼들은 산토끼의 강인함과 섬세함, 영리함에, 그리고 죽음의 문턱에서도 살아남을 수 있는 능력에, 사냥개를 따돌리기 위해 8마일에서 9마일을 달리고 나서야 쓰러지는 강인한 심장에 매료되었다. 1975년 조지 개스코인이 출간한 『수렵 혹은 사냥의 고귀한 예술The Noble Art of Venery or Hunting』에는 산토끼 사냥법에 관한 상세한 지침은 물론이고 산토끼의 입장에서 사냥꾼에게 쓴 시도 담겨 있다.

인간의 마음이 어쩌다 이토록 무감해졌는가,
무고한 생명을 해치는 데서 기쁨을 얻다니?
스스로를 지킬 수도 없는 이 연약한 어린 짐승을?
물지도 못하고 쏘지도 못하는 이 가련한 짐승을?
그렇다면 나를 만든 창조주에게 감사하리니,
나를 인간이 아닌 짐승으로 만들었음을.

윌리엄 쿠퍼 역시 산토끼 사냥을 개탄했다. 그는 '사냥꾼의 놀이를 혐오하게 되었다'면서, 사냥꾼이 산토끼를 사냥하는 것은 '자신이 얼마나 사랑스러운 생명체를 박해하는지, 산토끼가 얼마나 고마움을 아는 동물인지, 얼마나 활기 넘치는 영혼을 갖고 있는지, 얼마나 삶을 즐기는지를 모르기 때문'이라고 했다. 그리고 '산토끼들이 유독 인간을 두려워하는 것처럼 보이는 것은 인간이 유독 그들에게 두려워할 이유를 제공했기 때문'이라고 했다.

이러한 글에 반복적으로 등장하는 불편할 정도로 상세한 내용이 있는데, 산토끼가 덫에 걸리거나 죽어갈 때, 마치 다친 아이처럼 날카로운 비명을 지른다는 것이다. 1753년 윌리엄 서머빌은 사냥의 기쁨을 찬미하는 자신의 시 「추격The Chase」에서 사냥개의 무리에 쫓기는 암컷 산토끼의 마지막 순간을 이렇게 묘사했다.

어쩌나 재빨리 몸을 트는지! 쩍 벌린 입을 용케 피하고,
그렇게 한순간을 더 살지만, 탐욕의 무리가 사방을 포위하자
아이 같은 비명을 지르며 마지막 숨을 내쉬고
그렇게 마지못해 생을 마감한다.

19세기 러시아 작가 A. A. 체르카소프는 자신의 저서 『동시베리아 사냥꾼의 기록Notes of East Siberian Hunter』에서 '산토끼가 다치거나 개 혹은 인간에게 붙잡히면 비명을 지르는데, 그 소리는 인간 갓난아기의 울음소리와 매우 흡사하다'라고 썼다. '그것이 바로 수많은 시베리아인이 산토끼를 먹는 것이 죄라고 말하는 이유'라고 덧붙이기도 했다.

처음에 나는 그런 묘사가 그저 시적인 표현이 아닐까 생각했지만, 그런 기록은 계속 나왔다. 시인 메리 매킨스는 「산토끼The Hare」라는 시에서, 제2차 세계대전 이전의 어느 토요일 사냥대회에서 몰이꾼 대열에 서 있던 경험을 묘사했다. 거친 땅을 걸어가던 중 '총성이 터지

는' 소리를 들었고 곧바로,

비명이 화살처럼 머리를 관통하고 지나갔다.

2분. 또 한 번의 비명, 그리고 또 한 발의 총성.

우리는 무너졌다. 누군가가 울었다. 한 남자가 돌아왔다.

"산토끼야." 그가 말했다. "산토끼들은 그렇게 비명을 질러."

메리는 지상 공습과 폭격을 피해 지하실에 몸을 숨긴 상태로 그 일을 회상했다. '생각할수록 가엾다. 얼마나 무서웠을까! 대체 우린 무슨 생각을 하고 있었던 걸까?' 메리는 무모한 전쟁의 희생자들을 죄 없는 산토끼에 비유하고 있었다.

유럽 포유류에 관한 어느 과학 안내서에서는 다친 산토끼가 소리를 낸다는 사실을 인정하면서 그 고통의 소리는 '구슬픈plaintive' 소리로 알려져 있다는 설명을 덧붙였다. 내 곁에 가만히 앉아 있는 이 어리고 가냘픈 생명체가 그런 울음소리를 낼 수 있다니 상상하기 어려웠다. 하루가 길어지고 여름이 다가올수록, 나는 그 소리를 들을 일이 절대 없기를 간절히 바랐다.

## 5월의 나날들 : 미녀 산토끼

3월의 산토끼가 가장 흥미진진할 거야.
더구나 지금은 5월이니까 미쳐도 3월만큼 미치진 않았겠지.

—루이스 캐럴, 『이상한 나라의 앨리스』, 1865

숲에는 블루벨 꽃이 흐드러졌고 먼 들판에는 갓 태어난 새끼 양들이
조각구름처럼 흩어져 있었다. 새끼 산토끼는 날마다 한결같은 온화함
과 다정함으로 내 마음을 사로잡았다. 연필심처럼 반짝이는 검고 뭉

툭한 발톱은 한 번도 나를 할퀴지 않았다. 한 번도 내게 덤비거나 나를 피해 달아나지 않았고, 산토끼를 키우려 했다는 사람들이 말하는 것처럼 나를 발로 차거나 물지 않았다. 새끼 산토끼를 다룰 땐 두툼한 장갑을 끼었다고 쓴 사람도 있었다. 최대한 잘 먹이고 돌보려 애쓰는 나의 서툰 노력을 녀석은 묵묵히 견디어주었다. 항상 티 없이 깔끔한 상태를 유지하며 규칙적인 생활을 하는 것 외에도, 녀석은 날마다 사랑스러운 행동들을 새롭게 선보였다.

새끼 산토끼는 좁은 공간으로 비집고 들어가는 걸 좋아해서 의자 밑이나 쿠션 사이로 몸을 욱여넣곤 했다. 사무실 문이 열려 있으면 문 뒤쪽 공간으로 들어가 돌아앉을 수도 없을 만큼 좁은 곳에서 행복해하며 세수를 했다. 내가 책상 앞에 앉아 일을 할 때면 내 의자 밑 바퀴와 다리 사이로 쏙 들어가 앉았다. 나는 의자 밑을 내려다보며 녀석과 눈을 맞추곤 했는데, 그럴 때면 흙 빛깔의 동그란 입이 나를 향했다. 내가 안뜰에 나가 다리를 뻗고 앉아 있으면, 녀석이 내 발목 위에 올라가 안뜰을 바라보았는데, 그럴 때면 높아진 시야를 즐기는 것 같았다. 추운 날이면 뒤에서 내 외투에 코를 파묻고 들어왔다가 반대쪽으로 나가곤 했다. 내 팔과 몸 사이의 공간에 주둥이를 넣기도 했는데, 어둠과 틈새를 파고드는 느낌을 좋아해서일 수도 있고, 그저 따뜻해서일 수도 있었다. 녀석은 일광욕을 무척 좋아해서 벽에 기대어 햇빛을 정면으로 받는 자리를 좋아했고, 아주 더울 때만 그늘로 갔다. 호박벌과 젖은 바위를 싫어했고, 물웅덩이를 피해 다녔다. 풀밭을 가로지를 때면 일정한 간격을 두고 발에 묻은 물기를 말끔히 털어냈다. 1406년 노리치의 에드워드는 사냥에 관한 자신의 글에서 '산토끼는 은신처에서 나와 풀을 뜯으러 갈 때, 혹은 다시 은신처로 돌아갈 때, 나뭇가지나 풀잎을 절대 건드리지 않는다'라고 썼다. 새끼 산토끼도 풀잎 하나 건드리지 않고 안뜰을 누비고 다니는 것 같았다.

녀석은 솔기에 묘한 집착을 보였는데, 이를테면 내 바지 옆선 같은 곳을 따라 내려가며 씹었다. 솔기를 물어뜯진 않았지만, 마치 머리를 곱슬곱슬하게 만드는 헤어 아이언이 지나간 것처럼, 봉긋하게 솟아오른 자국을 남겼다. 녀석은 베갯잇 가장자리, 이불, 쿠션 장식, 신발 끈 끝부분, 러그의 술을 따라가며 똑같은 행동을 했다. 대롱거리는 물건들도 녀석의 관심을 끌었는데, 고양이처럼 가지고 장난치는 게 아니라, 마치 어떤 의도가 있는 듯 조용히 씹었다. 바닥에 놓아둔 신문도 예외가 아니었다. 나는 새끼 산토끼가 남긴 흔적들을, 녀석이 갉아 먹은 가장자리들을 점점 더 사랑하게 되었다.

하루에 두 번, 새벽녘과 해 질 무렵, 녀석이 내 침실로 와서 침대 위로 뛰어올라 앞발로 이불을 타닥타닥 두드리며 이쪽저쪽으로 뛰어다니다가, 일정한 간격을 두고 공중으로 뛰어올라 휙 방향을 틀었다. 착지하는 순간 다른 방향을 바라보게 되면 다시 앞발로 이불을 두드리는 과정을 반복했는데, 그러는 내내 덜거덕거리고 부스럭거리는 요란한 소리가 났다. 그렇게 몇 분을 뛰고 나면 갑자기 멈추어 서서 눈 깜짝할 사이에 계단으로 사라졌다. 태어난 지 일주일밖에 안 되었을 때의 휘청거리는 걸음걸이와는 아주 딴판이었다.

새끼 산토끼가 발을 구르는 방식은 다양했다. 때로는 자갈을 파내거나 땅에 몸을 숨길 작고 오목한 공간을 만들 때처럼 느리고 조심스러웠다. 그러나 대체로 쉴 새 없이, 열정적으로 굴렀고 수직 회전 점프가 동반되었다. 계단을 올라가다가 갑자기 멈추어 서서, 녀석이 쉽게 다니도록 놓아둔 세 개의 쿠션 위에서 발을 구르기도 했다. 천이 늘어져 있으면 무조건 그 뒤로 사라져 앞발로 천을 두드렸다. 호기심을 자극하는 모든 표면에 그런 식으로 반응했다. 바닥에 놓인 종이상자의 뚜껑에서부터 사무실 곳곳에 널린 나의 서류들까지. 단정할 수는 없지만, 내가 보기에는 팽팽한 것, 보드라운 것, 매끄러운 것을 골고루 선택해서 다양한 질감과 소리를 즐기는 것처럼 보였다. 어쩌면 내게 신호를 보내는 것일 수도 있겠지만, 설령 그렇다고 해도 나는 녀석의 앞발 언어를 이해하지 못했다. 야생에서 산토끼들이 뒷다리로 땅을 두드려 의사소통한다는 글을 읽은 적이 있지만 그것과는 달랐다. 어쩌면 훗날 다른 산토끼와 겨루기 위해 강하고 빠른 다리를 갖기 위한 훈련이었는지도. 폭우가 쏟아지던 어느 날, 내가 일을 하고 있는데 새끼 산토끼가 위층으로 올라가더니, 창문과 지붕을 때리는 빗줄기의 박자에 맞추어 내가 바닥에 던져둔 셔츠를 두드린 적도 있었다.

이제 새끼 산토끼는 대부분의 시간을 안뜰에서 보냈고 생울타리나 키 큰 풀숲으로 스며들듯 사라지곤 했다. 저녁이 되면 초여름의 풀밭에 누운 내게로 달려와 내게 안겨 집으로 돌아왔다. 새끼 산토끼의 털은 여러 가지 색조가 어우러진 경이로움 그 자체였다. 황갈색, 붉은색, 진한 커피색과 캐러멜색 털이 태피스트리처럼 촘촘히 짜여 있었고 햇빛 속에서 계속 색이 바뀌었다. 이마의 흰 점은 옅어졌고 좀 더 짙은 색 털로 대체되었는데, 어쩌면 미성숙한 단계에서 벗어났다는 신호일수도 있었지만 그에 관한 정보는 찾을 수 없었다. 혹시 그 답을 알 수 있을까 해서 산토끼의 털에 관한 과학적 연구자료를 찾아보았지만, 대부분 박물관에 전시된 토끼 가죽을 연구한 결과를 바탕으로 한 자료였다. 연구자는 산토끼가 머리에 총을 맞아 털이 피로 물들거나 아예 사라진 상태라고 서술했는데, 그렇다면 본래의 털에 관한 중요한 증거가 훼손되었을 거라는 게 나의 생각이다.

이마의 흰 점이 어떤 의미인지에 관한 합의된 의견은 없었다. 수컷임을 뜻한다는 설도 있었고 쌍둥이 혹은 두 마리 이상의 새끼 중 한 마리라는 뜻이라는 설도 있었다. 그러나 산토끼의 이마에 난 뻣뻣한 털의 감촉에 관한 사실은 확인할 수 있었다. 이마의 털은 수염과 함께 감각 기관의 일부였고 단순한 털이 아니라 '진동 수염'이라 불리는 기관이었다. 이 털들은 신경 말단 조직으로 둘러싸인 모공에서 최대 11센티미터까지 자랐다.

산토끼는 감쪽같이 사라졌다가 다시 나타나고 소리 없이 움직이는 신비한 능력을 지녔다. 방에 들어가 방 안을 둘러보고 산토끼가 없다고 생각한 순간, 바닥에 누워 카펫 무늬에 스며든 녀석을 발견하기도 했다. 앞발을 살짝 펴고 근육은 반만 긴장한 상태로, 혹시라도 내가 실수로 녀석을 밟기라도 하면 곧바로 달아날 채비를 하고 있었던 것 같았다. 무늬가 있는 배경이나 어두운 조명 속에서 산토끼의 형체를 분간하려면 의식적으로 눈의 초점을 맞추어야만 했고, 그렇게 하지 않으면 못 보고 지나치기 일쑤였다. 나는 자주 녀석의 움직임을 놓쳤다. 안뜰에서 여러 번 산토끼를 잃어버린 줄 알고 당황했지만, 어느 순간 내 곁을 지나 위층으로 올라간 것을 내가 알아차리지 못한 것이었다.

이것은 결코 우연이 아니었다. 알고 보니 산토끼는 '은폐 행동'을 하는 동물이었다. 은폐 행동은 위장과 보호색을 이용하여 포식자의 눈

을 피하는 일종의 생태 전략이다. '위장camouflage'이라는 단어가 프랑
스어 *카무플레camouflet*에서 유래했다는 설이 있는데, 이는 적을 혼란
에 빠뜨리기 위해 연기를 피우는 군용 지뢰를 일컫는 말이다. 새끼 산
토끼의 독특한 털 빛깔과 그 목적을 설명하는 적절한 말이라고 할 수
있다. 산토끼의 몸에서 땅과 가장 가까운 부위인 배는 흰색이고 등은
갈색이다. 이러한 '역음영'은 포식자의 눈에 혼란을 주어 도망칠 시간
을 벌 수 있도록 설계된 것이다. 상어의 경우에는 정반대의 목적으로
이 수법이 사용된다. 상어는 눈에 뜨이지 않고 먹잇감에 다가가기 위
해 햇빛이 닿는 부분은 어둡고 닿지 않는 부분이 밝은 색으로 음영이
왜곡되어 있다.

코로나 봉쇄가 몇 달간 지속되자 나는 더 깊이 독서에 빠져들었다.
날이 갈수록 어린 산토끼의 소박하고 규칙적인 습성은 문학이나 전설,
신화에 나오는 불안정한 이미지와 상반되는 것처럼 보였다. 산토끼는
대체로 변덕스럽고 경박하며 종잡을 수 없고 으스스한 행동을 하는 것
으로 묘사된다. 이솝 우화에는 거만하고 쉽게 한눈을 파는 산토끼가
결국 거북이에게 속아 패배하는 모습이 담겼고, 토끼가 안뜰을 가로
지르면 집이 불타버린다는 미신도 있었다. 임산부가 토끼를 보게 되
면 즉시 자기 옷을 찢어야 한다는 속설도 있는데, 그렇게 하지 않으면
아기가 '언청이hare-lip'로 태어난다고 믿었다. 13세기 중세 영시 「산토
끼의 이름들The Names of the Hare」에서는 산토끼를 만났을 때 불운을
피하기 위해 외우는 이름 77개를 열거하고 있는데, 그 시에서 산토끼
는 '사람을 놀라게 하는 자, 신의를 저버리는 자'이며, '그의 가장 확실
한 이름은 악당'이라고 되어 있다.

곡식 사이에서 사는 그 짐승,

모두의 멸시를 받는 그 짐승,

누구도 감히 이름 붙이지 못하는 그 짐승.

당시 사람들은 마녀가 산토끼로 변신하여 돌아다닌다고, 혹은 마녀가 산토끼를 자신의 영적 동반자로 삼는다고 믿었다. 17세기 후반 스코틀랜드에서 마녀로 몰렸던 여성 이소벨 가우디는 조사 과정에서 자신이 산토끼로 변신할 때마다 다음의 주문을 세 번 외운다고 자백했다.

나는 산토끼로 변하리라.

슬픔과 탄식, 크나큰 근심과 함께,

나는 악마의 이름으로 변신하리라.

다시 집으로 돌아올 때까지.

다시 '여인과 유사한 형상'으로 되돌려 놓는 주문도 있었다. 생각해 보니 불과 얼마 전까지만 해도, 시골에서 산토끼와 한집에서 지낸다는 이유로 마녀 사냥꾼이 우리 집으로 몰려올 수도 있었다. 나를 시기하는 이웃의 말에 혹해서, 아니면 내가 자기 곁을 지나갔는데 젖이 상했다거나, 아이가 병들었다는 어느 어머니의 증언을 듣고서 말이다. 스코틀랜드에서 마녀 사냥꾼들은 '프리커prickers'라고 불렸는데, 이는 '악마의 표식'을 찾기 위해 마녀로 의심받는 여자들의 몸을 바늘로 찌른 데에서 유래한 명칭이었다.

산토끼의 속성으로 일컬어지는 특성을 찾을 때마다 그와 상반되는 특성을 발견하게 된다. 『우수憂愁의 해부Anatomy of Melancholy』를 쓴 17세기 작가 로버트 버튼은 산토끼의 고기가 '검고…… 소화하기 어려운' 음식이라며 이 고기가 악몽을 꾸게 한다고 주장한 반면, 로마 문학에서 산토끼는 종종 사랑, 욕망, 아름다움과 연결된다.

나는 산토끼 고기를 금기시한 수많은 자료를 발견했는데, 이는 구약성서까지 거슬러 올라간다. 성경에서는 산토끼가 자기 배설물을 먹는 습성, 즉 '재흡수'라 불리는 행동을 보여서 '부정한' 동물로 여겨졌지만 내 생각에 그러한 평가는 다소 부당하다. 왜냐하면 토끼와 산토끼 모두 처음 배출한 부드러운 녹색 알갱이를 도로 섭취해야만 풀의 영양소를 완전히 흡수할 수 있기 때문이다. 풀은 셀룰로스 함량이 높아 소화하기가 무척 어렵다. 토끼와 산토끼 두 종 모두 영양이 풍부한 배설물을 다시 섭취하지 못하면 영양실조에 걸리거나 심지어 죽을 수도 있는데, 이는 소가 되새김질을 하는 것과 크게 다르지 않다.

한편 산토끼는 신성한 존재로 여겨지기도 한다. 율리우스 카이사르는 『갈리아 전기』에서 브리튼 섬 원주민들이 산토끼를 신성한 동물로 여겨 먹지 않았다고 기록했다. 고대 이집트 무덤의 벽은 산토끼 머리를 한 신들의 이미지로 장식되어 있다. 불교에서는 다른 산토끼들을 살리기 위해 불 속에 몸을 던진 산토끼의 일화가 전해진다. 미국과 캐나다 원주민들의 구술전통에 의하면, 위대한 산토끼 미차보Michabo는 지구와 인류의 창조에 중요한 역할을 했다고 한다. 마찬가지로 초기 의학과 미신에서도 산토끼의 발은 행운을 가져다준다고 여겨지거나 류머티즘 치료에 사용되었고, 산토끼의 피가 가려움이나 백선을 치료한다고 믿었다. 산토끼 뒷다리의 특정한 뼈는 산통과 경련을 완화하는 데 도움을 주는 것으로 여겨졌고, 산토끼의 피부를 태워 가루를 내어 쓰면 출혈을 멈출 수 있다고 믿었다.

산토끼를 과학적 연구의 대상으로 삼았던 이들조차도 신비롭거나 악마적인 산토끼의 이미지로부터 완전히 자유롭지는 못했다. 17세기 의사이자 과학자 토머스 브라운 경은 '산토끼가 지나가면, 예순이 넘은 사람 중 이를 불길한 징조로 여기고 당황하지 않는 이는 없다'라고 기록하면서 이를 '예언적 공포'라고 표현했다.

산토끼의 성별조차도 고대로부터 신비로운 주제였는데, 다양한 추측과 상상이 있었다. 플리니우스 대제는 산토끼가 자웅동체라고 주장했고 클라우디우스 아에리아누스는 '수컷 산토끼도 출산을 하고 양성의 특성을 모두 지닌다'라고 말했다. 노리치의 에드워드는 '산토끼는 때로는 수컷이 되고 때로는 암컷이 된다'고 주장했다. 브라운은 당시의 시대적 편견을 반영하여 산토끼의 성별이 '암컷에서 수컷으로 변화' 혹은 '불완전에서 완전으로 변화'한다고 했다. 이러한 믿음은 부분적으로는 산토끼에게 성적 이형성이 없다는 사실에서 기인한 것일 수 있다. 산토끼는 인간, 개코원숭이, 사자, 공작새, 심지어 영국의 사슴이나 꿩과 달리, 수컷 산토끼와 암컷 산토끼 사이에 크기나 외형 면에서 두드러진 차이가 없다. 그러나 이러한 특성을 지닌 다른 동물도 많기 때문에 유독 산토끼만 이러한 오명을 갖게 된 이유를 명확히 설명할 수는 없다.

나의 친구들도 새끼 산토끼의 성별을 알아내려는 열의가 대단했다.

둘 중 어느 쪽인지를 놓고 저마다 확신이 넘쳐 내기를 걸 정도였다. 나도 궁금하긴 했지만 새끼 산토끼가 굴욕적인 검사를 받게 할 생각을 하니 마음이 불편했다. 행여라도 검사 과정에서 녀석이 겁을 먹는 건 상상조차 하기 싫었고, 사냥꾼이나 과학자들조차 임신한 암컷 산토끼를 수컷으로 착각할 정도였다면 나 역시 확실한 결론을 내리기 어려울 것 같았다. 어떤 연구에서는 암컷 산토끼가 대체로 수컷보다 크다고 주장하고 있지만 또 다른 연구에서는 정반대 의견을 내놓고 있었다. 무엇보다도 나에겐 비교할 만한 다른 산토끼가 없었다. 산토끼의 아랫배에서 젖꼭지를 스치듯 본 적이 있었고 그 순간 암컷일 수도 있겠다는 생각은 했다.

또 하나의 반전이 있다면, 산토끼에 관한 가장 기이한 이론 중 하나가 사실로 밝혀졌다는 것이다. 2천 년 전 헤로도토스는 산토끼가 '모든 생물 중 유일하게 임신 중 다시 임신하는 것이 가능하다'고 기록했다. 즉, 갓 태어난 새끼들이 쫓기고 죽을 때, 어미의 배 속에서 또 다른 새끼들이 자라고 있을 수 있다고 했다. 아리스토텔레스는 『동물의 역사』에서 '산토끼는 일 년 내내 번식하고 출산한다. 산토끼는 새끼를 한 번에 전부 다 낳지 않고 그때그때 상황에 맞게 여러 날에 걸쳐 간격을 두고 낳는다'고 썼다.

두 저자가 기록하고 있는 것은 소위 '중복임신'으로 알려진 개념인데, 이는 산토끼가 서로 다른 두 무리의 새끼들을 동시에 품는 능력이 있음을 뜻한다. 이러한 특성이 산토끼에게 신비로움을 더했고 산토끼를 다산의 상징으로 여겨지게 했다. 더구나 중복임신은 일반 토끼에게서는 찾아볼 수 없는 특성이다. 산토끼의 중복임신을 처음 발견한 사람은 사냥꾼이었던 것으로 추정되는데, 이러한 특성이 산토끼가 난 잡한 짐승이라는 평판을 얻는 데 기여했을 가능성이 있다. 19세기 시 베리아의 사냥 관련 기록을 남긴 A. A. 체르카소프는 '산토끼는 매우 정력적이며 특히 암컷이 그렇다'라고 썼다.

산토끼에게 고정된 성별이 없고 수시로 성별을 바꿀 수 있는 능력 을 지닌 존재인 동시에 통제불가능한 성욕과 다산의 상징으로 인식되 다 보니, 산토끼가 변덕스럽고 신뢰할 수 없는 동물로 여겨지는 것도 그리 터무니없는 일은 아니다. 한편 동물 우화집을 쓴 중세의 어느 작 가는 산토끼를 이렇게 묘사했다. '산토끼는 신의 없는 인간에 비유되 기도 하는데, 신의 없는 자는 방탕한 자들이고, 남자도 아니고 여자도 아니며, 충성스럽지도 않고 배신하지도 않고, 차갑지도 않고 뜨겁지도 않다. 단언컨대 그들은 솔로몬이 말한 모든 면에서 불안정한, 두 개의 마음을 품은 자들임에 틀림없다.'

산토끼를 둘러싼 신화와 전설이 나에겐 당혹스러웠다. 너무 양극 단으로 갈리기 때문이었다. 산토끼는 한편으로는 선의, 부활, 자기희 생의 상징이면서 또 한편으로는 마녀의 동반자이자 죽음과 복수, 불 운의 전조였다. 문득 궁금했다. 어떻게 같은 동물이 이토록 신성하면 서도 불경스럽고, 순결하면서도 방탕하며, 행운의 상징이면서도 불운 의 징조일 수 있을까? 산토끼가 희생의 상징이면서 동시에 마녀가 변 신한 모습이고, 광기와 우매함의 화신이면서도 지혜의 상징일 수 있 는 이유는 무엇일까?

일반 토끼도 다산의 상징이긴 하지만, 마녀와 연관되거나 초자연 적인 힘이 깃든 존재로 여겨지진 않는다. 새끼 산토끼를 직접 관찰하다 보니 산토끼가 부정적인 이미지를 갖게 된 이유를 몇 가지 꼽을 수 있었다. 산토끼는 주로 밤에 활동하고, 이 점은 고양이처럼 전통적으로 흑마법과 관련이 있는 것으로 여겨진 다른 야행성 동물과 유사하다. 산토끼는 또한 뒷다리로 서거나 수직으로 뛰어오를 수 있는데, 멀리서 보면 마치 걷는 것처럼 보이기도 한다. 산토끼의 조용함, 조심스러운 태도, 예민한 청각, 그리고 사냥꾼을 기막히게 따돌리는 놀라운 속도 역시 초자연적인 분위기를 더한다.

산토끼가 조용하지만 죽을 때 비명을 지른다는 사실은 땅에서 뽑힐 때 비명을 지른다고 전해지는 맨드레이크 뿌리에 관한 설화를 연상시킨다. 산토끼는 야생동물이지만 종종 인간의 경작지 근처에서 살아가기 때문에 친근하면서도 신비롭다. 팔다리가 길고 아름다우며, 우아하고 나른한 분위기를 지녔다. 전반적으로 '여성적인' 특성을 지니고 있는데, 어쩌면 그래서 오랜 세월 다양한 문화권에서 여성에게 덧씌워졌던 편견과 똑같은 방식으로 부당한 평가를 받아온 것인지도 모르겠다.

나는 산토끼에 대한 모호한 평판이 산토끼와 관계가 있다기보다는, 이해하지 못하는 것들을 박해하려는 우리 인간의 습성과 모순적인 성향에서 비롯된 것이라는 생각이 들었다. '산토끼'라는 단어는 '회색'을 뜻하는 고대 영어 단어에서 유래되었는데, 어쩌면 한 마디로 정의하기 어려운 이 동물에게 적절한 이름인지도 모르겠다. 나에게 이 어린 산토끼는 아직 너무도 작은 존재여서 이토록 오랜 역사와 미신, 그리고 기대의 무게를 감당하기란 벅차 보였다. 그래서 나는 녀석을 있는 그대로 받아들이기로 했다.

## 독립

'특정한 장소에서 자라 그곳에 익숙해진 산토끼는……
하루 종일 같은 길로 다니고 같은 지역을 배회하며
같은 길목을 지나간다.'

— 조지 개스코인, 『수렵 혹은 사냥의 고귀한 기술』, 1575

지금껏 정원을 가꿀 생각은 거의 하지 않았다. 그러나 밖에서 산토끼
를 지켜보면서 그 공간을 새로운 각도에서 보게 되었다. 정원에는 어

린 과일나무 몇 그루만 듬성듬성 서 있어서 황량하기 짝이 없었다. 그래서 틈날 때마다 정원을 가꾸기 시작했다. 집의 한쪽 측면을 빙 둘러 커다란 반원 모양의 화단을 만들고 상록 관목과 장미, 꽃, 그리고 땅을 낮게 덮는 지피식물들을 되는대로 심었다. 원예용품점에 가면 곧바로 탈진 상태가 되었다. 식물의 종류가 황당할 정도로 많았고, 각각의 식물이 요구하는 햇빛의 양과 토양의 질과 바람막이의 조건이 너무도 까다로웠다. 습한 점토질 토양에 거센 바람이 부는 나의 정원은 그러한 조건들을 충족시키기 어려웠다. 그러나 나는 포기하지 않았고, 황량하고 암울했던 화단은 어느새 어지러운 색의 향연으로 변해갔다. 완벽하진 않았지만 나의 정원이 자랑스러웠다. 이 정원으로 상을 받을 일은 없겠지만, 그래도 나만의 정원이었다.

그래서 어느 여름날 아침, 새끼 산토끼가 겨우 삼십 센티미터 남짓 자란 어린 상록 관목의 밑동을 갉아 먹는 것을 보았을 때, 조금 언짢은 기분이 들었다. 녀석은 나뭇가지들을 휘어서 햇빛을 부분적으로나마 가리는 녹색 차양을 만들어놓고는 그 밑의 흙을 파내어 살짝 움푹한 자리를 만들어서 거기 누워 낮게 드리워진 아침 햇살을 쬐고 있었다. 내 사무실 창문에서 너무도 잘 보이는 자리였다. 찬찬히 생각해보았더라면 뜻밖에 새끼 산토끼에게 안락한 휴식처를 만들어주었다는 사실이, 그리고 녀석이 야생에서처럼 자신을 둘러싼 환경에서 스스로 쉴 곳과 은신처를 마련했다는 사실이 흐뭇했을 것이다. 그러나 나는 흐뭇해하기는커녕 느닷없이 주인의식을 발동하며 내가 들인 돈과 시간을 떠올렸고, 새끼 산토끼가 '나의 나무'를 죽일지도 모른다고 생각했다. 나는 그날 오후 늦게, 원예 장갑을 끼고 대나무 막대들과 철삿

줄을 들고 나가 화단 한복판에 있는 어린 나무 주위로 어설픈 울타리를 쳤다. 작업을 마치고 나서는, 문제를 해결했다는 생각에 뿌듯해하며 흙이 묻지도 않은 손을 상징적으로 털었다.

다음 날 나가보니 새끼 산토끼가 그 허접한 울타리 안에서 잠들어 있었다. 녀석은 철삿줄 틈새로 비집고 들어가 가느다란 나무 몸통에 엉덩이를 대고 울타리에 코를 박고 웅크리고 있었다. 허술한 나의 울타리는 녀석을 막지 못했을뿐더러, 오히려 더 아늑한 보금자리를 만들었다. 녀석은 빈약한 녹색 차양 아래에서 닫힌 눈꺼풀에 햇빛을 받으며 졸고 있었다. 문제가 그렇게 정리된 뒤로, 나는 다시는 산토끼의 선택에 개입하지 않았다. 새끼 산토끼는 나무 밑의 흙을 마치 비로 쓸어낸 듯 말끔하게 정돈하고 이빨로 잡초와 조그만 돌들을 골라냈다. 예상과는 달리 관목은 죽지 않았고, 다만 조금 느리게 자라면서 초기에 새끼 산토끼가 만들어놓은 둥근 공간을 그대로 유지했다. 산토끼는 여름 내내 그 비좁은 공간에서 잤고, 바람의 방향이 북동풍에서 남서풍으로 바뀔 때에만 살구나무와 배나무 사이의 움푹한 공간으로 이동했다. 녀석이 자고 난 자리는 풀잎과 줄기들이 납작하게 눌려 길고 가느다란 흔적이 남았지만, 배설물은 전혀 없었고 깨끗했다. 산토끼의 미묘한 움직임에 의해 살짝 긁히거나 눌리긴 했지만, 토끼굴 언저리처럼 배설물이 수북이 쌓이지는 않았다. 나는 어쩌면 그것이 산토끼가 집 안을 항상 청결하게 유지하는 이유인지도 모른다고 생각했다. 집 안을 자기 보금자리의 연장이라고 여기고 더럽히지 않으려 애쓰는 것 같았다. 녀석은 일정한 간격으로 보금자리를 옮겨 다녀서, 어느 시간에 어디 있을지 거의 정확하게 예측할 수 있었다.

예전에 통화했던 자연보호활동가가 여우 사냥에 사용했던 속임수에 관해 얘기한 적이 있었다. 사냥터지기들은 죽은 토끼를 시계가 장착된 파이프에 묶어놓았는데, 여우가 토끼를 훔쳐갈 때 배터리가 빠지면 시곗바늘이 멈추었다. 그런 식으로 사냥터지기는 다음 날 여우가 몇 시에 다시 올지 정확히 예측할 수 있었다. 나는 야생동물의 습성이 예측할 수 있는 것이라고는 한 번도 생각해 본 적이 없었다.

정원에서 파닥거리는 새의 날갯짓을 보면 우리 정원에 새 한 마리가 날아들었구나, 생각했을 뿐 똑같은 새가 매일 같은 시간에 와서 똑같은 행동을 반복하는 것이라고는 생각하지 않았다. 그러나 그 사실을 알고 나니 내 주위의 야생동물들과 훨씬 더 연결되는 기분이 들었다. 감각과 관찰력의 한계로 인해 우리는 동물들의 습성을 너무도 모른다.

산토끼는 소리 없이 움직였지만 움직임으로 많은 것을 표현했다. 귀의 위치는 날씨와 주변 상황에 따라 달라졌다. 바람 부는 날이나 잠을 잘 때와 숨을 땐 귀를 등에 납작하게 붙였다. 반면 집 안에서 쿠션 위에 편안히 누워 있을 때 귀를 어깨 위로 활짝 펼쳤다. 무언가가 녀석의 주의를 끌면, 한쪽 혹은 양쪽 귀가 주의를 끄는 방향으로 향했다. 귀 끝의 검은 부분이 번쩍 보이는 것은 불안 혹은 고도의 경계 태세임을 뜻한다. 먹이를 먹을 때면 귀를 여러 각도로 회전시켜 주변의 소리를 감지하면서 끊임없이 턱을 움직인다. 햇볕 아래 배를 깔고 누워 있을 때면 방어력의 저하를 보완하려는 듯 귀를 곧추세웠다. 햇빛이 단단하지만 여린 살을 통과할 때면, 귀를 따라 내려오는 세 개의 굵은 정맥과 그사이에 정교한 세공처럼 펴져 있는 모세혈관이 선명하게 보였다. 눈을 감고 있어도 어린 산토끼는 여전히 경계를 늦추지 않았고 후각과 청각을 이용하여 위험신호를 감지했다.

어린 산토끼는 탁 트인 시야와 높은 지대, 뒤에 자신의 형체를 흐릿하게 해주거나 보호해 줄 만한 것이 있는 장소를 선호했다. 휴식을 취하기 전에는 늘 딱딱한 표면에 등을 바짝 붙였다. 집에서는 벽에, 정원에서는 나무 몸통에 등을 붙였다. 그런 다음 허공에 앞발을 휙 털어 실제 혹은 가상의 먼지를 털어내고는 몸을 살짝 들어 앞발을 배 밑으로 완전히 감추었다. 긴 뒷다리는 가슴 부분의 털 가장자리 밑으로 살짝 드러났는데 전체적으로 조그만 갈색 빵 한 덩이 같았다. 녀석은 그런 식으로 사무실 문턱을 가로지르며 누워 자곤 했다. 내 책상에서 몇 미터 떨어진 거리였고 내가 일하는 동안 그 상태로 내 곁을 지켰다. 시간이 흐를수록 더 깊이 잠에 빠져들면 녀석의 몸이 서서히 허물어졌다. 가장 편안한 상태일 때 녀석은 앞발을 교차시키고 목을 그 위에 얹은 채 엎드렸는데 그럴 땐 턱이 부드럽게 움직여서 마치 되새김질을 하는 것 같았다. 뒷다리를 길게 뻗고 모로 누울 때도 있었는데 그럴 때면 털이 난 발바닥과, 어느덧 회색에서 검은색으로 변한 꼬리의 짙은 줄무늬가 보였다.

새끼 산토끼가 하품하는 모습을 처음 보았을 땐 신기했지만 녀석은 하루 종일 반복해서 하품을 했다. 누워 있을 때도 했고 뒷다리로 앉아 있을 때도 했다. 입을 크게 벌리고 선명한 분홍색 혀를 이빨 밖으로 길게 내밀었고, 일부러 그러는 건지 아니면 어쩔 수 없이 그러는 건지, 눈을 감았다. 산토끼들은 좀처럼 긴장을 풀지 않고 눈도 감지 않는다고들 하는데, 이제 나는 안다. 그들이 안전하다고 느낄 때면 세상에서 가장 만족스러운 동물처럼 축 늘어져 쉰다는 것을.

그렇게 한동안 쉬고 나면 일어서서 마치 누가 잡아당기는 것처럼 몸을 한껏 뒤로 휘었다. 발끝으로 균형을 잡고 활시위를 최대한 당겼을 때처럼 허리를 뒤로 구부렸다. 엉덩이를 바닥에 대고 앞발을 딛고 앉아서, 마치 허벅지 뒤쪽 근육을 늘이는 것처럼 기다란 한쪽 뒷다리를 앞발 사이로 뻗고 머리를 바닥으로 숙이기도 했다. 산토끼는 자라면서 앞다리와 뒷다리가 완벽한 삼각형을 이루도록 엉덩이를 바닥에 대고 앉을 수 있게 되었다. 뒷발의 끝부분이 앞다리의 발목에 닿았고 머리를 꼿꼿이 세우고 귀는 살짝 뒤로 세웠다.

비가 오는 날이면 쉬기 전에 공들여 몸을 핥아서 말렸다. 비를 맞고 집으로 돌아오면 뒷다리로 서서 몸을 회전하며 펄쩍 뛰어서 발의 물기를 털었다. 비에 흠뻑 젖었을 땐 뒷발로 균형을 잡으며 좌우로 180도씩 빠르게 회전했는데, 속도가 얼마나 빠른지 몸의 형체가 흐릿해질 정도였다. 흙탕물이 사방으로 튀어 흰 벽이 더러워졌고 머지않아 산토끼의 키 높이까지 벽에 고르게 검은 얼룩이 생겼다.

산토끼는 가느다란 양쪽 앞발을 깨끗이 핥았다. 엉킨 털은 이빨로 조심스럽게 풀어가면서 황갈색 발바닥과 발등의 고운 털과 뾰족한 끝부분까지 구석구석 핥았다. 그런 다음 벨벳 같은 이마와 코와 주둥이를 두 앞발로 문질렀는데, 적어도 다섯 번 이상을 닦아냈다. 고양이가 얼굴을 닦는 모습과 상당히 비슷했다. 그 과정을 끝내고 나면 앞발을 입 앞으로 모아서 다시 핥은 다음 귀의 아래쪽에서부터 코끝까지 털의 결을 거스르며 문질렀다. 눈은 감고 있었고 양쪽 앞발을 다시 한번 축인 다음 같은 과정을 반복했다.

그다음엔 귀를 닦았는데, 양쪽 귀를 번갈아 앞발로 힘껏 잡아당겨서 입으로 고정한 다음 혀로 귓속을 닦았다. 물었다가 놓치면 귀가 저절로 다시 서진 않았고 스스로 귀를 위로 튕겨 올릴 때까지 축 늘어진 상태로 있었다. 녀석은 뒷다리로 균형을 잡고 서서 어깨도 격하게 핥았는데 거기서부터 옆구리와 꼬리 쪽까지 닿을 수 있는 한 최대한 멀리까지 핥으며 내려갔다. 이때 부피를 줄이기 위해 귀를 몸에 바짝 붙였고, 어깨에서 엉덩이까지 같은 방식으로 고개를 움직이며 닦아냈다. 그다음엔 털썩 네 발을 짚은 다음 한쪽 뒷발을 들어 귀 안쪽을 힘차게 긁었다. 위험할 정도로 발톱이 가까워지면 눈을 보호하려는 듯 반쯤 눈을 감았다. 그러고 나면 도로 뒷다리로 앉아 포수의 글러브처럼 발가락을 활짝 펼친 다음, 그 사이사이를 깨끗이 닦았다. 발가락을 쫙 폈을 때 발바닥에 생기는 아치가 무척 넓어서 산토끼의 널찍한 주둥이 전체가 그 안에 쏙 들어갈 정도였다.

이렇듯 정성스럽게 몸을 닦는 의식은 산토끼에게 귀와 눈, 다리가 얼마나 중요한지, 또한 질병을 피하고 언제든 포식자를 피해 달아날 수 있도록 완벽을 기하는 것이 얼마나 중요한지 잘 보여준다. 청결하고 독립적이며 야행성이라는 점에서 산토끼는 고양이와 비슷해 보일 수 있다. 그러나 산토끼는 야생동물인 데 반해 고양이는 수천 년 전부터 인간에게 길들여져서 완전히는 아니더라도 어느 정도는 가축화되었다. 또한 고양이는 포식자이고, 산토끼는 피식자이다. 그들은 먹이사슬의 정반대편 끝에 있다.

고양이는 날카로운 발톱에 대한 자신감이 있고, 인간에게 사랑받으며 살고, 그 안에서 자신들의 안전한 위상을 즐긴다. 고양이는 대체로 인간의 식탁에 오를 걱정을 하지 않아도 되지만, 산토끼는 그렇지 않다. 산토끼는 태곳적부터 피식자로서의 공포가 뼛속 깊이 새겨져 있다. 고양이는 자신보다 덩치 큰 포식자만 두려워하면 된다. 눈을 감고 태어나는 야생의 새끼 고양이도 어미의 따뜻한 품에서 물리적 보호를 받지만, 산토끼는 새끼조차도 이 위험한 세상에 뜬 눈으로 태어나 오직 자신의 기지에 의존하며 살아가야 한다.

집고양이는 인간의 취향에 맞도록 선택적으로 교배되었다. 귀엽게, 혹은 눈이 파랗게, 혹은 털이 풍성하게, 혹은 알레르기가 있는 사람에게도 적합하게, 혹은 실내 생활에 맞게 개량되었다. 반면 산토끼는 여전히 자연이 디자인한 털옷을 그대로 입고 있다. 새끼 산토끼는 내가 아는 그 어떤 고양이보다도 청결함에 집착하는 것처럼 보였는데, 따로 화장실이나 모래 상자를 마련해 두지 않아도 실내에 배설물을 남긴 적이 한 번도 없었다.

고양이는 자기에게 이로울 땐 독립심을 내려놓는다. 인간의 발목에 몸을 비비고, 인간의 침대에서 잠을 자고, 쓰다듬거나 안는 것도 허락한다. 그러나 산토끼는 등을 휘어가며 쓰다듬어 달라고 하지 않고, 인간의 무릎 위에 올라와 잠을 자지도 않는다. 골골 소리를 내지도, 꼬리를 흔들지도, 쉿 소리나 우는 소리를 내지도 않는다. 산토끼가 내는 소리는 너무도 미약해서 바로 옆에 있어야만 숨소리 섞인 희미한 울음소리나마 들을 수 있다.

새끼 산토끼의 독립심이 나에겐 너무도 매혹적으로 느껴졌다. 녀석의 행동에 대한 정확한 설명은 없었다. 녀석은 길들여지지 않았지만 나에게만은 몇 가지 예외를 허용하는 것 같았다. 새끼 산토끼가 나와 함께 있어도 안전하다고 느끼다니, 가장 야생적인 생명체로부터 암묵적으로 인정받은 기분이었다. 나를 둘러싼 자연이 나를 받아들이는 것 같았고 내가 자연과 평화롭게 공존하는 것 같았다.

시간이 흐를수록 집 안에서 잠든 새끼 산토끼를 방해하지 않으려고 애쓰게 되었다. 새끼 산토끼를 놀랜다고 해서 큰일이 나는 건 아니겠지만, 계단 끝에서 잠든 녀석의 모습이 너무도 매혹적이고 비현실적이어서 그런 배려를 하는 게 하나도 번거롭지 않았다. 아침에 늦잠이라도 자는 날엔 문간에 누워 있는 산토끼를 피해 까치발로 계단을 내려와야 했다. 때로는 새끼 산토끼를 피해 복잡한 경로로 우회하기도 했는데, 하필 통화나 약속에 늦은 상황이기 일쑤였다. 그래서 녀석이 자리를 잡기 전에 샤워하고 옷을 입으려고 미리 옷을 챙겨 아래층으로 내려갔다. 나의 사무실에서 주방으로 갈 땐 비가 억수같이 쏟아지는 날에도 산토끼를 건드리지 않으려고 정원으로 나갔다가 주방으로 들어갔다. 나는 이런 불편이 싫지 않았고, 오히려 습관을 바꿀 이유가 생겨서 좋았다.

산토끼가 심취하는 것들이 나에게 묘하게 영향을 주기도 했다. 녀석의 시선이 더 먼 곳으로 향할수록 나의 시선도 더 먼 곳을 향했다. 나의 발길은 점점 더 밖으로 향했다. 어느덧 생후 4개월째에 접어든 이 작은 생명체는 정원의 다른 생명체들과 그 너머의 세상에 눈에 띄게 관심을 보이기 시작했다. 녀석이 울타리 밖 산토끼들을 바라보며 인사하는 모습을 나는 똑똑히 보았다. 산토끼들이 각자 뒷다리로 서서 울타리 사이로 앞발을 맞대었다. 그렇게 쿵쿵거리며 코를 서로 가까이 대었다가, 둘 중 한 녀석이 먼저 휙 내빼곤 했다. 새끼 산토끼는 울타리를 따라 왔다갔다 하다가 결국 안으로 들어와 나의 사무실 문간을 가로질러 누웠다.

어느덧 녀석은 더 나이 들고 더 야생 짐승처럼 보였지만, 그러면서도 나의 목소리와 부름에 더 민감하게 반응했고 내 곁에 있는 것을 편안해하는 것 같았다. 언젠가부터 정원에서 꿩들을 쫓기 시작했는데, 처음엔 수줍어하다가 갈수록 즐기는 기색이 역력해서, 혹시 야생의 친구들이 그리운 건 아닐지 걱정이 되었다. 어느 여름날 오후, 긴 풀숲 속에 움푹하게 땅을 파내 만든 보금자리에서 잠들어 있는 녀석을 보았다. 바로 옆에 꿩의 알 둥지가 있었다. 어느 날 알 둥지가 습격당하고 알들이 전부 다 먹혀버리자, 새끼 산토끼는 비로소 그 은신처를 떠났다. 부화하지 못한 새끼 꿩들의 운명을 생각하면, 다행스러운 일이었다.

나는 어느 때보다도 이 근방의 산토끼들에게 관심을 갖기 시작했고, 산토끼의 털 빛깔이 다양하다는 것과 유난히 빛깔이 어두운 녀석들이 있다는 것을 알게 되었다. 산토끼들의 얼굴도 식별할 수 있게 되었는데, 이마와 눈 주위의 무늬는 각 개체의 고유한 특성일 수도 있지만 그보다는 각기 다른 털갈이 단계에 있기 때문일 확률이 높았다. 작은 토끼와 마주쳐도 야생의 산토끼는 항상 움찔하며 물러났다. 새끼 산토끼가 엄청난 시간을 들여 청결한 상태를 유지하는 모습을 보면서, 산토끼가 양과 소의 배설물은 물론이고 토끼가 남긴 흙무더기와 배설물—그리고 굴을 파는 과정에서 나온 온갖 지저분한 것들까지—을 보면 무척 당혹스럽겠다는 생각이 들었다.

나는 자연에 대해 새로운 경외심을 품게 되었다. 완전히 새로운 감정이라고 말할 수는 없겠지만 그래도 너무나 놀라웠다. 인류의 역사만큼이나 오래된 감정이라고 해도 나에겐 새로웠기 때문이었다. 오랜 세월 나는 계절을 의식하지 않고 살았다. 잦은 여행과 도시에서의 삶이 어김없이 찾아오는 자연의 순환에 대한 나의 인식을 망가뜨렸다. 나는 자연을 대충, 원색 위주로, 표면적으로만 관찰해 왔다. 산책할 수 있을 정도로 땅이 말랐는지, 친구들과 야외에서 식사할 수 있을 정도로 날이 따뜻한지에만 관심이 있었다. 이름을 아는 새와 나무는 손에 꼽을 정도였다. 꽃봉오리가 벌어지는 모습도, 철 따라 이동하는 새들의 경로도, 숲이나 들판에서 흔들림 없이 계속되고 있는 생명의 의식과 리듬도 관찰하지 않았다. 그러나 이제는 흰털발제비의 검은 깃털에 감도는 자줏빛을 보고 경탄한다. 어느 날 아침 집 안으로 날아든 그 흰털발제비는 내가 본 생물 중 가장 근사했다. 나는 그 새가 창문에 머리를 부딪혀 죽지 않도록 최대한 조심스럽게 붙잡았고, 햇빛을 받아 마치 거울처럼 반들거리는 깃털을 잠시 바라보다가, 하늘로 날려 보냈다.

이러한 감수성의 성장은 새끼 산토끼에게 닥칠 수 있는 위험에 대해 경각심을 불러일으켰는데, 어떤 것은 실제 위험이었고 어떤 것은 가상의 위험이었다. 처음으로 새끼 산토끼가 천둥 번개 치는 정원에 나가 있었을 때, 나는 풀밭으로 서둘러 달려가 내 플리스 재킷 속에 녀석을 넣고 조심스럽게 안은 다음, 거센 빗줄기를 피해 집 안으로 뛰어 들어왔다. 녀석은 별다른 저항 없이 안겨 있었지만, 창가에 있는 쿠션 위에 내려놓자, 감정표현이 풍부한 그 눈빛 속에 약간 어리둥절해하는 것 같은 표정이 담겨 있었다. 녀석은 흠뻑 젖어서 털이 등에

착 달라붙어 있었다. 털색이 마치 당밀처럼 진해져서 물에 젖은 수달을 연상시켰다. 그 순간 나의 의문 하나가 풀렸다. 나는 이 새끼 산토끼가 왜 야생의 다른 산토끼들보다 더 엷은 빛깔인지 늘 궁금했다. 알고 보니 야생의 산토끼들은 이슬로 물든 풀밭을 거니느라, 혹은 여름 소나기를 맞아서 조금 더 젖어 있었던 것뿐이었다.

양치기 개 한 마리가 생울타리 근처의 들판을 서성거려서 나와 새끼 산토끼를 놀라 뛰게 한 적도 있다. 새끼 산토끼는 생울타리 덤불 속에 숨었고 나는 양치기 개가 담을 타넘어 녀석을 덮칠까 봐 걱정이 되어서 녀석에게 달려갔다. 새끼 산토끼가 정원 돌담의 보호를 받고 있다고 생각하니 그나마 마음이 놓였다. 그러나 인간이 만든 조잡한 돌담 따위는 전혀 개의치 않는 포식자 계급도 있었다. 새끼 산토끼가 정원에 있을 때 우리 집 바로 위 하늘에서 독수리들이 날아다니면 나는 얼른 달려 나갔다. 어린 산토끼가 날카로운 눈매의 킬러에게 발각되고 느긋한 비행이 먹잇감을 노리는 급강하로 바뀌는 순간을 상상했다. 한번은 내가 늦게 도착했는데, 날개 모양의 그림자가 새끼 산토끼의 몸과 그 주위의 풀밭을 덮는 순간, 녀석이 움찔하며 땅에 납작 엎드렸다. 산토끼가 누워서 쉬고 있을 때조차도 하늘을 포함하여 주위를 살필 수 있다는 걸 알고 있었지만, 행여라도 인간 곁에 살면서 타고난 본능이 무뎌진 건 아닐지 걱정이 되었다. 예전에는 독수리를 거칠고 구슬픈 울음소리를 내는 새로만 알았다. 그러나 새끼 산토끼에게 위협이 된다는 걸 알게 된 뒤로는, 처음으로 그들을 유심히 관찰하게 되었다. 독수리들은 내 머리 위에서 유유히 원을 그리며 맴돌거나, 강력한 날개를 거의 움직이지 않고 들판을 미끄러지듯 날았다. 올려다보면 폭이 최대 4피트(1.2미터)에 달하는 날개가 보였다. 날개의 뒤쪽 가장자리에 톱니처럼 들쭉날쭉한, 거의 반투명에 가까운 날개깃은 갈색과 흰색이 번갈아 돋아 있었다. 꼬리는 마치 배의 키처럼 방향을 조절했다. 독수리들은 자신들의 사냥터 위 창공을 몇 시간이고 날아다녔고, 들쥐, 쥐, 새끼 산토끼, 개구리, 두더지 혹은 작은 새들을 노리며 지상을 샅샅이 훑다가, 먹잇감을 발견하는 순간 쏜살같이 내려와 덮쳤다. 나는 독수리를 비롯한 맹금류들이 먹잇감을 찾기 위해 얼마나 많은 노력을 기울이는지 처음 알았다. 바람 부는 날이면 지면 가까이에서 사냥하는 황조롱이들도 눈에 띄었는데, 각진 날개를 펼치고 벌새처럼 파닥이면서 바람 속에 떠 있는 모습이 마치 땅에 묶여 있는 것처럼 안정적이었다. 녀석들은 그 상태로 쥐와 들쥐와 토끼를 노리며 풀밭을 훑었다.

고요한 밤이면 지붕에서 긁는 소리와 쿵쿵거리는 소리가 들리곤 했는데, 나는 그게 어떤 새가 내는 소리일지 곰곰이 생각해 보곤 했다. 부엉이 한 마리가 쥐를 더 단단히 고쳐 쥐고는, 신선한 먹이를 지붕의 돌판 위에 두드려 부드럽게 한 다음 갈기갈기 찢어 먹는 모습을 상상했다. 다 먹고는 부리로 깃털을 차분히 정리한 다음, 영혼을 뒤흔드는 여유로운 울음을 울고 나서, 미끄러지듯 날아가는 모습도. 뼈와 털로 이루어진 가벼운 짐승의 형체를 땅에서 발견한 순간, 나의 추측이 사실임을 확인할 수 있었다. 그것은 한밤의 만찬이 남긴 유일한 증거였다. 또한 새끼 산토끼도 허연 발톱으로부터 안전하지 않다는 위협적인 경고이기도 했다.

다행히 새끼 산토끼는 여전히 집 안에서 잠을 잤고 야간의 사냥꾼들로부터 안전했지만, 6월의 어느 날 저녁, 해가 저물도록 녀석이 돌아오지 않자 나의 안도감도 증발하고 말았다. 녀석을 찾으러 나갔더니 자두나무 아래 긴 풀숲에 몸을 웅크리고 있었다. 녀석을 안아 들까 생각했지만, 새끼 산토끼의 자세와 그 광경의 무언가가 나를 멈칫하게 했다. 새끼 산토끼는 그곳에 속해 있었다. 나는 집으로 돌아가 밤이 될 때까지 기다렸다. 서서히 내리는 어둠이 산토끼의 윤곽을 서서히 지워갈 때까지. 산토끼와 풍경이 내 시야에서 완전히 사라질 때까지.

그날부터 새끼 산토끼는 밖에서 잤고, 나는 녀석이 더 멀리까지 돌아다닐 수 있도록 정원 담장 문을 열어두어야 할지 고민했다. 나는 들판을 바라보았다. 새 곡식에 초록빛 새순이 돋은 들판은 벨벳처럼 보드라웠다. 야생의 풀은 허리 높이까지 자라 있었고 씨앗을 머금어서 두툼했다. 하루는 길었고, 해 질 무렵에는 강렬한 오렌지색 구름이 하늘을 물들였다. 자연은 유혹적이었고, 따스했으며, 야생에서 살아남아 돌아다니는, 녀석보다 더 작은 새끼 산토끼들도 종종 눈에 띄었다. 그런데도 망설여졌다. 왜냐하면, 일단 새끼 산토끼를 내보내고 나면, 담장 문을 잠가야 하기 때문이었다. 돌아올 여지를 남겨선 안 된다는 것이 나의 생각이었다.

## 생후 4개월의 행동 반경

산토끼는…… 자기 집으로 돌아가기를 무척 좋아하고
자신에게 익숙한 모든 장소를 사랑한다.
그것이 바로 산토끼가 붙잡히는 주된 이유다.
산토끼는 정든 장소들을 차마 버리지 못한다.
— 아이리안(AD 175-235), 『동물의 본성에 관하여』

어린 산토끼가 떠나던 날, 그 어떤 징후도 없었다. 녀석은 그날도 여
느 날처럼 먹고 놀았고, 가장 좋아하는 정원의 덤불숲 아래에서 쉬었

다. 나 역시 여느 날처럼 온라인 회의를 하며 오후를 보냈다. 일을 하다가 물을 마시러 주방에 갔고, 유리컵을 들고 별생각 없이 창밖을 내다보았는데, 어린 산토끼가 정원의 담장 문 쪽으로 깡충깡충 뛰어가고 있었다. 녀석은 전에도 수백 번 그랬던 것처럼 자신의 영역에서 경계를 확인하고 있었다. 산토끼는 특유의 불균형한 신체 구조로 인해, 특히 달릴 땐 인상적이지만 쉴 땐 축 늘어지는 뒷다리 때문에, 걸을 땐 머리를 숙여 코를 땅에 바짝 대고 엉덩이가 머리보다 높은 상태로 움직인다. 그 모습을 보면서 나는 미소를 지었다. 산토끼는 내 창문 앞을 지나가더니 시야에서 사라졌다. 나는 언제나처럼 녀석이 다시 나타나 영역 순찰을 계속하기를 기다렸다. 몇 초가 흘렀다. 나는 유리컵을 내려놓고 뒷문으로 가서 밖을 내다보았다.

어린 산토끼가 담장 꼭대기에 앉아 내 쪽을 바라보고 있었다. 녀석의 귀가 미세하게 비틀어졌다. 조심스럽게 허공을 더듬는 손끝처럼, 녀석의 귀가 주변 상황을 파악하는 중이었다. 그전에는 어린 산토끼가 그 담장에 올라가려고 시도하는 것조차 본 적이 없었다. 전통적인 돌쌓기 방식으로 만든 돌담이었고 녀석의 몸길이의 몇 배는 되었다. 대체 어떻게 올라간 걸까? 나의 놀라움은 곧장 앞으로 벌어질 일에 대한 불안으로 바뀌었다. 어느 방향으로 뛰어내릴까?

어린 산토끼가 쿵쿵거리며 발밑의 돌 냄새를 맡더니 담장에서 땅까지의 낙차를 눈으로 가늠한 다음 그 너머에 펼쳐진 들과 숲을 보았다. 나는 움직이지도, 녀석을 소리 내어 부르지도 않았다. 그리고 숨을 죽였다. 담장 위에서 날 바라보던 산토끼는, 어느 순간 사라졌다. 녀석이 있던 자리가 텅 비었다. 어린 산토끼가 반대편으로 뛰어내린 것이다. 나는 담장 문 쪽으로 걸어갔고 때마침 천천히 집에서 멀어져 들판으로 향하는 녀석을 볼 수 있었다. 녀석의 윤곽은 한동안 또렷하게 보이다가, 녀석이 산토끼의 투명망토를 두르는 순간, 이내 풍경 속으로 스며들듯 사라졌다. 내가 가까이에서 자세히 보았던 산토끼의 모든 특징은, 뭉툭한 귀 끝, 여러 색이 교차하는 거칠고 촘촘한 털은, 전부 다 몸을 숨기기 위한 장치들이었다. 들판은 어린 산토끼를 감쌌고 자신의 일부로 품었다. 산토끼는 그렇게 사라졌다. 무성하게 자란 풀숲과 새순이 돋은 작물들, 비스듬히 선 나무들과 오래된 토끼굴들, 엉킨 가시덤불들이 있는 여름의 풍경 속으로. 나는 상상했다. 처음 세상을 만난 어린 산토끼가, 그 어떤 한계도 없음을 깨닫고, 점점 더 속도를 내며 달리다가, 마침내 전속력으로 질주하는 모습을. 얼마나 달리고 나서야 야생의 산토끼들을 만날까. 어딘가 묘하게 다른 이 침입자를 본 산토끼들은 어떤 반응을 보일까.

이제 들판으로 나간 어린 산토끼는 다른 산토끼들과 구별이 되지 않았다. 어린 산토끼가 어떻게 되었는지 나는 영영 알지 못할 것이다. 녀석이 새끼를 낳아서 기를지, 다른 산토끼들에게 외계 생명체 취급을 받으며 따돌림을 당할지, 처음 만난 교활한 여우에게 붙잡힐지 알지 못할 것이다. 마법 같은 시간이 끝났다는 사실이 서글펐고 그런 날들이 다시는 오지 않을 것임을 알기에 상실감이 밀려들었다. 녀석이 다른 산토끼들에게 받아들여지지 않을까 봐 불안했고, 집으로 돌아오고 싶은데 돌아오는 길을 찾지 못할까 봐, 담을 넘지 못할까 봐 걱정이 되었다. 차가 다니는 길을 건너다 사고를 당할까 봐 두렵기도 했다. 그러면서도 한편으로는 이런 감정에 휩싸인 나 자신이 우습게 느껴졌다. 어린 산토끼가 야생으로 돌아가는 것보다 더 자연스러운 일이 세상에 또 있을까? 어린 산토끼가 최대한 멀리까지 최대한 빠르게 달릴 자유를 갖게 된 것보다 더 아름다운 일이 어디 있을까?

나는 어린 산토끼를 우리에 가둔 적이 없었다. 야생으로 돌려보낼 목적으로 길렀고 녀석은 이제 준비가 되었다고 스스로 판단했다. 덕분에 나는 직접 담장 문을 열고 녀석을 위험한 자연으로 돌려보내는 결단을 내릴 필요가 없었다. 산토끼는 언젠가 떠날 운명이었고 나 역시 마찬가지였다. 나는 최대한 빨리 런던으로 돌아간다는 가정하에 모든 계획을 세웠고 이제 서서히 길이 열리고 있었다. 분명히 최선의 상황이었다. 그런 생각을 하며 집 안으로 들어와 사무실로 갔다. 책상에서 의자를 빼내려던 순간, 카펫 위에 떨어진 귀리 가루 한 톨이 눈에 들어왔다. 어린 산토끼의 발에서 떨어진 귀리 가루가 녀석이 어지른 유일한 흔적이었다. 나는 터져 나오려는 울음을 가까스로 삼켰다.

나는 새끼 산토끼를 키워야 하는 막중한 책임을 떠안게 되어 당혹스러웠고, 그의 사랑스러운 행동에 매료되었으며, 신비로운 본성에 감탄했다. 그리고 녀석의 엄청난 존재감으로 인해 내내 불편을 겪었다. 지난 몇 달간 나는 새벽에 일어나 분유를 타거나 먹이를 준비했고, 낮 시간에 산토끼가 잘 수 있도록 집 안에서 살금살금 다녔다. 나의 수면 습관도 바꾸어서 해가 지면 바로 잠자리에 들었다. 가족과 방문객에게 목소리를 낮추라고 했고 어린 산토끼를 놀라게 하지 말라고 부탁했다. 해가 지면 산토끼의 생체 리듬을 방해하지 않기 위해 불을 껐고, 야행성 동물들의 시력에 불빛이 어떤 영향을 주는지 인지한 뒤에는 정원 조명도 사용하지 않았다. 산토끼의 예민한 후각을 자극하거

102

나 혼란을 줄 수 있어서 몇 달간 향수를 사용하지 않았고, 산토끼에게 시끄러운 불협화음을 들려주고 싶지 않아서 저녁 뉴스도 틀지 않았다. 열어둔 거실문을 통해 날아든 통통한 파리들을 날마다 쫓아야 했고, 어느 날은 집으로 돌아와 보니 꿩 한 마리가 터져버린 베개처럼 사방에 깃털을 뿌리고 있어서 밖으로 내보낸 적도 있었다. 산토끼들의 낮잠을 방해하고 싶지 않아서 낮에 들판을 가로지르는 것조차 꺼림칙했다. 배려가 지나쳤다. 우스울 정도였다. 그러나 아름다웠다. 그 모든 번거로움이 끝났으니, 특별하지만 시한부일 수밖에 없는 시간이 마침내 끝났으니, 당연히 안도감을 느껴야 했다. 도시로 돌아가는 일이 훨씬 간단해졌다는 점에서 더더욱 그래야 했다. 그러나 뜻밖에도 나는 나의 신념과 우선순위가 바뀌었음을 알았고, 상상했던 것만큼 내가 도시의 삶으로 돌아가는 것을 절실히 원하지 않는다는 불편한 깨달음에 도달했다.

이제 나는 어떻게 해야 할까. 어린 산토끼는 풀밭이 담장과 경사를 이루며 솟아올라서 담이 낮아진 지점에서 담장 위로 올라갔다가 반대편으로 뛰어내렸다. 담장의 다른 지점은 높이가 1.2미터에 달했고 그런 둔덕이 없었다. 기대라기보다는 희망을 품고, 나는 담장 문에 돌을 받쳐 살짝 열어놓은 다음 안으로 들어왔다.

초저녁이 되도록 어린 산토끼는 보이지 않았다. 담장 문으로 나가 보았더니, 녀석이 밀밭 가장자리에 뒷다리로 앉아 쉬고 있었다. 새로운 환경에 있는 녀석을 보니 가냘프고 창백했지만 그러면서도 우아했다. "안녕, 꼬마야!" 내가 소리쳤다. 산토끼가 나를 돌아보았고 내 목소리를 들은 것 같았지만 달아나지도 가까이 다가오지도 않았다. 나는 담장 문을 열어두고 집으로 돌아왔다. 녀석이 돌아올 거라는 기대는 거의 하지 않았다.

그러나 황혼이 내리기 직전, 어린 산토끼가 열린 담장 문에 모습을 드러냈다. 담장 문의 높은 나무 기둥 사이에 서 있는 녀석의 윤곽은 가냘팠고 주의를 집중하는 듯 귀를 쫑긋 세우고 있어서, 산토끼라기보다는 그저 한 쌍의 귀처럼 보였다. 녀석은 영원처럼 긴 시간 동안 두 세계를 가르는 그 경계에 머물다가 마침내 안으로 들어왔다. 나는 담장 문을 닫았고 녀석은 마치 한 번도 떠난 적 없는 것처럼 벽난로 앞에서 귀리 가루를 먹었다. 그리고 밤이 되자 다시 떠났다.

다음 날 아침 일찌감치 내려가 보니 정원에 산토끼가 없었다. 녀석을 찾으러 나갈지 말지 고민하고 있는데 시야 가장자리에서 무언가가 움직였다. 산토끼가 또다시 정원 담장 위에 올라가 있었다. 앞발은 담장 안쪽으로 길게 늘어뜨렸고, 뒷발은 담장 밖으로 나가 있었다. 녀석은 울퉁불퉁한 돌담을 가로지르고 앉아 날 쳐다보고 있었다. 녀석은 결심한 듯 자갈밭으로 폴짝 뛰어내리더니 나를 앞질러 집 안으로 들어갔다. 발이 진흙투성이인 데다 흠뻑 젖었고, 몸의 털 하나하나가 이슬에 젖어 반짝였다.

상황을 파악한 나는 그날 밤 어린 산토끼가 집을 나설 때 녀석을 관찰했고, 덕분에 들 한편의 자갈과 흙무더기 위에서 녀석이 야생 산토끼 한 마리를 만나는 장면을 목격할 수 있었다. 이 집을 처음 지을 때 지면을 매끄럽게 다지기 위해 땅속에서 힘들게 파낸 돌들을 쌓아둔 곳이었다. 야생 산토끼는 그동안 내가 집 근처에서 보았던 그 어떤 산토끼보다 털 빛깔이 짙었다. 두 마리는 흙무더기 꼭대기에서 조심스럽게 코를 내밀며 인사를 나누었고 귀를 쫑긋 세우고 탐색하듯 서로를 쳐다보았다. 그러다가 어느 순간 어린 산토끼가 획 달아났다. 어쨌든 녀석이 공격당하거나 거부당하는 것 같진 않았다. 부디 녀석이 자신의 자리를 찾고 다른 산토끼들에게 받아들여질 수 있기를.

그렇게 우리의 새로운 리듬이 시작되었다. 동이 트면, 나는 거실의 유리문 옆 화단에 몸이 흠뻑 젖은 채 웅크리고 있는 산토끼를 발견하곤 했다. 내가 문을 다 열기도 전에, 녀석은 유리문 하단의 걸쇠를 젖히는 내 팔을 타넘으며 집 안으로 들어왔다. 녀석은 내 손에 코를 대고 킁킁거리고는 내 옆구리를 쓱 스치며 지나갔다.

내가 늦게 일어나는 날이면, 들길에 뒷다리로 앉아 있었다. 내 눈엔 여전히 다른 야생 산토끼들보다 체구도 작고 색도 옅어 보였다. 이마의 털은 여름 털갈이 중이었는데, 밝은색 술 같은 털이 여전히 한 움큼 남아 있었다. 어린 산토끼가 눈에 뜨이지 않으면 내가 불렀고, 그러면 몇 분 안에 담장을 훌쩍 뛰어넘어 집 안으로 들어오곤 했다. 나는 낮 시간 동안 문을 다 열어두고 녀석이 자유롭게 드나들 수 있게 했다. 어떤 날은 잠시 나타났다가 바로 사라졌다. 그런 날이면 선택이 아닌 필요에 의해 형성된 산토끼와 인간의 유대는 결국 야생의 유혹에 밀려 희미해질 거라는 생각이 들었다. 어느 날 해가 질 무렵에는 녀석이 커다란 갈색 산토끼를 안정적이고도 단호한 걸음으로 바짝 뒤쫓는 모습을 지켜본 적도 있었다. 커다란 갈색 산토끼는 어린 산토끼를 데리고 멀리 사라졌다.

하지만 어린 산토끼는 낮 동안 대체로 사무실 내 가까이에서 쉬었다. 녀석의 자세는 서서히 허물어졌고, 결국엔 문간을 다 덮을 정도로 몸이 길게 늘어졌다. 기분이 내켜야 일어났는데, 보통 저녁 여섯 시를 넘긴 시간이었다. 녀석은 귀리 가루를 조금 먹고 나서야 야간 활동을 하러 밖으로 나갔다. 때는 7월이었고, 집 주위의 밭에서 농작물이 영글어가고 있었다. 길고 풍성해진 밀밭은 그사이를 헤치고 사라져가는 산토끼의 형체와 비교하면 거대한 바다와도 같았다. 나는 산토끼의 관점에서 그 광경을 상상해 보았다. 마치 거대한 바다의 모랫바닥을 헤엄치는 기분이 아닐까. 밀과 보리 이삭 사이로 스며드는 햇살은 마치 물 위에서 아른거리는 햇살 같지 않을까.

무더운 날이면 산토끼는 집 안의 서늘한 공기를 더 좋아하는 것 같았다. 어딘가 불편한 듯 가쁜 숨을 쉬며 집 안에 누워 있곤 했다. 내가 읽은 책에서는 대체로 산토끼가 거의 물을 마시지 않고 식물을 통해 필요한 수분을 흡수한다고 했다. 그러나 어린 산토끼는 물그릇의 물을 벌컥벌컥 마셨다. 녀석의 수염이 움직이는 대로 수면이 파르르 떨렸고, 내 귀에 들리지 않은 소리를 감지하고 녀석이 고개를 들 때면 수염에 물방울이 맺혀 있었다. 물을 마신 뒤에는 도로 누웠다.

어린 산토끼는 여전히 예민한 손님이었다. 나는 우리 집을 찾아온 사람들에게 산토끼가 집에 있을 땐 조용히 해달라고 요청했다. 그들은 나처럼 산토끼에게 호기심을 느꼈고 거의 모두가 기꺼이 행동을 조심해 주었다. 그들 역시 산토끼를 풍경 속의 흐릿한 형체로만 보아왔기 때문이었다. 그러나 낯선 사람이 집에 들어서는 순간, 어린 산토끼는 자취를 감췄다. 남자들을 유독 더 불신하는 것 같았다. 녀석의 그런 행동은 나의 아버지, 형제들, 그리고 우리 집에 찾아온 남자 지인들 사이에서 농담거리가 되었다. 그들은 어린 산토끼를 안심시키기 위해 그보다 더 조용할 수 없을 정도로 살살 움직였지만, 그들이 아무리 소리 없이 움직여도 남자가 집에 들어서는 순간 산토끼는 쏜살같이 도망쳤고, 모두가 떠난 뒤에야 다시 나타났다. 녀석이 다시 나타났을 때 내가 바닥에 앉아 있으면, 산토끼는 내 무릎 위로 올라와 바지 위로 내 다리를 살짝 깨물곤 했다.

기자인 친구가 몇 달간의 코로나 팬데믹 취재로 지쳐 며칠 쉬러 왔는데, 산토끼는 그 친구를 곧바로 받아들였다. 하지만 그가 두 살배기 아들과 함께 다시 방문했을 땐 달랐다. 산토끼를 보자마자 아이가 기쁨의 탄성을 질렀고 그 바람에 녀석은 가장 가까운 덤불숲으로 달아나 그들이 우리 집에 머무는 내내 거기 숨어 있었다. 방문객들 앞에 산토끼가 과연 모습을 드러낼지 어떨지는 우리의 대화에서 중요한 소재가 되었고 모두가 통과하고 싶어 하는 일종의 관문이 되었다. 산토끼와의 조우는 그만큼 신기하고 특별한 일이었다.

나는 어린 산토끼가 주변 환경의 물리적 변화에 좀 과하다 싶은 반응을 보이는 것이 재미있으면서도 당혹스러웠고 동시에 매료되었다. 팬데믹이 시작되기 얼마 전, 생쥐 한 마리가 몰래 집으로 들어와 소파 속에 자리를 잡은 적이 있었다. 생쥐는 쿠션 커버에 일렬로 가지런히 구멍을 냈다. 결국 덫을 놓아 생쥐를 잡은 다음 쿠션 커버의 구멍들을 꿰맸다. 당시에는 소파가 낡은 것을 별로 개의치 않았지만, 그 상태에서 점점 더 엉망이 되자 나는 결국 소파를 치우기로 했다.

어느 날 아침 사람을 불러 소파를 치웠고, 그 결과 산토끼가 먹이를 먹는 장소였던 거실 벽난로 옆에 빈 공간이 생겼다. 어린 산토끼는 자신의 환경이 바뀐 데에 항의하듯, 며칠 동안 집에 들어오지 않았다.

그러다가 조심스럽게 다시 돌아왔는데, 녀석은 먹이를 먹고 빈 공간을 쳐다보다가, 심기가 불편하다는 듯 곧바로 집에서 나갔다. 결국 나는 항복하고 소파를 도로 들여와 원래 있던 자리에 놓았다. 영광의 상처가 남아 있는 형편없는 몰골 그대로. 그러나 산토끼는 여전히 냉랭했다.

일주일 동안 매일 쿠션들을 밖에 놓고 햇빛과 바람을 쐬는 과정을 반복한 뒤에야, 산토끼가 마침내 편안해졌는지 예전처럼 소파에서 낮잠을 자기 시작했다. 나중에 알게 된 사실이지만 산토끼는 후각이 매우 예민한 동물이다. 수컷은 몇 분 전 암컷이 지나간 길을 찾을 수 있고 어느 방향으로 갔는지도 알 수 있다.

그 사건을 계기로 나는 집이 완공된 이후 내가 내린 결정들을 되돌아보게 되었다. 나는 해 질 무렵 산토끼들이 뛰어놀던 풀밭을 강탈하기 위해 정원에 담을 세웠다. 내가 이 집에 이사 오기 전에 얼마나 많은 산토끼들이 여러 세대에 걸쳐 이곳에서 휴식을 취하고, 번식하고, 몸을 숨겼을까. 비로소 집 주변에 뚜렷하게 남겨진 흔적들과 통로들이 보였고, 어느 순간 나는 밭두렁이나 도랑, 생울타리를 가로지르기 위해 매일 그 길을 지나다니는 산토끼들을 알아보기 시작했다.

나무를 베고 담을 세울 때, 우리는 야생동물이 수 세대 동안 사용해 온 길을 가로막거나 그들이 몸을 숨겼던 은신처와 먹이의 공급원을 제거한다. 인간과 마찬가지로 동물들도 이동할 때 가장 쉬운 경로를 택한다. 그들이 낸 길은 자연의 풍경 속에서 자연스럽게 만들어진다. 동네 산책로나 지름길이 우리에게 익숙하듯이, 그 길도 그들에게 익숙하다.

벽과 도로, 차량의 통행은 '장벽 효과'를 일으켜 동물들의 서식지를 훼손한다. 동물들이 먹이를 찾거나 같은 종의 다른 개체들과 어울리는 것을 어렵게 만들고, 유전적 다양성을 감소시켜 개체 수 감소를 촉진할 뿐 아니라, 치명적인 충돌 사고의 원인이 되기도 한다. 체코와 오스트리아에서 진행된 연구에 따르면, 갈색 산토끼는 도로의 차량에 치여 가장 많이 희생되는 동물 중 하나다. 우리 집에서 몇 킬로미터 떨어진 아스팔트 도로를 달리다가 1킬로미터도 채 안 되는 구간에서 죽은 산토끼 네 마리를 지나친 적도 있다. 경작지를 가로질러 난 도로였고 아마도 그 경작지는 그 지역 산토끼들의 전통적인 활동 영역이었을 것이다.

그해 여름 어린 산토끼가 자유롭게 돌아다니던 시기에, 나는 동물의 행동권 개념에 대해 알게 되었다. 동물의 행동권이란 먹이를 찾고, 짝을 만나고, 새끼를 기르고, 안전을 도모하기 위해 동물이 사용하는 공간의 범위를 뜻하는데, 인간의 삶과 그리 다르지 않다.

산토끼의 행동권은 평균 21헥타르에서 190헥타르에 달한다. 이는 축구장 30개에서 300개 크기에 해당되며 산토끼의 몸집에 비하면 상당히 넓은 면적이다. 산토끼들은 매일 밤 15킬로미터에서 20킬로미터(9~12마일)에 달하는 거리를 돌아다니며 먹이를 찾는다. 나는 내 주위의 풍경 위에 산토끼의 행동권을 그려보려 했고, 곧바로 수많은 도로와 인간의 구조물들이 그들의 경로를 가로막고 있음을 알 수 있었다. 더 많은 식량을 생산하고, 더 많은 집을 짓고, 한 뙈기 땅조차 낭비하지 않고 활용하려는 현대인의 강박은 이처럼 넓은 영역을 필요로 하는 동물의 이동의 자유를 제한한다.

문득 내가 새끼 산토끼를 집에서 기른 덕분에 나의 집이 녀석의 행동권의 일부 혹은 중심이 되었을 수도 있겠다는 생각이 들었다. 어쩌면 산토끼는 이 집을 먹이와 피난처로 연결 지어 생각할 수도 있었다. 산토끼가 집 안의 변화에 그렇게 민감했던 것도 바로 그런 연유일 수 있었다. 나는 녀석의 반응을 그저 재미있는 습성 정도로만 생각했지만, 어쩌면 어린 산토끼에겐 생존과 안전에 직결된 문제였을지도 모른다. 나는 녀석의 반응을 인간의 방식으로만 해석했다. 소파를 치움으로써 산토끼의 생활 환경을 바꾸었고 아마도 녀석은 잠시나마 그 변화가 두려웠을 것이다.

산토끼가 발로 머리를 문지르면 머리에 있는 분비샘에서 냄새 물질이 발로 전달되면서 독특한 향을 남겨 영역을 표시하는 것으로 알려져 있다. 유럽 산토끼는 놀라울 정도로 강한 '귀소 본능'을 지녔다. 폴란드에서는 원래 살던 곳에서 멀리 떨어진 지역으로 옮겨진 산토끼들이 약 400킬로미터에 달하는 거리를 되돌아가기도 했다. 캐나다 퀘벡의 과학자들은 북극권의 암컷 북극 산토끼 한 마리가 49일 동안 240마일(약 386킬로미터)이 넘는 거리를 이동했다는 기록을 남겼는데, 그것은 뉴욕에서 보스턴보다 더 먼 거리이다. 하루도 빠짐없이 매일 평균 8킬로미터 가까이 달린 셈이다. 산토끼는 여정을 마치고 나서 한 달 뒤 죽었지만, 그 여정을 감행한 이유는 여전히 미스터리로 남아 있다. 나에게 그 일화는 산토끼가 지닌 강인함과 연약함 모두를 상징적으로 보여주는 이야기였다. 뿐만 아니라 산토끼가 사람들이 통상적으로 상상하는 것 이상의 습성을 지닌 동물이라는 점을 상기시켜 주었다. 이 신비로운 동물의 필요와 본능을 지켜주기에는 우리가 너무 아는 것이 없었다. 산토끼는 한 장소에 대한 충성심이 강하지만, 그와 동시에 마음껏 달릴 수 있는 광활한 공간을 필요로 하기 때문에 산토 끼의 욕구는 인간의 충동과 상충한다.

나는 어린 산토끼로 인해 나의 행동권이 바뀌었음을 깨달았다. 예 전에 나에겐 고정적인 행동 패턴이랄 게 없었다. 행동 패턴이 있다면, 출장을 많이 다니기 때문에 대부분의 시간을 남의 행동권에서 보낸다 는 것 정도였다. 그러나 이제 집과 산토끼 주변을 맴돌게 되었고 내가 선호하는 경로도 생겼다. 산토끼는 습관의 동물인데 나 역시 어느새 그렇게 되어가고 있었다. 어린 산토끼를 통해 나는 특정 장소에 애착 을 갖는 기쁨을 알았다. 늘 떠날 궁리를 하면서 새로운 경험을 통해서 만 만족을 느낄 수 있다고 믿었던 나는 한 장소를 깊이 탐험하는 데서 오는 만족감을 배웠다.

나는 어린 산토끼의 품위에, 산토끼가 퍼뜨리는 평온과 고요에, 그 소박한 삶에 감동했다. 평화로운 산토끼의 삶이라는 것은 햇볕을 쬐 고, 뒹굴고, 쉬고, 즐거나 꿈꾸는 삶이며, 매 순간 충실한 삶이다. 산 토끼가 남기는 흔적이라 해봐야 사람의 발자국보다 크지 않은 면적만 큼 납작해진 풀들뿐이고 그나마도 바람 한 번이면 지워진다. 어린 산 토끼의 평화롭고도 질서 있는 삶이 내 삶의 우선순위를 흔들었고 나 의 감각을 깨웠다. 몇 달 동안 어두워지자마자 바로 불을 켜는 습관을 멈추었더니, 어둠 속에서 움직이기가 한결 수월해졌다. 대신 창밖의 풍경을 바라보며 숲의 거주자들이 나타나기를 기다렸다.

산토끼와 함께하는 삶은 그 외에도 예상하지 못했던 방식으로 나 를 변화시켰다. 어린 산토끼가 나의 삶에 들어오기 전, 나의 일은 거의 모든 약속에 우선했다. 일 때문이라면 가족 식사나 친구들과의 약속은 언제든 깰 수 있었다. 일은 나를 완전히 사로잡았고 내게 재미와 아드레날린을 공급했기 때문이다. 나는 툭하면 밖으로 나가 추위에 떨며 통화를 했다. 전화가 오면 기꺼이 모임을 포기하고 밖으로 나갔다. 안에서 파티가 계속되는 동안 보도에 쭈그려 앉아 업무와 관련된 문제를 해결하기도 했다. 사람들이 쳐다보는 것에도, 사람들이 내게 하는 말에도, 그러다 번아웃이 온다는 경고에도 무심했다. 나의 약속은 언제나 불확실했고, 나는 확답을 주는 법이 없었다. 그래야만 쉽게 깰수 있으니까. 나는 그게 자유라고 생각했다. 그러나 이제야 비로소 깨달았다. 혹독한 업무환경에 적응하기 위해, 어떻게 보면 나 자신에게조차 낯설고 피곤한 페르소나와 업무방식을 채택함으로써 스스로를 단련시켜 왔다는 것을. 그 페르소나의 껍질 속에는 보다 조용하고 보다 온화한 삶의 리듬을 갈망하는 내가 숨어 있었다.

친구들이 건네는 선의의 충고에는 꿈쩍도 안 했지만, 어린 산토끼는 소리 없이, 조용히 나의 성격을 바꾸어 놓았다. 언제나 이동 중이고 언제나 호출 대기하는 삶을 살다 보니 어느덧 만성이 되어버린 긴장과 초조를 어린 산토끼는 조금이나마 누그러뜨려 주었다.

훌륭한 정치 고문이 되려면 방정식에서 자신을 배제해야 한다. 사적인 견해와 감정은 제쳐두고 일종의 분리 상태 혹은 위장 상태를 유지하되, 시선을 끌어선 안 된다. 사적인 관심은 객관성과 상충하기 때문이다. 긴 세월 유지해 왔던 침착하고 주의 깊고 경계하는 태도는 어느덧 내 삶의 방식이 되었다. 나는 끊임없이 위험을 살피고, 위협을 예측하며, 상황이 발생하는 즉시 기민하게 행동을 취할 준비를 하되,

배경에 녹아드는 삶을 살아왔다. 어떻게 보면 산토끼의 삶과 크게 다르지 않았다. 어쩌면 나는 그동안 내 삶의 배경에 너무 지나치게 녹아들었던 건 아닐까? 마치 덤불숲의 산토끼처럼 내 정체성을 흐리며 살았던 건 아닐까? 그렇게 살면서 산토끼의 평온함조차 지니지 못했던 건 아닐까? 산토끼 한 마리가 나의 오랜 습관을 바꿀 수 있다면, 그 외에 내가 한 번도 생각해 보지 못했던 것 중 또 무엇을 누릴 수 있을까? 나의 삶이 다시 정상적인 궤도로 돌아가길 기다리며 살고 있지만, 이토록 단순한 것으로부터 이토록 큰 기쁨을 느낄 수 있다면, 또 어떤 기쁨이 나를 기다리고 있을까?

정원의 돌담을 따라 살금살금 움직이는 족제비 두 마리를 발견한 순간, 그런 생각들로부터 깨어났다. 어린 산토끼가 다니는 길이었다. 몸이 낮고 유연한 족제비는 산토끼의 목을 한 번에 부러뜨릴 수 있는 턱을 가진 사나운 포식자였다. 녀석들은 먹잇감 주위를 빙빙 돌면서 혼란에 빠뜨린 뒤 느닷없이 달려들어 죽였다. 두 마리 다 구식 페인트 붓처럼 끝부분이 새카만 기다란 꼬리를 반듯하게 뻗고 있었다. 발과 배는 흰색이었고 등은 비단처럼 보드라운 밤색이었다. 족제비 두 마리라면 어린 산토끼 한 마리쯤은 너끈하게 잡을 수 있을 것이다. 족제비들은 자갈밭에서 서로 쫓고 쫓기다가 한데 엉켜 뒹굴었다. 마치 송곳니와 털로 이루어진 공 같았고 바람에 흩날리는 홀씨처럼 몸이 가벼웠다. 족제비들은 사냥보다는 노는 데 더 관심이 있어 보였다. 그러나 눈 깜짝할 새에 서로에게서 떨어져 길고 날렵한 몸을 펴고는, 마치 목표를 향해 던져진 칼처럼, 어린 산토끼가 아무 생각 없이 잠들어 있는 덤불 속으로 뛰어들었다. 족제비를 쫓으려고 달려 나가보니 이미 사라지고 없었다.

어린 산토끼를 지킬 수 없다는 걸 알면서도 무모한 행동을 멈출 수가 없었다. 한번은 우리 집 옆길을 따라 어슬렁거리며 내려오는 여우를 쫓으려고 잠옷 차림으로 수백 미터를 뛴 적도 있다. 풍차처럼 양팔을 휘저으면서. 여우의 눈빛은 침착하고도 날카로웠고, 걸음걸이는 느긋했다. 근사한 아침 식사를 마친 여우의 모습이 꼭 그런 모습일 것 같았다. 산토끼 사냥에 관한 윌리엄 서머빌의 시처럼, '밤의 전리품으로 배부른' 모습 말이다.

나는 집으로 돌아왔다. 여름 내내 여섯 시 반쯤 어김없이 모습을 드러냈던 어린 산토끼는 그날따라 보이지 않았다. 시간은 흘렀고, 나는 밖으로 나가 어린 산토끼를 찾았다. 녀석을 부르며 들판을 헤맸다. 녀석이 죽었을지도 모른다고 생각하니, 어느 쪽이 더 끔찍할지 판단이 서지 않았다. 녀석의 사체를 발견하는 게 더 끔찍할까, 아니면 영영 무슨 일이 있었는지 모르는 게 더 끔찍할까. 내가 다가가자 산토끼들이 들판에서 뿔뿔이 흩어졌지만 그들 중 내가 아는 산토끼는 없었다. 나는 낙담한 채 집으로 돌아왔다. 그런데 어린 산토끼가 우리 집 벽난로 옆에 뒷다리로 앉아 침착하게 날 쳐다보는 게 아닌가. 마치 왜 이렇게 늦었냐고 묻는 것처럼.

그러던 어느 날 진짜 위험이 닥쳤고, 그것은 내가 전혀 예상하지 못했던 곳에서 찾아왔다.

# 8월의 가벼운 발걸음

평지를 지나고 산등성이를 넘어
산토끼가 저 멀리 날아간다.
바람과 조류를 탄 배들이
돛을 활짝 펼쳐도
산토끼의 반도 못 쫓아간다.

—윌리엄 서머빌, 『추격』, 1735년

생후 여섯 달 정도가 되니 산토끼는 거의 다 자라서 근사하고 기다란 귀를 갖게 되었다. 다리가 얼마나 길고 가느다란지 감탄이 절로 나왔다. 날렵한 엉덩이의 힘줄과 근육은 팽팽했고 두툼하고 보드라운 뒷발의 발바닥은 그 길이가 남은 다리 전체 길이와 비슷했다.

녀석이 담을 뛰어넘을 때마다 새로운 불안감이 밀려들었다. 저 우아한 앞다리가 반복되는 착지의 충격을 견딜 수 있을까? 가장 가는 부분이 내 손가락보다도 가는데도? 돌담의 돌 사이에 발이 끼어 발목을 접질리진 않을까? 혹시 부러지진 않을까? 착지하다가 균형을 잃고 풀밭에서 뒤로 넘어지는 것을 몇 번 보았다. 그럴 때면 녀석은 잠시 멈추어 서서 기운을 차리고는, 갑작스러운 움직임을 포착하고 다가올지 모를 포식자들의 기척을 살폈다. 밤이 되어서 녀석이 나갈 채비를 하면, 나는 서둘러 담장 문을 열어주곤 했다. 그러나 새벽에 돌아오는 시간은 예측하기가 어려웠고 어린 산토끼는 날마다 돌담을 넘나들었다.

8월 말 산토끼의 첫 여름이 저물어갈 무렵이었다. 어느 날 아침 산토끼가 왼쪽 앞발을 확연히 절뚝거리며 나타났고 그 모습을 보는 순간 가슴이 철렁했다. 산토끼는 그 발에 체중을 싣지 못했고 먹이를 먹기 위해 내게 조심스럽게 다가왔다. 문간에서 귀를 축 늘어뜨리고 아픈 발을 다른 발 위에 올려놓고 핥는 모습이 딱했다. 오후에는 움직임이 더 굼떠지더니 자꾸만 비틀거렸다. 그러나 해 질 무렵에는 놀랍게도 세 다리로 절뚝거리며 집 밖으로 나가더니 어둠이 내리자마자 정원 담장 위로 뛰어 올라갔다.

다음 날 아침 나는 녀석이 담장을 오르내리다가 다리를 더 심하게 다칠까 봐 걱정되어서 일찌감치 문을 열어주었다. 나를 보자마자 녀석이 절뚝거리며 다가오더니 비틀비틀 안으로 들어왔다. 진흙투성이가 된 발은 부은 것 같았다. 녀석은 종일 집 안에서 잠만 자다가 저녁 일곱 시가 넘어서야 깨어났다. 나는 다친 발이 너무 걱정되어서 사실상 우리 집을 녀석에게 통째로 내어주다시피 했다. 사무실을 비워두고 주방에서 일했다.

그날 저녁 산토끼는 더 심하게 절뚝거렸다. 나는 한 번 더 담장 문을 열어주고 녀석이 세 다리로 어둠 속으로 달려 나가는 모습을 지켜보았다. 다시는 녀석을 못 볼 것 같아서, 혹은 다음 날 밭 가장자리에서 죽어 있는 녀석을 발견하게 될 것 같아서 두려웠다. 그러나 다음 날 아침 담장 문 옆에 앉아 어깨 너머로 날 쳐다보는 산토끼를 발견한 순간, 나는 안도했다. 먹이를 먹고 나서 방 안에서 쉬는 산토끼의 몸짓언어에서는 고통과 연약함이 배어났다. 녀석은 어깨를 움츠린 채 경계의 눈빛으로 아픈 발을 들고 있었다. 다친 앞발이 다른 발에 비해 굵었다. 산토끼는 귀리 가루를 먹을 때 발끝만 바닥에 살짝 대고 있었고, 가늘게 뜬 두 눈이 인간인 나의 눈에는 고통의 눈빛처럼 보였다. 뒷발을 닦는 동작은 느리고 불안정했지만, 반드시 필요한 의식이었다. 다친 발바닥에 귀리 가루가 더 자주 들러붙었는데, 어쩌면 감염으로 인한 분비물이 있을지도 모른다는 생각이 들었다. 사흘 동안 아침 일찍 나가서 담장 문을 열어주었더니 언젠가부터 녀석이 문 옆에서 나를 기다리기 시작했다. 산토끼의 신속한 학습 능력을 보여주는 일화일 수도 있었고, 그만큼 통증이 심하다는 신호일 수도 있었다.

나의 걱정은 끝이 없었다. 녀석을 집에 가둘 수도 없었고, 밤마다 담을 뛰어넘는 것을 막을 수도 없었으며, 포식자가 녀석을 덮치는 것을 막을 도리도 없었다. 그러던 어느 날 밤, 이번에는 정원 한복판에서 또다시 여우를 목격한 뒤로 걱정은 더욱 커졌다. 여우는 한밤중에 나의 창문 밑을 유유히 거닐었고 화단 가장자리의 높은 지점에서 잠시 멈추었다. 정원 담장이 여우를 막아줄 거라 믿었건만. 여우가 산토끼 냄새를 맡고 들어왔을지도 모른다 생각하니 놀라웠다. 어린 산토끼는 지금 전속력으로 달릴 수도 없는 상태였다.

나의 불안감을 더욱 증폭시킨 사건이 다음 날 벌어졌다. 거대한 콤바인 수확기가 들판에 나타난 것이다. 높이가 16피트(약4.8미터)에 폭이 12피트(약 3.6미터), 앞뒤 길이가 30피트(약 9미터), 무게 약 15톤에 달하는 이 기계는 곡물을 탈곡해서 먹을 수 있는 알곡은 추출해 빨아들이고 왕겨는 떨어뜨렸다. 짚은 압축하여 거대한 곤봉 모양의 건초 다발로 만들어 들판에 뿌렸는데 묶어놓은 건초 다발들이 마치 거대한 황금 실타래들 같았다.

나는 다친 산토끼가 혹시라도 기계에 휩쓸릴까 봐 걱정이 되었다. 예전에 어머니가 들려준 이야기가 떠올랐다. 사일리지 절단기에 죽은 새끼 사슴 이야기였다. 새끼 사슴의 머리가 잘렸는데, 그로부터 2주 동안 어미 사슴이 매일 같은 자리로 돌아와 새끼를 찾더라고 했다.

언니는 동네 수의사의 전화번호를 알려주면서, 특유의 다정하고도 실용적이고 직설적인 방식으로 말했다. 산토끼가 잘 먹고 있다면 너무 걱정하지 말라고. "구석에 숨어서 음식을 거부하면, 그게 곧 죽는다는 신호야." 언니가 말했다.

어린 산토끼가 힘들어하는 모습을 계속 지켜보다가 결국 수의사에게 전화를 걸었다. 산토끼가 길들여지지 않았고, 반려동물이 아니어서 사람 손을 타지 않게 했으며, 우리 안에 살지도 않는다고 설명한 다음, 비록 다치긴 했어도 녀석이 원하면 달아나는 것을 막을 도리가 없다고 말했다. 수의사는 다리의 상태를 엑스레이로 확인해야 하니 병원으로 데려오라고 했다. 하지만 그렇게 했다가, 비록 결정적이진 않더라도, 나에 대한 녀석의 신뢰가 무너질까 봐 두려웠다. 어린 산토끼는 한 번도 밀폐된 상자에 갇히거나 이동해 본 적이 없었다. 좁은 공간에 가두면 그 예민한 심장이 빨리 뛰다가 결국 멈출 수도 있었다. 나는 그건 너무 위험할 뿐 아니라, 녀석이 충격으로 죽을 수도 있고, 심지어 도망치려다가 더 크게 다칠 수도 있다고 말했다. 그러자 수의사는 자기가 직접 우리 집으로 와서 내가 붙잡고 있는 동안만이라도 산토끼를 진찰해 보겠다고 제안했지만, 나는 그마저도 어려울 것 같다고 했다. 그가 집으로 들어서는 순간 산토끼가 달아날 게 분명했기 때문이었다. 그는 산토끼가 절뚝거리는 영상을 보고는 녀석의 부상이 염좌이거나 접질린 것 같다고 했다. 이론상으로는 항염증제를 투여해야 하는 상황이지만 산토끼를 치료해 본 적도 없고 병원에 비치된 의약품 중에도 산토끼에게 쓸 만한 약은 없다고 했다. 그가 제안할 수 있는 최선의 방법은 작은 개들에게 쓰는 약을 처방하되 산토끼의 체중에 맞게 용량을 조절하는 것이라고 했다. 그가 내게 산토끼의 체중을 측정할 방법이 있겠냐고 물었다. 그러면서 그가 처방하는 약물에 산토끼가 어떤 반응을 보일지 지침이 없을 뿐 아니라 위험이 따를 수 있다고 경고했다. 그저 바람직한 결과가 있기를 바랄 뿐이라고.

다음 날 아침 산토끼가 집으로 돌아와 내게 다가왔을 때, 나는 최대한 조심스럽게 무릎을 꿇고 녀석을 품에 안았다. 다친 다리를 건드리지 않도록 조심하며 안았지만 녀석이 정원 밖으로 나가기 시작한 뒤로는 한 번도 안아본 적이 없었기 때문에 녀석이 저항할 수도 있다고 생각했다. 그러나 산토끼는 움직이지 않고 내 가슴에 가만히 기대었고 두 귀를 등 뒤로 축 늘어뜨렸다. 녀석은 무기력했다. 나는 산토끼를 안고 욕실로 가서 체중계 위에 올라섰다. 녀석의 무게는 3킬로그램이었다. 이제 녀석은 6개월 전에 내가 발견했던 귀 달린 털 뭉치와는 거리가 멀었다. 나는 거실을 가로질러 녀석을 바닥에 내려놓았고 어린 산토끼는 절룩거리며 사무실 문간으로 가더니 힘없이 누웠다.

나는 아픈 발을 핥는 어린 산토끼를 남겨둔 채 차를 몰고 시골길 8마일을 달려 동물병원에 갔다. 동물병원은 농가 건물들이 모여 있는 높은 지대에 자리 잡고 있었다. 이 모든 것이 내게 새로운 경험이었고 낯선 세계로의 입문이었다. 동물병원 벽은 반려동물 포스터와 장난치는 반려동물과 가축들의 사진들로 덮여 있었다. 수의사가 내게 약을 내어주며 행운을 빌어주었다.

그는 우윳빛 흰 액체가 들어 있는 약병과 함께 가느다란 주사기의 3분의 1 지점에 줄을 그어서 주었다. 아마도 그 정도가 어린 산토끼에게 적절한 용량일 거라고, 산토끼의 입에 액체를 흘려넣으라고 했다. 나는 차로 돌아와 물약이 담긴 상자를 살펴보았다. 상자에 '환자명 : 산토끼'라고 적혀 있었고 나의 이름과 주소가 산토끼의 '소유자'로 기재되어 있었다. 웃음이 났다. 진실과 너무도 거리가 먼 내용이었다. 어린 산토끼는 누구에게도 소유될 수 없었고 오직 그 자신의 것이었다.

나는 어떤 맥락에서든 살아 있는 생명체를 '소유'한다는 개념에 대해 생각해 보았다. 동물과의 교감을 통해 우리는 사랑과 공감, 연민과 같은 감정들을 느낀다. 그런 감정들은 생명의 세계에 대한 원초적인 경외심과 종種을 초월한 생명의 공통성과 연결감을 고취한다. 그것이 대자연과 환경을 보다 깊이 존중하게 되는 하나의 관문임을 나는 비로소 깨닫고 있었다. 그러나 그와 동시에, 인간과 동물 사이에 엄청난 힘의 불균형이 존재하는 것 또한 사실이다. 우리는 너무도 쉽게 동물을 힘으로 제압하고, 우리의 목적과 필요, 그리고 생활 방식에 맞게 제약을 가하거나 가둔다.

집으로 차를 몰면서 나는 산토끼에게 어떻게 약을 먹여야 할지, 과연 이것이 어린 산토끼의 생명을 위태롭게 하면서까지 강행할 가치가 있는 일인지 생각했다. 산토끼의 죽음을 떠올리는 순간, 몇 년 전 어느 남자 동료가 했던 말이 떠올랐다. 그는 키우던 개가 죽었다고 했고 그 말을 할 때 그의 눈에 눈물이 그렁그렁했다. 눈물이 주르륵 흘러내리는 것을 보고 나는 민망했다. 그가 그런 약한 모습을 보인 것을 나중에 후회할 거라고 생각했다. 동물에 대한 감정치고는 너무 과하거나 부적절한 것처럼 보였다. 마치 그런 깊은 슬픔은 오직 인간에게만 느낄 수 있다는 듯이. 이제 나는 동물에 대한 애정이 전혀 다른 감정이라는 것을 알게 되었다. 그것은 인간과의 관계에서처럼 온갖 후회와 복잡미묘함, 타협으로 얼룩지지 않은 감정이었다. 그 자체만으로도 순수하고 깨끗한 감정이었다. 말로 소통할 수 없다 보니, 우리는 동물들의 필요를 이해하고 채워주기 위해 우리 자신을 확장하고 그 대가로 그들과 함께하는 기쁨과 재미를 누린다. 그들의 삶이 우리의 삶보다 훨씬 짧다는 사실을 알고 있는 우리는 언젠가 다가올 피치 못할 고통에 대비해야 한다. 어린 산토끼가 죽으면 내가 엄청난 고통과 슬픔을 느끼게 되리란 것을 알았고 생각만 해도 몸이 움츠러들었다. 그리고 그 순간 느닷없이 눈물이 차올라서 운전대를 꽉 잡았다.

여전히 결정을 내리지 못한 상태로 집으로 돌아와 약에 동봉된 설명서를 읽었다. '위장 장애'를 포함한 부작용들이 나열되어 있었다. 쿠퍼의 산토끼 중 한 마리가 비슷한 이유로 죽었다는 일화가 떠올라 겁이 났다. 만약 내가 산토끼의 몸무게를 잘못 잰 거라면? 약이 녀석의 위를 망가뜨린다면? 복용량이 너무 많아서 죽는다면? 생각만 해도 끔찍했다. 결국 약은 사용하지 않은 상태로 냉장고에 들어갔다. 낮에는 어린 산토끼가 조용하고 안전한 환경에서 충분히 쉬게 해주고, 밤에는 먹이를 찾으러 나가지 않아도 되도록 음식과 물을 넉넉히 주는 것이 내가 할 수 있는 일의 최선이라는 생각이 들었다.

회복의 과정은 더디었다. 어린 산토끼는 여전히 매일 밤 외출을 강행했다. 어느 날 아침 어린 산토끼가 담을 뛰어넘지 않아도 되도록 담장 문을 열어주었는데, 내가 조금 늦게 문을 닫았더니 그 틈을 타서 커다란 짙은 갈색 산토끼 두 마리가 어린 산토끼를 쫓아 정원으로 들이닥쳤다. 어린 산토끼는 아픈 발을 끌며 화단으로 도망쳐 꽃들 속에 몸을 숨겼고, 그사이 내가 침입자들을 쫓아냈다. 마음 한편으로는 모든 산토끼를 위해 담장 문을 열어두고 싶었다. 무지막지하게 굴을 파서 나의 식물과 동물을 괴롭히는 토끼들만 막을 수 있다면. 그러나 그보다는 이 기적과도 같은 어린 산토끼의 안식처로 이 정원을 지켜주고 싶은 마음이 더 컸다.

여름에서 가을로 넘어갈 무렵, 어린 산토끼가 다시 정상적으로 움직이기 시작했다. 내 눈에는 여전히 왼쪽 앞발 위의 다리 부분이 약간 굵어 보였지만, 걸음걸이엔 별다른 이상이 없었다. 결국 산토끼는 완전히 회복되었다. 나는 녀석이 뒷다리로 서서 앞발로 정원의 자두나무에서 자두를 떨어뜨리는 모습을 지켜보았다. 새끼 때부터 연습했던 앞발 두드리기를 제대로 써먹는 순간이었다.

어린 산토끼가 과일을 좋아하는 것 같아서 배를 한번 먹여보기로 했다. 녀석은 배를 한 번에 몇 입씩 갉아 먹었는데 턱 밑이 배즙으로 끈적해질 때까지 먹었다. 배 하나를 거의 한 주 내내 먹었지만, 당분을 너무 많이 섭취하면 안 될 것 같아서 자주 주진 않았다.

지금까지도 나는 어린 산토끼가 어쩌다 다리를 다쳤는지 알지 못한다. 야생에서도 다리를 다쳐 세 발로 뛰는 산토끼들을 본 적이 있다. 산토끼의 다리는 워낙 가늘어서 어쩌면 그런 부상이 흔한 건지도 모르겠다. 그래도 나는 여전히 산토끼가 정원의 담장을 넘다가 다쳤을 가능성이 가장 크다고 본다. 담장은 산토끼에게 쉴 곳과 숨을 곳을 제공했지만 날마다 넘나들기엔 부자연스럽고 위험한 장애물이었다.

더 큰 위험이 찾아온 것은 늦여름 그루터기만 남은 밭을 갈아엎을 때였다. 들판이 순식간에 갈색 황무지로 변했다. 산토끼의 시점에서는 파헤쳐진 땅이 아마도 전쟁터를 방불케 했을 것이다. 트랙터가 끄는 쟁기가 땅을 가르고 부수고 뒤집으면, 그 위에 씨앗이 뿌려졌다. 나는 강철 트랙터를 피해 달아나는 산토끼들을 상상해 보았다. 두려움에 심장이 파닥거릴 것이다. 다시 돌아왔을 땐 그들의 은신처가, 혹은 그들의 새끼들이, 무지막지한 기계에 짓이겨져 있을 것이다. 파종이 끝나고 나면 녀석들은 아무 생각 없이 뒷발을 핥아 화학비료를 혀에 묻힐 것이다.

농업 집약화는 유럽 산토끼의 개체 수 감소를 초래한 결정적 요인으로 지목되어 왔다. 현대적 농법으로 인해 풀 베는 빈도가 극적으로 증가했고, 곡물 수확량을 늘리고 대형 기계를 사용하기 위해 생울타리가 제거되었으며, 겨울에 파종하는 작물이 증가했다. 이 모든 것이 산토끼의 생존을 위협하는 요인이다. 이러한 변화는 식물의 다양성을 저해하고, 겨울철 식량을 감소시킬 뿐 아니라, 산토끼들이 몸을 숨기거나 쉴 수 있는 공간을 없앤다. 자국민에게 충분한 식량을 공급해야 하는 절박한 상황과 환경 보호는 여전히 조화를 이루지 못하고 있다. 집약적 농업은 어쩔 수 없이 산토끼를 유해 동물로 만든다. 산토끼의 입장에서는 작물 말고 거의 먹을 게 없기 때문이다.

과거 삶의 속도는 걷는 속도에 맞추어졌다. 쟁기질은 걷는 속도로 이루어졌고 말이 쟁기를 끌었다. 건초를 만들 풀은 낫으로 베었는데, 농부들이 걸어서 이동하며 일정한 간격으로 낫을 휘둘렀다. 수확기에는 낫으로 줄기를 베고 줄기 다발을 끈으로 묶어서 구조물 형태로 세워놓았다가 수레에 실어서 날랐다. 나무는 손으로 직접 베었고, 커다란 나무는 두 사람이 양쪽에 서서 손잡이가 달린 톱을 앞뒤로 움직여서 베었다. 현대 기술은 인간 삶의 모든 면에서, 특히 농업과 식량 생산에 있어서 비약적인 발전을 일으켰지만, 우리 모두 알다시피 그로 인해 지구가 치러야 했던 대가는 컸다. 그 대가 중 하나가 바로 소음 공해다. 오늘날 우리는 일상의 소음에 무감각해졌다. 예전에 사람이 했던 일을 대신하는 기계 소음과 굉음은 점점 더 커져가고 있고 비행기, 자동차, 대형 자동차 들이 끊임없이 내는 소음과 함께, 사이렌 소리와 경고음 같은 날카로운 소음도 이제 일상의 일부가 되었다. 농경이나 삼림에 사용하는 장비들은 점점 더 거대해지고 자동화되어 간다.

이러한 장비를 사용하려면 더 넓은 도로와 진입로가 필요하고, 장비를 보관하거나 정비하기 위해서 더 높은 건물도 필요하다.

지구가 치러야 했던 또 다른 대가는 빛 공해로, 이제는 그 규모가 어마어마해졌다. 고속도로 조명은 사용량이 가장 적은 시간대에도 밤새도록 켜둔다. 교외에도 점점 더 많은 기업체와 대형 농장들이 보안을 이유로 강력한 외부 조명을 사용한다. 외부 조명은 동작 감지 방식이 아니라 늘 켜진 상태로 유지되는 추세다. 도시에서는 거리와 건물 전체에 항상 불이 켜져 있다. 위성 사진만 보아도 지구는 거대한 빛의 공처럼 보인다. 이러한 빛이 새를 비롯한 다른 생명체에게 어떤 피해를 줄까? 우리는 인간의 건강에 숙면이 중요하고 어두운 방이 숙면의 필수요건임을 익히 들어 알고 있다. 그러나 동물이나 새들의 수면 문제 혹은 어둠 속에서 길을 찾는 야생동물의 능력에 대해서는 거의 생각하지 않는다.

내가 이런 문제들을 걱정하기 시작할 무렵, 산토끼가 아예 자취를 감추었다. 며칠이 지나도록 돌아오지 않았다. 그로부터 두 주 동안 들판에 나갈 때마다 산토끼를 부르며 찾았고 그 바람에 다른 산토끼들이 놀라 이리저리 흩어졌다. 그러는 동안 나는 생울타리의 야생 사과를 땄고, 뉴스를 보면서 바깥세상이 날 부르는 것 같은 기분을 느꼈다. 이번에는 산토끼가 정말로, 영영 떠났다고 생각했다.

어느 날 저녁 나는 정원 담장 문 앞에 서서 산토끼를 불러보았다. 들판에 온통 산토끼들이었다. 그중 내가 찾는 어린 산토끼가 있는지 나조차 식별할 수 없었다. 좌절감을 느끼며 땅에 털썩 주저앉는데, 뒤쪽에서 아주 조그만 소리가 들렸다. 자갈이 무언가에 스치는 듯한 소리였다. 돌아보니 산토끼가 자갈밭을 가로질러 다가오고 있었다. 귀를 쫑긋 세운 채 호기심 어린 눈빛으로 날 쳐다보면서. 내가 일어서자, 산토끼는 쏜살같이 집으로 달려가더니 내가 문을 열어주기를 기다렸다.

돌아온 어린 산토끼는 그 뒤로도 집에 와서 머물곤 했다. 녀석은 거실 벤치 밑 선반에서 자는 버릇이 생겼고 그 빈도가 점점 더 잦아졌다. 12월이 다가올 무렵에는 산토끼가 실내에서 너무 많은 시간을 보내다가 두꺼운 겨울털이 제대로 자라지 못하는 건 아닌지 걱정이 될 정도였다. 그러나 겨울털은 빠르게 자랐다. 목 아래쪽에 풍성하게 자란 털은 시간이 지날수록 갈기처럼 무성해져서 녀석은 그 털 속에 머리를 파묻은 채 쉬곤 했다. 그해 말에 어린 산토끼는 털이 불그스름해졌고 황혼의 햇살을 받으면 마치 불꽃 같았다. 얼굴 곳곳에 뚜렷하게 흰 부분들이 생겼는데, 두 눈을 아름다운 흰 원이 감싸고 있었고, 그 위와 아래를 또 한 번 흰 털이 둘렀다. 아마도 눈밭에서 짙은 색 얼굴의 윤곽을 흐릿하게 만들기 위해서인 것 같았다. 체구가 작을 때 그랬던 것처럼 뒷다리와 엉덩이 아랫부분은 다시 엷은 밀크커피 빛깔을 띠었다. 해 질 무렵 녀석의 몸체 나머지 부분이 저물어가는 햇살에 사라져도 흰 줄과 원들은 여전히 보였다.

해가 짧아지면서 산토끼는 점점 더 이른 시간에 집으로 돌아왔다. 녀석은 소리 없이 드나들었고 때로는 안개 속에서 유령처럼 모습을 드러냈다. 어느 날 오후에는 녀석이 집으로 돌아와 소파 위로 뛰어올라 내 옆에 앉더니 얼음장처럼 찬 발을 내 다리에 얹어놓기도 했다.

겨울의 매서운 추위가 닥치자 결국 집 안에 불을 지펴야 했다. 산토끼가 불의 열기나 연기, 장작 타는 소리에 어떻게 반응할지 걱정이 되었다. 그러나 예상과는 달리, 산토끼는 불을 무서워하기는커녕, 내가 있건 없건 벽난로 옆에서 잠을 청했다. 바깥이 진흙탕이어도 녀석의 털은 여전히 티 없이 깨끗했다. 그해 처음 눈보라가 몰아치던 날, 온몸의 털이 눈으로 뒤덮인 채 우리 집 벽에 몸을 기대고 웅크리고 있는 녀석을 보았다. 꼬리 아래쪽의 털이 눈보다 더 하얗게 빛났다.

어떤 날은 산토끼가 돌아오지 않았는데 어둠이 내렸다. 나는 녀석을 위해 거실문을 살짝 열어두었고, 그러면 녀석이 펄럭이는 커튼 밑으로 미끄러지듯 들어와 난롯가에서 먹고 쉬다가 도로 밖으로 사라졌다. 밤이 되면 산토끼는 낮보다 훨씬 더 커 보였다. 두 눈이 더 커 보였고, 발끝으로 몸을 세우고 서서 머리를 꼿꼿하게 세우고 귀를 활짝 펴서 언제든 달아날 채비를 하고 있었다. 때로 녀석은 담장에서 불과 몇 미터 떨어진 곳에 앉아 경계하는 듯한, 그러면서도 온전히 자기만의 세계에 빠져 있는 듯한 표정으로, 겨울의 황혼 속에서 환히 불이 밝혀진 집을 바라보곤 했다.

어느 날 해 질 무렵, 녀석이 문 근처를 배회하며 내보내 주기를 기다렸다. 내가 문을 열어주자, 산토끼가 주저 없이 달려나가더니, 몇 미터 거리를 두고 멈추어 서서 나를 돌아보았다. 그 순간 나는 문득 이런 생각이 들었다. 혹시 녀석이 나를 기이한 산토끼라고 여기고 있는 건 아닐까? 그래서 내가 자기와 함께 안개 낀 밤 속으로 달려 나가주길 바라는 건 아닐까?

2 ld

# 어리지 않은 산토끼

산토끼에게는 따로 짝짓기철이라고 부를 만한
사랑의 계절이 없다.
일 년 중 어느 달이건 새끼를 밴 암컷 산토끼는 늘 있다.
—노리치의 에드워드, 『사냥의 대가』, 1406년

계절이 바뀌었고, 다시 2월이 되었다. 어느덧 한 살이 된 산토끼는 미
세한 변화를 통해 성체가 되어갔다. 산토끼의 에너지는 여전했다. 우
리 집의 이쪽 문으로 뛰어 들어와 저쪽 문으로 빠져나갔다가 다시 들

어와서, 공중에서 갑자기 방향을 틀어 180도 회전한 다음, 반대 방향으로 더 속도를 내어 달려나가기를 좋아했다. 내가 부르면 매번 양쪽 귀를 몸에 바짝 붙이고 빠르게 달려오다가 뒷발로 펄쩍 뛰어오르고 깡충깡충 뛰며 장난을 쳤다. 그렇게 점점 집 쪽으로 다가오다가 어느 순간 쏜살같이 집 안으로 뛰어 들어와 내 발치에 털썩 앉곤 했는데, 하나도 숨이 차지 않았다.

산토끼가 우리 집 근처에 있을 때면 담 너머 들판에서 커다란 활 모양을 이루며 달리는 산토끼의 무리를 종종 볼 수 있었다. 선두에 선 산토끼는 마치 무리로부터 달아나려는 듯, 날카롭게 지그재그로 방향을 틀며 놀라운 속도로 움직였는데, 추격자들을 따돌리기 위한 수법인 것 같았다. 때로는 달리는 도중 허공에서 앞발을 축으로 삼아 눈 깜짝할 새에 반대로 방향을 틀었는데, 어린 산토끼가 정원에서 내 주위를 맴돌 때 보여주었던 바로 그 동작이었다. 질주하는 산토끼의 무리는 지평선 너머 혹은 골짜기 너머로 사라져버리곤 해서 나는 그 추격전의 결말을 끝내 알지 못했다. 그러나 때로는 선두의 산토끼가 도망치는 것을 멈추고 싸우는 광경을 보기도 했다. 산토끼는 갑자기 달리기를 멈추고 양쪽 귀를 하늘을 향해 곧게 세우고는, 꼬리를 길게 뒤로 뻗고 뒷다리로 서서, 카밀러꽃이 핀 키 큰 풀밭을 뒷다리로 경쾌하게 뛰어다니다가, 가장 가까이에 있던 산토끼의 가슴과 얼굴을 번개처럼 내려치곤 했다. 그러면 공격을 당한 산토끼도 반격을 시작했다. 두 마리의 산토끼는 중심을 잃을 때까지 싸우다가 서로에게서 떨어졌고, 또다시 추격전이 재개되었다. 하늘에서 빛이 빠져나가고 들판의 풍경이 온통 거친 흑백 사진으로 변해가도록 추격전은 끝나지 않았다.

과거에는 산토끼들의 복싱을 수컷 두 마리의 영역 싸움으로 보았지만, 지금은 대체로 암컷이 수컷을 뿌리치는 상황으로 해석한다. 산토끼의 싸움에는 두 가지 유형이 있는데, 서로의 앞발만 건드리는 '거리 싸움'이 있는 반면, 가슴과 얼굴을 가격하는 '가슴 싸움'이 있다. 어느 늦은 오후 집 근처에서 격한 싸움이 벌어졌는데, 저녁 햇살 속에서 큼직한 털 뭉치가 날아다니는 게 확연히 보일 정도였다. 이러한 구애의 싸움은 며칠간 계속되기도 하는데, 수컷 산토끼가 암컷의 몸을 반복적으로 건드리면 배란을 촉진한다고 알려져 있다. 정원에서 어린 산토끼가 보여주었던 운동 능력은 이제 내게 다른 의미로 다가왔다. 그것은 이러한 신체적 요구에 대비하기 위한 일련의 준비 과정이었다. 내가 목격한 산토끼들의 복싱은 의도와 목적이 있는 것처럼 보였지만, 이러한 행동은 오래전부터 광기와 동의어로 여겨졌다. 루이스 캐럴이 말한 '3월의 산토끼처럼 미친as mad as a March Hare'이라는 표현과 경솔하고 무모하며 성급한 계획을 일컫는 '산토끼 같은 발상hare-brained'과 같은 말들이 여기에 해당된다. 그러나 덤불숲에서 마치 침몰해 가는 배처럼 한옆으로 기울어져 깊은 잠에 빠져든 어린 산토끼는 그런 광기나 발정기의 영향을 전혀 받지 않는 것 같았다. 정원에서 잠들어 축 늘어진 어린 산토끼의 모습을 담장 너머에서 끊임없이 펼쳐지는 격한 추격전과 비교하면서 나는 산토끼의 이런 굼뜬 행동이 과연 정상인지 의문이 들었다. 때로 어린 산토끼는 정원 담장에 기대어 놓은 나무 발판 위에 앉아, 마치 최면에라도 걸린 듯 멍하니 들판을 쳐다보곤 했는데, 산토끼들의 무리에 합류할 생각이 전혀 없어 보였다. 다른 산토끼들이 너무나 잘 보일 텐데도.

그러나 몇 주 후 녀석은 마치 혼수상태에서 깨어난 듯 활기를 되찾았다. 정원에서 커다란 원을 그리며 달리기도 하고 펄쩍 뛰어오르기도 했다. 어느 봄날 오후, 내가 녀석을 바라보고 서 있는데 녀석이 내 주위를 빙빙 돌면서 서서히 흥분 상태에 돌입했다. 그러다가 마치 어떤 목적이 있는 것처럼 담장을 훌쩍 뛰어넘더니 그길로 곧장 숲으로 달려가 나무들 틈으로 사라졌다. 또 어떤 날에는 정원에서 달리는 녀석을 담장 밖에서 산토끼 두 마리가 그림자처럼 쫓아다녔다. 결국 녀석은 담장을 넘어 그들과 합류했다. 녀석이 산토끼들을 쫓고 있었던 건지 아니면 녀석이 쫓기고 있었던 건지는 알 수 없었다.

계절과 날씨의 변화는 산토끼의 몸에서도 고스란히 나타났다. 겨울털이 빠지면서 얼굴에는 밝은 소용돌이무늬가 생겼는데, 다른 산토끼들에게서 보았던 선명한 무늬와 비슷했다. 녀석은 기이할 정도로 날씨를 정확히 예측했다. 어느 날 오후 우박을 동반한 거센 폭풍이 몰아치기 직전, 녀석이 집 안으로 들어오려고 거실 문을 앞발로 두드렸다. 집 안 곳곳에 귀리로 얼룩진 발자국이 생겼다. 그러나 산토끼가 담장 밖에서 보내는 시간은 갈수록 늘었다.

나 역시 바깥세상의 유혹을 느꼈다. 더는 런던 출장을 미룰 수 없었고, 중동에도 가야 했다. 솔직히 떠나고 싶어서 몸이 근질거렸다. 그래서 나는 산토끼가 찾아온 이후 처음으로 장기간 집을 비우게 되었다. 이번에는 며칠이 아닌 몇 달이었다. 산토끼를 두고 떠나는 게 걱정이 되었다. 산토끼의 생존이 내게 달려 있지 않다는 걸 알면서도, 내가 있는 것을 익숙하게 여기도록 만들어놓고 어느 순간 사라져버리는 게 잔인한 일 같았다. 더구나 내가 다시 돌아왔을 때 녀석이 없을 수도 있었다. 불운이 닥칠 수도 있었고 자연의 품으로 영영 돌아갈 수도 있었다. 이성적으로 대처하려 애쓰면서도, 만약 그렇게 된다면 내가 무척 후회하리란 걸 알았다. 그러나 나의 삶을 멈출 수는 없었다. 솔직히 나는 떠나고 싶었고 또 떠나야만 했다.

그래서 집으로 목수를 불렀다. 그는 평생에 걸쳐 온갖 종류의 목재를 다루어온 장인이었다. 나는 그에게 출입문의 판유리에 산토끼가 드나들 수 있는 구멍을 만들 수 있는지 물었다. 그랬더니 그가 내게 물었다. "왜 멀쩡한 문을 망가뜨려요?" 입 밖에 내어 말하진 않았지만 그의 질문에는 이런 의문이 담겨 있었다. *왜 집 안에 산토끼를 들이려고 해요?* 굳이 설명하지 않았다. 나는 쪽문을 포기했고, 다행히 내가 없는 동안 어머니가 산토끼에게 먹이 주는 일을 맡아주기로 했다. 나는 산토끼가 드나드는 시간을 포함하여, 내가 생각하는 산토끼의 습성, 기호, 요구사항 들을 상세하게 적어놓았다.

나는 산토끼의 시야에 방해가 되지 않도록 조명을 가린 카메라를 눈에 뜨이지 않는 장소에 설치했다. 토끼가 도착했을 때 어머니에게 알리기 위한 장치였다. 어머니가 나처럼 항상 산토끼의 출입을 확인할 수는 없었다. 그로부터 몇 주 동안, 나는 중동 어느 도시의 택시 안에서 휴대전화로 집 상황을 관찰했고 산토끼가 도착해서 출입문이 열리기를 기다릴 때마다 어머니에게 문자로 알렸다. 나의 새로운 관심은 쉽게 사그라들지 않았고, 나는 가는 곳마다 서점에 들러 그 지역에 서식하는 토착 산토끼에 관한 책을 찾아보곤 했다. 갈색 산토끼의 조상 격인 사막 산토끼를 얼핏이라도 볼 수 있을까 해서 잡목숲과 사구를 지날 때마다 창밖을 내다보기도 했다. 한번은 타는 듯 뜨거운 태양

아래 정지신호에 차가 멈추었을 때 복잡하게 얽힌 고가도로 사이의 교차로 한복판에 새들이 둥지를 튼 것을 보았다. 숨 막히는 더위와 매연 속에서도 생존하고 번식하려는 새들의 분투를 보면서 그들의 투지와 품위에 경외심을 느꼈다.

동물을 다루는 어머니의 타고난 능력 때문인지, 아니면 어머니와 나의 목소리가 비슷해서인지, 아니면 둘 다인지 모르겠지만, 산토끼는 어머니가 날마다 먹이를 주는 것을 너무도 편안히 받아들였다. 그러나 초여름에 집으로 돌아왔을 때, 나는 산토끼가 사라졌다는 소식을 들었다. 며칠이 지나도록 산토끼를 코빼기도 볼 수 없었다고 했다. 나는 그 뒤로도 일에 몰두하며 바쁘게 지냈고, 산토끼의 안부를 묻는 사람들에겐 철학적인 대답을 하곤 했다. 산토끼의 실종에 대한 슬픔을 그런 식으로 감추었지만 집을 비운 것에 대해서는 죄책감을 느꼈다. 그로부터 2주 후, 창밖을 내다보고 있는데 무릎 높이까지 자란 풀숲에서 무언가 움직이는 것이 보였다. 그리고 순전히 우연하게도, 산토끼의 귀 끝부분을 얼핏 보았다. 무슨 이유에서인지 산토끼는 몸 전체를 풀숲에 완벽하게 숨기고 있었다.

황혼이 깊어지자 나는 정원을 바라보다가 어리둥절해졌다. 화단에서 무언가가 살짝 움직이더니, 덤불숲에서 작은 산토끼 세 마리가 차례로 기어나오는 게 아닌가. 토끼들이 울타리 밑을 파고 들어온 줄 알고 투덜거리려는 순간, 눈앞에 펼쳐진 광경의 의미를 깨달았다. 새끼 산토끼 세 마리였다. 산토끼의 성별에 대한 의문, 그리고 산토끼가 이 근방 산토끼들의 무리에 섞일 수 있을지에 대한 의문이 마침내 풀리는 순간이었다.

나는 사람의 손에서 길러져도 산토끼의 본성이나 종족 보존의 욕구가 훼손되지 않았다는 사실에 안도했다. 새끼들을 낳을 장소로 나의 정원을 선택해 준 것에 감사했고 왠지 기분이 우쭐해졌다. 산토끼가 우리 집을 안식처로 여기고 있음을 확인받은 기분이었다. 정원에서 갑작스럽게 새끼를 낳은 것일 수도 있지만, 대부분의 동물들처럼 새끼를 밴 산토끼도 때가 되면 새끼를 낳을 안전한 장소를 공들여 찾는다는 글을 읽은 뒤로는 생각이 바뀌었다. 이것은 산토끼 이야기에서 내가 결코 예상하지 못했던 전개였고, 그래서 나는 이 기회를 최대한 즐기기로 했다.

그로부터 한 달간 나는 어미 산토끼가 새끼들을 먹이고, 보호하고, 가르치는 모습을 지켜보았다. 이른 아침 햇살 속에서 새끼 산토끼들은 라벤더와 장미 사이에서 뒹굴거나 꽃을 깨물며 놀았다. 해가 뜨면 정원에 만들어둔 각자의 은신처로 흩어졌다. 낮에 세 마리 중 한 마리라도 허락없이 외출을 시도하면, 어미 산토끼가 달려들어 앞발로 위협했고 새끼는 곧바로 은신처로 돌아갔다.

해가 저물면 어미는 내 침실 창문 밑에서 새끼들에게 젖을 먹였다. 가장 지대가 높고 사방으로 시야가 트인 곳이었다. 햇빛이 흐릿해지기 시작할 때, 새끼 산토끼들이 각자의 은신처에서 모습을 드러내기 시작했고 풀밭 한복판 맨땅이 드러난 자리로 모여들었다. 주위의 풀밭에는 클로버꽃이 가득 피었고 어스름한 햇살 속에서 꽃들은 회색이었다. 어미 산토끼는 약 삼십 분 정도 거리를 두고 새끼들을 지켜보았다. 아마도 그때가 어미와 새끼들에게 가장 위험한 순간일 것이다. 지나가던 포식자의 눈에 뜨이기 쉬운 상황이기 때문이다. 나로서는 감지하기 힘든 햇빛의 변화에, 어미가 새끼들에게 달려가 자기 몸으로 새끼들을 완전히 감쌌다. 새끼들이 젖을 빠는 동안 어미는 혀로 새끼들을 핥아서 씻겼다. 어미 산토끼는 단호했고, 민첩했으며, 끊임없이 주위를 살폈다. 그러더니 어느 순간 바닥에 널브러진 새끼들을 그대로 두고 후다닥 떠났다.

젖을 먹이는 짧은 순간들을 제외하면, 새끼들이 자라서 어미를 쫓아다닐 때까지, 그들이 함께 있는 광경은 좀처럼 볼 수 없었다. 어미는 새끼들의 위치가 발각되지 않도록 주의를 기울이는 것 같았고, 그러려고 일부러 집 안에서 혹은 몇 달 동안 찾지 않았던 안뜰에서 시간을 보냈다.

새끼들을 기르는 일은 오직 암컷의 몫이라는 것도 알게 되었다. 내가 읽은 책에는 대부분 산토끼가 부모로서 새끼들을 거의 돌보지 않는다고 되어 있었다. 『포유류 백과사전Encyclopedia of Mammals』에서는 이를 '양육의 부재absentee parentism'라고까지 표현했다. 그러나 정원에서 내가 목격한 광경은 달랐다. 산토끼는 하루 종일 새끼 근처에 머물며 새끼들이 숨는 것을 돕고 포식자를 경계하면서 새끼를 지켜보았다. 까마귀들이 너무 가까이 다가오면 산토끼가 앞다리를 망치처럼 휘두르며 겁 없이 달려들어서 크고 날카로운 부리를 가진 까마귀들을 쫓아내는 모습도 여러 번 보았다. 어미는 무려 이 주가 지나서야 다시 밤에 정원 밖으로 나가기 시작했다. 그 전까지는 계속 집 주변을 맴돌았고 집 안 벤치에 누워 있을 때조차도 새끼들을 주시했다.

문학작품 속에서 산토끼는 겁쟁이의 상징이다. 셰익스피어는 『십이야』에서 '매우 부도덕하고 보잘것없는 소년, 산토끼보다 더 겁이 많은 자'라고 썼다. 고대 그리스의 웅변가 데모스테네스는 연설문 『관冠』에서 '산토끼처럼 두려움에 떨며 살아가는 삶'을 경계하라고 경고했다. 이솝 우화 「산토끼와 개구리」에서는 산토끼를 '매우 겁 많은 동물'로 묘사하면서 '그림자만 스쳐도 겁을 먹고 숨을 곳을 찾아 도망친다'라고 했다. 그러나 새끼를 낳은 어미 산토끼는 집요하고도 용감했으며, 새끼들을 위협하는 위험에 맞설 때면 새끼를 방치하지 않았고 수완을 발휘했다. 산토끼가 쉽게 산만해지고, 두려움에 떨고, 과민하고, 우울하며, 괴상한 존재로 그려지는 글도 있다. 그러한 묘사도 내가 경험한 바와는 전혀 달랐다. 어미와 새끼 산토끼들은 겁쟁이가 아니라 조심스러웠고, 두려움보다는 호기심이 많았으며, 활달하고 심지어 사교적인 면도 있었다.

새끼 산토끼 중 한 마리는 유독 몸집이 크고 대범했다. 어느 날 그 녀석이 집 안으로 들어왔는데, 어미 산토끼가 녀석을 은신처로 쫓았다. 몸집이 작은 두 마리는 늘 붙어 다녔는데, 그중 한 마리는 한쪽 귀가 완전히 펴지지 않은 것 같았다. 날이 더울 땐 물을 담은 그릇을 내놓았는데, 새끼들은 물을 많이 마셨다. 그들의 일과는 어미 산토끼와 완벽하게 일치해서 내가 품었던 의심—어미가 새끼였을 때 나와의 접촉을 통해 행동이 바뀌었을지도 모른다는—을 완전히 불식했다. 아침이 되면 산토끼들은 쉬었고, 햇볕을 쬐었고, 놀았다. 그들은 어미 산토끼가 쓰던 흙 목욕 장소를 발견하고 그곳을 드나들기 시작했다. 새끼 산토끼들이 숨어 있을 때면 지나가던 꿩들이 그 틈을 타서 깃털을 부풀리고 흙 속에 날개를 펼치고는 일광욕을 하곤 했다.

어미 산토끼가 한때 그랬던 것처럼 새끼 산토끼들도 돌담을 순찰했다. 다리에 점프할 힘이 생기기도 전부터 뛰어오르려는 본능을 드러냈다. 담장에 뛰어오를 날이 그리 멀지 않았겠다 싶었는데 결국 어느 날 해냈다. 가장 대범한 새끼 산토끼가 먼저 뛰어넘었고 며칠 후 나머지 녀석들이 그 뒤를 따랐다. 그날 밤 새끼 산토끼들은 집으로 돌아왔는데 그것도 셋이 함께였다. 한 마리씩 차례로 돌담을 가볍고도 빠르게 뛰어넘었다. 어미 산토끼가 돌담을 뛰어넘을 정도로 강력한 귀소 본능을 갖고 있었던 건 더 이상 놀랍지 않지만, 주변의 들판이 그들의 것인데도 새끼 산토끼들 역시 태어난 장소에 이끌린다는 사실은 놀라웠다. 산토끼는 거의 예외 없이 '혼자 다니는' 동물로 묘사되지만, 그로부터 몇 주에 걸쳐 나는 어미와 새끼들이 매일 담장을 넘어 함께 돌아오는 모습을 보았다. 젖을 뗀 지 한참이 지난 뒤에도 그들은 서로에 대한 유대가 있는 것처럼 보였고, 이는 산토끼의 습성에 대한 기존 설명과 달랐다. 그들은 혼자 혹은 다 함께 정원으로 돌아와 잠깐씩 쉬거나 먹이를 먹었다.

결국 어미 산토끼가 낳은 새끼들은 어느 순간 자연의 풍경 속으로 스며들듯 사라졌고 다시는 돌아오지 않았다. 설령 근처에 머물고 있었더라도 나는 그들을 알아볼 수 없었다. 멀리서는 녀석들을 확실히 식별할 방법이 없었다. 때로 눈에 익은 자세나 귀를 기울이는 각도를 보고 새끼들 중 한 마리인가 싶을 때도 있었지만 단정할 순 없었다. 어미가 그랬듯이 녀석들의 털 빛깔도 계절에 따라 변할 것이고, 특히 수컷 산토끼는 성적으로 성숙해질 무렵 본능적으로 태어난 곳에서 멀리 떠나게 되어 있었다. 이는 번식의 가능성을 높이기 위한 생물학적 충동 때문이라고 한다. 아마도 나는 녀석들을 다시 볼 수 없을 것이다.

어미 산토끼는 새끼들을 몰래 낳았고 새끼들은 한 번도 집 안으로 들어오지 않았다. 내가 녀석들의 존재를 알게 된 것은 순전히 우연이었고, 창문 너머로 그 모습을 겨우 엿볼 수 있었다. 그런데도 녀석들이 떠나는 게 서글펐다. 그러나 한편으로는 하나의 순환이 완성된 것 같았고 새끼들이 온전히 야생동물로 자랐다는 사실이 기뻤다. 그런 광경을 목격하게 될 거라고는 상상조차 하지 못했다. 어미가 나의 정원에서 새끼를 기르기로 한 것은 마법 같은 일이었다. 새끼였던 어미 산토끼를 처음 발견했을 때만 해도 나는 녀석이 내게 의지한다고 생각했고 아마도 생후 첫 몇 주 동안은 실제로 그랬을 것이다. 그러나 이제 나는 분명히 깨달았다. 어미 산토끼는 자신을 돌보고, 생존하고, 무엇보다도 번식에 필요한 모든 것을 이미 알고 있었음을. 녀석은 내가 자신에게 해를 끼치지 않기만을 바랐고 그걸로 충분했다. 아마 모든 야생동물이 그럴 것이다. 산토끼가 요구한 것은 약간의 공간과 햇볕을 쬘 수 있는 자리와 평화뿐이었다. 그 사실을 깨닫고 나니 녀석이 우리 집과 정원에 계속 머무는 것이 더 소중하게 느껴졌다. 녀석이 그러기로 선택한 것이기 때문이었다.

새끼들은 떠났지만 어미 산토끼는 남았다. 그해 늦여름, 나는 도시를 떠나 친구들과 함께 그 집에서 휴가를 보냈다. 우리는 어느 날 우연히 야생 자두나무를 발견했는데 조그맣고 동그란 검은색 열매가 잔뜩 열려 있었다. 우리는 모자와 주머니마다 열매를 가득 채워 집으로 돌아왔고 한 가지 용도로만 쓰기엔 너무 많은 양이어서 자두잼, 자두소스, 진한 자주색에 맛과 향이 빛깔만큼이나 독특한 자두 술까지 만들었다. 그토록 열매가 많이 열릴 수 있었던 것은 밭을 일구던 농부가 야생 자두나무를 건드리지 않고 그대로 두었기 때문이었음을 알게 되었다. 근처에 휴경지가 있는 생울타리 주변에는 유독 산토끼들이 밀집해 있었다. 생울타리와 휴경지가 산토끼에게 은신처를 제공하고 우리가 딴 것과 같은 탐스러운 열매를 제공한 것이다.

이와는 대조적으로 그 일대 대부분의 생울타리는 밭의 농작물에 그늘을 드리운다는 이유로, 혹은 운전자의 시야를 가리는 것을 방지하기 위해 일 년에 여러 차례 베어진다. 농부들이 생울타리를 베어내고 싶어 하는 바로 그 이유, 즉 그늘이 져서 작물이 잘 자라지 않는 것이 산토끼에게는 오히려 도움이 된다. 잡초가 자라 먹이가 풍부해지고, 생울타리의 가지가 은신처를 제공할 뿐 아니라 먹을 수 있는 열매를 제공하기 때문이다.

농업의 기계화로 인해 생울타리의 가지를 치는 작업도 고속 회전하는 타작용 날이 장착된 트랙터로 이루어진다. 트랙터의 날은 생울타리를 순식간에 잘게 부수어서 마치 가지가 잘린 게 아니라 폭발한 것처럼 수천 개의 나뭇조각들이 균일한 높이로 날아간다. 생울타리가 이런 식으로 잘려 나가면 약해지고 척박해진다. 겨울을 나야 하는 새들의 생존에 필요한 산딸기류와 견과류, 장미 열매가 사라질 뿐 아니라 야생동물들이 선호하는 복잡한 구조의 은신처도 줄어든다.

생울타리의 급격한 쇠퇴와 파괴는 부분적으로는 경작지를 최대한으로 활용하기 위해 경계선 끝까지 쟁기질하는 인간의 습성에 기인한다. 그 바람에 산토끼들이 통로로 사용하는 잡초밭이나 야생화 수풀의 통로가 사라져버렸다. 그것들은 산토끼들의 통로이면서 식물의 다양성 유지에 필요한 중요한 자원이기도 하다.

이 일대의 옛날 지도를 통해 몇몇 생울타리가 밭을 확장하기 위해 제거되었음을 확인할 수 있었다. 나는 이웃 토지 소유자들의 동의를 얻어 그해 여름 우리 집 담장 밖의 생울타리를 확장하기로 했다. 큰 길가까지 반듯하게 두 줄로 '윕스whips'라 불리는 가지가 거의 없는 묘목을 천 그루 가까이 심었다. 묘목은 산사나무, 흑가시나무, 들단풍나무, 참나무, 개암나무, 들장미 등 이 지역 환경에 적합한 자생 수종들이었다. 토끼와 산토끼의 이빨로부터 보호하기 위해 묘목 밑동에 투명한 덮개를 씌운 것 외에는 자연 상태 그대로 두었다.

십 년쯤 뒤 이 생울타리는 손으로 '눕히는' 작업을 거치게 되는데, 지면 바로 위에서 줄기를 간당간당하게 자른 다음 지면 방향으로 구부려서 그 상태로 자라도록 고정하는 전통적인 방식이다. 그렇게 하면 새 가지들이 옆으로 빼곡하게 자라 수평 구조물을 이루면서 바람을 막아주는 천연 방풍림 역할을 하고, 겨울잠쥐와 고슴도치류, 곤충들의 보금자리가 되고, 버섯이나 지의류의 훌륭한 서식지가 되고, 울새 같은 조류의 먹이 창고가 된다. 우리는 6미터 간격으로 조금 큰 수종을 심어서 다른 나무들보다 더 크고 넓게 자라게 했다. 오래되고 훼손된 기존의 생울타리에는 참나무, 화살나무, 단풍나무를 보강했다. 산토끼가 아니었다면 나는 이런 식으로 생태 환경을 개선할 생각을 결코 하지 못했을 것이다.

작업을 하는 과정에서 주변의 땅에 대해 더 많은 것을 알게 되었다. 이 근처에 움푹하게 함몰된 지형이 있었는데, 아마도 과거에 쟁기를 끄는 말이나 가축들이 목을 축이는 연못이었을 것이다. 세월이 흐르면서 연못은 토사로 메워졌다. 다른 지역에서도 쟁기를 끄는 말의 시대는 트랙터의 시대로 바뀌었고 농경지를 확장하기 위해 연못이 메워지곤 했다. 우리는 굴착기를 이용해 토사를 파내고 연못을 복원했다. 연못가에는 물장군이나 도롱뇽 같은 생물들이 피난처로 삼을 수 있도록 돌과 통나무 무더기를 쌓아두었다. 황량한 진흙 구덩이 같았던 연못에 서서히 물이 차오르기 시작했고, 머지않아 수면이 바람에 잔잔히 일렁였다. 연못 가장자리에는 자줏빛 수레국화가 피어나 사슴과 다른 야생동물들을 유인했다.

어떤 결정이든 대가가 따른다는 것을 알고 있었다. 생울타리는 울새들에게 도움이 되겠지만 녀석들을 사냥하는 맹금류에게도 숨을 곳을 제공한다. 고슴도치는 덤불숲에서 종종거리며 돌아다니겠지만 녀석들을 사냥하는 족제비나 담비도 그 길로 다닌다.

집 가까이에는 꿀벌을 유인하기 위해 과일나무 아래 라벤더 묘목 백 그루를 나란히 심었고, 정원에도 나무를 더 많이 들이려 노력했다. 그러나 바로 그 지점에서 나의 상상과 현실이 충돌했다. 촘촘한 점토질 토양은 물 빠짐이 매우 나빠서 몇 주도 안 되어 나무 몇 그루가 죽었다. 나란히 심은 육십 센티미터 높이의 가문비나무 묘목 두 그루는 내 눈앞에서 말라 죽었다. 생기 없는 마른 바늘잎은 내가 바랐던 싱그러운 녹음의 쓸쓸한 환영일 뿐이었다. 그러나 의외의 수확도 있었다. 죽은 묘목들이 산토끼에게 새로운 형태의 은신처를 제공한 것이다. 산토끼는 죽은 잎사귀들을 방패 삼아 생명 없는 묘목의 밑동에 몸을 누이거나 그 뒤에 앉아 있었다. 그럴 때면 녀석의 몸은 완벽하게 숨겨졌고 양쪽 귀만 보였다.

새로운 식물을 심기도 했지만, 그대로 두어야 할 식물에 대해서도 알게 되었다. 매년 여름 담장 뒤에서 자라는 쐐기풀이 홍점나비, 공작나비, 세줄나비가 알을 낳는 데 반드시 필요하다는 걸 알게 되었을 때, 해마다 여름이면 쐐기풀을 베어냈던 나의 무지가 부끄러웠다. 나비 애벌레는 쐐기풀 잎을 먹고 자랐다. 마찬가지로 집 뒤쪽에서 길게 자란 풀숲은 한때 새끼 산토끼들에게 은신처를 제공했지만, 이제는 마치 자석처럼 오색방울새를 끌어들였다. 녀석들은 탁 트인 들판에서 아무도 건드리지 않아 씨앗과 곤충이 풍부한 그곳을 용케도 찾아왔다. 나는 그곳의 풀을 아예 베어내지 않기로 했다. 평상시 잔디 깎는 기계로 베어내던 토끼풀과 민들레가 알고 보니 산토끼에게 영양가 있는 먹이였다. 산토끼는 가시가 있는 엉겅퀴도 아무렇지 않게 먹을 수 있었다.

산토끼는 어느덧 두 번째 겨울을 맞이하고 있었다. 녀석은 여전히 거의 매일 문 앞으로 찾아왔고 나와 내 집과의 유대가 약해지는 기미는 없었다. 내가 문 여는 시간이 늦어질 때면 산토끼는 근처에서 몇 시간이고 조용히 기다렸다. 그러나 세상이 다시 제대로 돌아가기 시작하면서, 런던으로 돌아가는 일을 미루기가 갈수록 어려워졌다. 산토끼가 새벽이나 오후에 찾아왔을 때 내가 항상 맞아주기란 더 이상 불가능했다. 영구적인 해결책이 필요했다. 그렇지 않으면, 나의 일을 포기하거나 산토끼를 포기하거나 둘 중 하나를 포기해야 했다. 일을 포기하는 것은 불가능했고, 산토끼를 포기하는 것은 상상조차 할 수 없었다.

나는 더 이상 산토끼에 대해 무심한 척할 필요를 느끼지 못했다. 나를 잘 아는 사람들은 내가 야생동물에 일상을 맞추고 있다며 짓궂게 놀려댔다. 산토끼 한 마리 때문에, 그 특별할 것 없는 동물 때문에,

아이들 책에나 나오는 그 평범한 동물 때문에, 조그맣고 갈색이고 심지어 반려동물도 아닌 그런 동물 때문에 그러는 거냐고 말이다. 그런데도 녀석은 나를 머뭇거리게 할 정도로 나의 마음을 사로잡았다. 산토끼와 나의 관계가 이렇게 끝날 리는 없었다. 산토끼가 지닌 아름다움과 놀라운 행동들은 다른 사람들에게도 영향을 미치기 시작했다.

예전에 내가 조언을 구했던 목수가 다시 와주겠다고 했고 이번에는 어떻게든 이 문제를 해결하기로 마음먹었다. 결국 그는 유리문에 볼트, 경첩, 그리고 빗물을 막는 방풍판까지 갖춘 완벽한 '산토끼 전용문'을 만들었다. 그리고 머지않아 그 문은 전혀 예상치 못한 방식으로 진가를 발휘했다.

# 궁극의 신뢰

산토끼는 새끼에 대한 애정이 깊고, 사냥꾼의 계략이나 여우의 습격을 두려워하며, 새들의 공격에도 비슷한 공포를 느끼는데, 특히 까마귀나 독수리 울음소리에 유독 그렇다. 새들과 산토끼 사이에는 그 어떤 평화 조약도 존재하지 않기 때문이다.

—아이리안(서기 175-235), 『동물의 본성에 대하여』

끝부분이 잘린 라우터 케이블을 들고 서 있으려니, 그날따라 산토끼에 대한 짜증이 치밀었다. 나는 근처에 앉아 있는 산토끼를 보았다. 녀석은 앞발을 살펴보며 코를 핥고 있었다. 무심하고 평온한 모습이었다. 녀석이 갉아먹은 구리선의 끝부분을 만져보니 바늘처럼 날카로웠다. *전선에 잇몸이 다치진 않았을까?* 나의 시선이 천천히 방 안을 훑다가 맞은편 벽에 닿았다. 한숨이 나왔다. 산토끼가 TV 케이블까지 끊어놓았다.

때는 4월 말이었고, 산토끼는 이제 두 살을 조금 넘기고 있었다. 녀석은 연거푸 이틀 동안 해 질 무렵 들판으로 사라지지 않았고 대신 정원의 수풀 한복판에 옅은 빛깔 이끼가 자라며 생겨난 '요정의 원'에서 밤을 보냈다. 나는 녀석이 이끼 위에 스핑크스처럼 꼼짝하지 않고 누워 지는 해를 바라보는 모습을 보았다. 어둠이 내린 뒤에도 녀석은 꿈쩍도 하지 않았다. 아침 햇살에 여전히 같은 자세로 방향만 바꾸어 해 뜨는 쪽을 바라보고 있는 녀석의 모습이 드러났다. 꼼짝 않고 누워 있는 산토끼의 모습에 평소와 다른 낯설고 신비한 기운이 감돌았다. 낮 시간에 산토끼는 주방 창문 밑 자갈밭에 누워 일광욕을 했다. 더위에 녀석의 배가 들썩였고 머리는 앞발 위로 축 늘어졌다. 언젠가부터 녀석은 다시 내 침실에 머물기 시작했다. 새끼였을 때 이후로는 안 하던 행동이었다. 늘어진 케이블을 끊어놓는 것은 녀석의 이상한 심리상태와 관련이 있는 듯했다.

여분의 케이블을 찾느라 상자들과 서랍들을 뒤지는 동안 산토끼가 밖으로 나갔다. 녀석은 오전 내내 우리 집 벽에 등을 기대고 햇볕을 쬐며 졸았다. 정오가 조금 지나자, 녀석이 거실 유리문에 코를 바짝 대고 있었다. 들어오고 싶은 눈치였다. 나는 몸을 숙여 녀석의 전용문을 열어주었다. 나무토막으로 열어놓은 문을 고정하기도 전에, 녀석이 다급히 안으로 들어왔다. 그러고는 나와 먹이 그릇을 둘 다 외면하고 곧바로 사무실로 달려갔다. 침실로 가는 계단을 오르는 소리가 들리더니 카펫이 깔린 바닥을 돌아다니다 다시 사무실로 뛰어 내려왔다. *이상하네*, 나는 생각했다. 산토끼는 항상 눕기 전에 먹이를 먹었다. 녀석답지 않게 초조해 보였다. 얼마 후 책을 가지러 사무실에 들어갔다가 나는 흠칫 놀라며 그 자리에 멈추었다. 책상 근처 커튼 뒤에서 얼핏 흰 꼬리가 보였다. 바닥까지 늘어진 커튼의 주름이 살짝 흔들렸다. *진짜 이상하네*, 나는 생각했다. 산토끼는 새끼였을 때부터 주변의 지형이 확실히 보이지 않는 곳에서는 절대 쉬는 법이 없었다.

나는 녀석이 장난을 치는 게 아니라 숨어 있는 게 확실해질 때까지 지켜보다가 물러섰다. 혹시 어디가 아픈 건 아닌지, 정원에서 무언가를 보고 놀란 건 아닌지 걱정이 되었다. 나는 녀석이 혼자 있게 해주었고 최대한 눈에 띄지 않도록 창밖에서 사무실 안을 가끔만 들여다보았다. 커튼이 살짝 흔들리긴 했지만, 그것 외에 산토끼의 존재를 드러내는 다른 징후는 전혀 없었다. 산토끼가 커튼 뒤로 숨은 지 두 시간쯤 지난 오후 세 시 무렵, 나는 커튼의 가장자리와 책장 사이의 좁은 공간에서 산토끼가 벽에 몸을 붙인 채 발치의 무언가를 코로 툭툭 건드리는 모습을 보았다.

얼마 후 산토끼가 집 밖으로 나가더니 문 바로 뒤에서 한참 동안 몸을 핥았다. 그러고는 세이지 수풀 속으로 들어가 어린잎을 게걸스럽게 뜯어 먹었다. 산토끼의 다음 행보를 궁금해하고 있는데, 녀석이 과일나무 근처의 생울타리 속으로 뛰어 들어가더니 수풀에 몸을 숨기며 시야에서 사라졌다.

나는 녀석이 자리를 잡을 때까지 기다렸다가 조용히 사무실로 들어갔다. 커튼은 움직이지 않았고 불룩하거나 비뚤어진 곳 없이 평상 시처럼 반듯하게 펼쳐져 있었다. 나는 숨을 죽이고 커튼을 살짝 당겨 그 뒤를 보았다.

바로 그곳에, 짙은 초콜릿색 털과 깊이를 가늠할 수 없는 검은 눈을 가진 새끼 산토끼 두 마리가 서로에게 몸을 바짝 붙이고 있었다. 주둥이는 벽을 향했고 귀는 등에 바짝 붙였다. 이마에 흰 점은 없었지만(여러 마리로 태어나는 경우 반드시 이마에 점이 있다는 이론은 맞지 않는 듯했다), 그 외엔 어미와 판박이였다. 새끼들의 주변은 바짝 마른 상태였고 엷은 색 카펫에는 피도 태반도 없었다. 새끼들의 털은 티 없이 깨끗했고 작고 야무진 몸뚱이를 둘러싼 털이 보호막처럼 부풀어 있었다. 나는 목 밑에서 무언가가 울컥 치밀어오는 것을 느끼며 조심스레 커튼을 닫았다.

바로 전날 저녁 친구와 산책하면서 내가 그런 말을 했었다. 우리가 새끼 산토끼의 바로 옆을 지나가도, 새끼 산토끼는 모습을 드러내지 않을 거라고. 아마 내 평생 다시는 새끼 산토끼를 볼 수 없을 거라고. 그런데 지금 내 집에 새끼 산토끼 두 마리가 있었다.

나는 그제야 최근에 산토끼가 보였던 이상한 행동을 이해할 수 있었지만 그래도 여전히 믿기 힘들었다. 전년도에 산토끼가 새끼를 낳았을 때는 생후 이 주쯤 되어 대낮에 정원에 나올 정도로 대범해졌을 때에야 나는 녀석들의 존재를 알아차렸다. 그런데 이번에는 산토끼가 내 집을, 그것도 내가 매일 일을 하는 자리의 뒤쪽 공간을 새끼 낳을 장소로 선택했다.

조사에 의하면 암컷 산토끼는 해마다 평균 여덟 마리의 새끼를 낳는다. 이러한 번식력은, 만약 그때까지 생존한다면, 네 살에서 여섯 살이 될 때까지 유지된다. 어미 산토끼는 두 차례 출산했다. 지난여름 세 마리를 낳았고, 올 봄 두 마리를 낳았다.

나는 조용히 사무실에서 나왔다. 산토끼가 그 정도로 나를 신뢰한다는 게 너무도 놀라웠다. 산토끼는 비밀스럽고도 조용하게 새끼를 낳았다. 새끼들에게 젖을 먹이고, 자리를 잡아주고, 떠났다. 내가 있으니 안전할 거라고 믿고서. 그러나 나는 어미가 새끼를 두고 떠난 것이 정상인지 알 수 없었고, 어미가 다시 돌아와 새끼들에게 젖을 줄지 걱정이 되었다.

얼마 후 나는 또 한 번 수수께끼 같은 광경을 목격했다. 커튼 밑단 밖으로 크림색 앞발 한 쌍이 살짝 튀어나왔는데, 마치 조그만 반달들처럼 발이 안으로 휘어 있었다. 그리고 그 옆에, 발바닥이 하늘을 향하고 있는 또 다른 발이 보였다. 이미 조그만 발톱까지 난 발가락들이 주먹처럼 오므려져 있었다. *저건 뒷다린데,* 나는 생각했다. *저러면 안 되는데.* 커튼을 젖혀보니 두 마리 중 더 큰 녀석이 배를 깔고 누워서 뒷다리를 뒤로 쭉 뻗고 있었다. *혹시 무슨 문제가 있는 걸까? 마비일까? 저 발로 어떻게 살지?*

어미 산토끼가 새끼였던 시절, 녀석이 살지 못할까 봐 두려워했던 기억이 떠올랐고 또다시 온몸으로 그 두려움을 느꼈다. 산토끼가 이번에도 정원에서 새끼를 낳았더라면 좋았을 텐데. 그랬다면 이 작은 생명이 살지 못하더라도 나는 그 존재조차 몰랐을 텐데. 나는 창밖을 바라보았다. 어미 산토끼는 생울타리 속에 평화롭게 누워 있었다. 어미는 새끼의 이상을 알아차렸을까? 새끼가 따라올 수 없다면 어미는 새끼를 버릴까? 만약 어미가 새끼를 버린다면, 나는 어떻게 해야 할까? 달릴 수 없는 산토끼에게 과연 어떤 미래가 있을까?

나는 손을 씻고 어미 산토끼가 갓 태어난 새끼였을 때 젖 대신 먹였던 분유를 손에 조금 묻혔다. 설령 내가 새끼에게 어떤 냄새를 남기더라도 익숙한 냄새이도록. 나는 조심스럽게 커튼을 젖히고 새끼를 들어 뒷다리를 살펴보았다. 새끼는 불안한 듯 쌕쌕거리는 소리를 냈다. 나지막한 항의 표시였지만 아파하는 것 같진 않았다. 나는 새끼를 도로 카펫 위에 내려놓으면서 조심스레 뒷다리를 접어 몸 밑으로 넣어주었다. 그러나 나중에 들여다보니 뒷다리는 이전의 부자연스러운 자세로 도로 튀어나와 있었다. 나는 자연의 힘을 믿어보자고 생각했다.

그날 종일 내가 집 안에서 돌아다니는 동안 새끼들은 여전히 숨어 있었고 발끝만 살짝 보였다. 어미 산토끼가 어떻게 행동할지 나로서는 전혀 짐작이 가지 않았다. 혹시라도 내가 실수로 어미와 새끼들 사이에 끼어들게 되면 어미가 공격적으로 반응할지, 아니면 나를 좀 더 경계하게 될지 알 수 없었다.

해가 저물기 직전에 나의 궁금증이 풀렸다. 어미 산토끼가 어느 틈에 슬그머니 집으로 들어온 것이다. 녀석은 주방에 있던 내게 곧장 다가오더니 뒷다리로 서서 깃털처럼 가벼운 앞발로 내 허벅지를 두드렸다. 내가 몸을 낮추자, 녀석이 몸을 내게 기대었다. 녀석은 잠시 그 상태로 있다가 멀어졌는데 그 과정에서 보드라운 그 소리를 또다시 냈다. 그 애틋한 소리의 의미를 나는 여전히 알지 못한다. 갈색 산토끼는 다쳤을 때나 위협을 느낄 때 괴성을 지르거나 이빨을 갈고 짝짓기 할 때는 으르렁거리는 것으로 알려져 있다. 캐나다의 스노우슈 토끼는 번식기에, 혹은 새끼를 부를 때, 딸깍거리는 소리를 낸다고 알려졌지만 내가 들은 소리는 그런 소리가 아니었다. 지금껏 내가 찾은 그어떤 자료에도, 내가 손으로 먹이를 주던 시절, 어미 산토끼가 새끼였을 때 처음 내게 들려준, 그리고 어미가 된 뒤에도 들려준 그 소리와 비슷한 소리를 묘사한 기록은 없었다.

밤이 되자 늘 그랬듯이 어미 산토끼가 석양을 바라보며 가장 좋아하는 자두나무 아래에 누웠다. 나는 산토끼 전용문을 열어두고 조용히 침실로 올라가 잠자리에 들었다. 아래층에 새끼들이 몸을 숨기고 있다는 걸 알았기에 살금살금 다녔다. 아침이 되자 나는 밤새 촬영한 카메라의 영상을 통해 산토끼가 자정 전에 한 번, 새벽 두 시에 한 번, 그리고 날이 밝기 직전 다섯 시에 마지막으로 또 한 번, 총 세 차례에 걸쳐 새끼들에게 젖을 먹였음을 알 수 있었다. 내가 읽은 자료에서는 '어미 산토끼는 해가 진 후 하루에 한 번만 젖을 먹인다'라고 되어 있었지만 실제로는 그보다 훨씬 더 자주 젖을 먹었다. 어미는 조심스럽게 커튼 쪽으로 다가가 경계하듯 킁킁거렸다. 어미 산토끼가 도착하자 새끼들이 쏟아지듯 몰려나왔다. 몸집이 큰 녀석은 마치 갓 부화한 바다거북처럼 뒷다리를 질질 끌며 앞다리로 걸어나왔다.

어미는 뒷다리를 접고 앉아 몸을 바닥과 45도 각도로 유지하면서 앞다리를 넓게 벌려 마치 텐트를 치듯 새끼들을 위에서 감쌌다. 새끼들은 어미에게 달라붙으려고 서로의 몸을 타넘으며 조그만 앞발을 어미의 앞가슴에 비볐다. 마침내 따뜻한 젖이 입안으로 흘러들자, 새끼들의 다리가 점점 풀리더니 결국 바닥에 완전히 널브러졌다. 어미는 새끼들의 몸을 굴려가며 깨끗하게 핥아 씻겼고 그동안 새끼들의 뒷발이 허공에서 버둥거렸다. 어미는 따스하고 어리둥절하면서도 만족스러운 표정으로 카펫 위에서 버둥거리는 새끼들을 느닷없이 떼어놓았다. 그러고는 잠시 몸을 추스르고 다시 돌아오더니 새끼들이 보이지 않도록 커튼 안쪽으로 밀어넣고 앞발로 커튼을 매만졌다.

어미가 마지막으로 취한 행동은 새끼들 근처의 카펫을 앞발로 긁으며 빙글빙글 도는 것이었다. 아마도 자신의 흔적을 지우거나, 새끼들이 숨어 있는 자리 위에 있지도 않은 풀과 흙을 쌓아 냄새를 덮으려는 것 같았다. 어미는 기다란 앞다리를 번갈아 사용하며 유독 천천히, 그리고 꼼꼼히 작업을 수행했다. 어미의 동작은 매끄럽고도 우아했지만, 발톱이 카펫에 긁힐 때 나는 거친 소리가 가느다란 다리의 강철 같은 힘을 드러냈다. 작업을 마치자 어미 산토끼는 한 1미터쯤 펄쩍 뛰어 그곳에서 벗어났다. 새끼의 보금자리로 이어지는 흔적을 차단하려는 것 같았다. 다음 날 아침 나는 어미가 출산 직후 바닥에 떨어져 있던, 눈에 잘 띄지도 않는 조그만 배설물까지 싹 치웠다는 걸 알았다. 어쩌면 먹어버린 것일 수도 있었다. 지난번에 산토끼가 새끼를 낳았을 땐 내가 직접 목격하지 못했던 것들이었다.

다음 날 나는 사무실에 새끼 산토끼들이 없는 것처럼 행동했다. 녀석들의 베이지색 앞발이 얼핏 보일 때마다 속으로 웃었다. 마치 어린아이와 숨바꼭질할 때처럼 어디 숨었는지 뻔히 알면서도 일부러 못 찾는 척하는 기분이랄까. 내가 새끼들을 못 본 척하기만 하면 어미 산토끼도 나도 새끼들이 안 보이는 척할 수 있었다.

숨어 있으려는 새끼들의 본능이 얼마나 강한지 놀라웠다. 우리는 어린 짐승들이 충동적이고 통제하기 어려울 거라고 생각한다. 그러나 수천 년간 그들 종種이 생존을 위해 터득한 바로 그 교훈이 이 연약한 짐승들로 하여금 붙박이처럼 한자리에 머물게 했다. 낮이 열여섯 시간에 달할 만큼 긴 시기에 인간의 집이라는 낯선 환경이었음에도 불구하고 말이다. 어미 산토끼는 집 가까이에 머물렀다. 세이지 덤불을 갉아먹거나 집 안으로 들어와 먹이를 먹었고, 늘 눕던 벤치에 누웠다. 내가 새끼들이 있는 방을 드나들어도 개의치 않는 것 같았다. 인간과 동물의 관계에서 우리는 그렇게 또 하나의 경계를 넘었다. 산토끼가 어떤 시선으로 나를 바라보는지 몰라도 녀석은 내가 새끼 가까이에 있어도 괜찮다고 생각할 정도로 나를 신뢰하고 있었다.

그런데도 나는 해가 지기 전에 일찌감치 침실로 올라갔다. 어미의 야간 일정을 방해하고 싶지 않았고 젖을 먹지 못하면 새끼들이 굶주리게 되리란 걸 알았기 때문이었다. 나는 감시카메라를 통해 녀석들을 지켜보았다. 새끼들은 커튼 뒤에서 몸을 빼고 나란히 앉아 어미를 기다렸다. 귀를 곧게 세우고 머리를 까딱거리며 어둠 속을 응시했다. 밤 열 시 정각에 어미 산토끼가 와서 젖을 먹였다. 그리고 이번에는 새끼들이 사무실을 탐색하는 것을 허락했다. 새끼들은 비틀거리며 방 안을 돌아다녔다. 몸집이 큰 녀석은 균형을 잘 잡지 못해 뒷다리로 주저앉거나 뒷다리를 질질 끌곤 했고 그러다가 금세 지쳐 바닥에 털퍼덕 쓰러졌다. 반면 더 작고 활기찬 녀석은 비틀거리며 방 안을 이리저리 돌아다녔다.

첫날 밤과는 달리 어미 산토끼는 그날 밤 대부분을 집 안에서 보냈고 새벽 네 시에 잠시 나갔다가 한 시간 뒤에 돌아와 새끼들에게 마지막으로 젖을 먹인 다음 새벽 순찰을 돌았다.

아침이 되자 새끼 산토끼들이 보이지 않았다. 나는 조용히 방 안을 살펴보다가 마침내 라디에이터 밑에서 몸집이 큰 녀석을 발견했다. 몸을 낮추고 녀석의 눈높이에서 보기 전에는 보이지 않았다. 녀석은 몸을 납작하게 펴서 좁은 틈새로 몸을 욱여 넣었고, 다리는 뒤로 뻗고 있었다. 다른 녀석은 찾기가 훨씬 힘들었다. 녀석은 사무실 문과 벽 사이의 공간에 숨어 있었다. 그곳은 어미 산토끼가 예전에 자주 숨곤 했던 장소였다. 새끼는 1인치씩 움직이다가 어느 순간 문 경첩에 다 다랐을 테고 거기서 더는 갈 수 없었을 것이다. 내가 문 반대쪽에서 녀석을 보았을 때 가냘픈 초콜릿색 몸체에 비해 지나치게 커다래 보이는 까만 눈동자 하나가 날 응시하고 있었다. 두 마리의 새끼 산토끼는 하루 종일 각자의 은신처에서 미동조차 하지 않고 가만히 있었다.

어미 산토끼가 자신의 새끼들 근처에 내가 있는 것을 개의치 않는다는 사실이 왠지 뭉클했다. 대신 어미는 나와의 익숙한 놀이를 이어 갔다. 아침에 귀리 가루와 배를 먹은 다음 안뜰에서 날 기다렸다. 나는 밖으로 나가 뒤쪽 계단에 앉아 어미 산토끼를 불렀다. 어미 산토끼는 내 발치에서 펄쩍 뛰어올랐다가 한 바퀴를 돌더니 담장 문으로 향했다. 어깨 너머로 날 돌아보며 문을 열어달라고 했고 내가 열어줄 때까지 침착하게 기다렸다. 거의 일주일 만에 처음으로 산토끼가 정원 밖으로 나가고 싶어 하는 것 같았다. 녀석이 문을 나서더니 흙내음을 맡았다. 마치 그날의 향기를 음미하듯이. 그러고는 길을 따라 공중에서 몸을 틀거나 돌며 껑충껑충 뛰어갔다. 햇살에 흠뻑 젖은 고요한 아침이었다. 5월의 첫날이자 노동절이었고, 산토끼는 자기 몸 안에 가득 찬 힘과 활력을 느끼며 신이 나서 달리는 것 같았다. 나는 녀석이 담장을 따라 한 바퀴를 돌고 나서 다시 담을 뛰어넘어 들어오는 모습을 지켜보았다. 녀석은 내 발치를 쏜살같이 지나치더니 다시 한번 담장 문 밖으로 나갔다. 그러다가 어느 순간 지쳤는지 다시 돌아와 집 안에서 잠들었다.

새끼 산토끼들이 태어난 지 사흘째 되던 날 밤, 예기치 못했던 일이 벌어졌다. 하루가 저물고 저녁 여덟 시쯤 되었을 때 새끼들이 은신처에서 나왔다. 밤 아홉 시 반쯤에는 서로 꼭 붙어 앉아서 몸과 코를 서로 부딪치며 어미를 기다렸다. 어미는 어김없이 열 시 정각에 나타났고 방을 정찰한 다음 새끼들을 자기 몸으로 감싸고 젖을 먹였다.

어미가 갑자기 몸을 뺐을 때 새끼 한 마리가 바닥에 등을 대고 나가떨어졌다. 마치 몸을 일으키려는 듯 녀석의 조그만 발들이 허공에서 허우적거렸다. 어미 산토끼는 새끼들 근처에 머물며 계단에 앉아 있었지만, 새끼들 쪽을 보지 않고 혹시라도 있을 위험을 감지하려는 듯 계단 쪽으로 몸을 돌리고 있었다. 어미가 그곳에 있어서인지 체구가 작은 녀석이 비틀거리며 어미 쪽으로 다가가 계단의 매끄러운 모서리를 쿵쿵거리더니 그만 앞으로 고꾸라졌다. 새끼가 한 칸 아래 얼굴을 박고 떨어졌는데도 어미는 바로 알아차리지 못했다. 새끼는 꼼짝없이 그 자리에 엎어져 있었다. 매끄러운 나무 계단이라 새끼가 발을 딛고 사무실로 들어올 수가 없었고, 자칫하다간 남은 몇 칸을 더 굴러 거실로 떨어질 수도 있었다. 어미 산토끼가 새끼 곁으로 내려가더니 그 옆을 지켰다. 나는 잠시 망설였다. 어미를 놀라게 하거나 새끼가 겁에 질려 뛰어내릴 수도 있는 위험을 감수하고라도, 내가 도와야 할지 판단이 서지 않았다.

결국 나는 새끼를 돕기로 결심했다. 나는 어미 산토끼를 다정하게 부르며 계단 쪽으로 다가갔다. 놀랍게도 어미는 곧장 내게 달려와 앞발로 내 다리를 톡톡 쳤다. 내가 새끼가 엎어져 있는 곳으로 다가갈 때도 나를 좇아왔다. 새끼는 턱을 계단에 대고 앞다리를 널브러뜨린 채 힘없이 엎드려 있었다. 내가 몸을 숙이자, 새끼가 내 손에 코를 대고 킁킁거렸다. 내가 조심스레 들어 사무실 카펫 위에 내려놓자, 새끼는 곧바로 어둠 속으로 사라졌다.

나는 다시는 그런 일이 발생하지 않도록 그로부터 며칠 동안 문간에 쿠션으로 낮은 방어벽을 쳤고 그동안 어미가 내 곁에 있었다. 며칠 뒤에는 새끼들이 자라서 혼자 계단을 내려갈 수 있었다.

어미는 밤새 일정한 간격으로 방 안을 순찰하며 각자의 모퉁이에 자리를 잡은 새끼들을 보살폈다. 어미는 코끝으로 새끼들을 살짝 건드리고 나서 조용히 정원으로 나가곤 했다. 사람들이 말하는 것처럼 어미가 새끼를 입으로 물고 옮기는 모습은 한 번도 보지 못했다. 이러한 패턴은 계속되었고 서서히 새끼들도 힘이 생기기 시작했다. 몸이 약한 녀석이 서서히 다리를 가눌 수 있게 되면서, 체구가 작은 형제의 속도를 따라잡는 모습을 지켜보았다. 그렇게 일주일이 지났고 새끼들은 여전히 집 안에 머물렀다. 나는 어미 산토끼가 새끼들을 데리고 밖으로 나가는 밤이 오기를 기다렸다. 하루속히 그날이 오기를 바랐다. 그래야만 새끼들이 야생의 삶에 적응할 수 있을 것 같았다.

# 두 살배기 산토끼의 경이로움

산토끼 사냥법에 대해 논하기에 앞서, 산토끼야말로
수렵 동물의 제왕이라는 사실을 알아야 한다…….
산토끼는 단연코 가장 경이로운 짐승이다.

—노리치의 에드워드, 『사냥의 대가』, 1406년

새끼 산토끼들은 낮 시간을 보내는 은신처에서 매일 밤 조금씩 더 이른 시간에 나왔다. 녀석들은 일정치 않은 속도로 비틀거리면서 한 은신처에서 다른 은신처로 후다닥 이동하며 방 안을 탐색했다. 마치 조그만 특수부대 병사들처럼, 긴장한 듯 귀를 쫑긋 세우고 주위의 소음에 귀를 기울였다. 새끼 산토끼들은 카펫 한복판에, 한 녀석의 코가 다른 녀석의 턱 밑에 들어간 상태로 서로 붙어 있었다. 새끼들은 서로의 몸을 핥았고 시간이 흐를수록 점점 더 내게 가까이 다가왔다. 어미 산토끼가 어느 순간 조용히 방으로 들어서면 새끼들이 어미에게 달려갔고, 나는 그제야 마음이 놓였다. 새끼들이 태어난 첫 주에는 매일 밤 최소 세 번은 어미가 새끼를 찾았지만, 이제는 매일 밤 두 번 젖을 먹었다.

새끼들을 먹인 뒤 아침이 되면 어미는 펑퍼짐하고 보드라운 코로 새끼들을 다시 은신처로 밀어넣은 다음, 거실로 가서 자신의 벤치에서 잠을 청했다. 정원에 햇살이 가득했다. 그해 봄은 건조했고 몇 주 동안 비가 오지 않았다. 정오가 되면 어미 산토끼가 몸을 일으켜 길고 나른하게 허리를 쭉 펴며 기지개를 켜고는—그럴 때면 녀석의 몸이 가늘고 길게 늘어났고 옆구리는 옴폭하게 들어갔다—껑충껑충 뛰어서 밖으로 나갔다.

새끼들이 태어난 뒤 처음으로 어미 산토끼가 정원 담장에 뛰어오르는 광경을 보았다. 어미 산토끼는 거친 돌담 위에 앉아 잠시 들판을 보았다. 귀를 앞으로 세우고 콧구멍을 벌름거리며 경계를 늦추지 않았다. 그러고는 담장 아래 긴 풀밭으로 침착하게 뛰어내렸다. 들판은 매혹적인 암컷을 찾는 수컷 산토끼들로 활기가 넘쳤다. 어미 산토끼는 더 이상 집 가까이에 머물 필요를 느끼지 않는 듯했다. 아니면 또 다른 충동을 따르는 것일 수도. 그러나 여전히 정해진 시간에 힘차게 집으로 돌아왔다. 어둠 속에서 어미 산토끼는 다른 존재가 되었다. 머리를 높이 들고 근육질의 팔다리와 위풍당당한 귀, 단단한 몸으로 새끼들을 굽어보며 쉴 곳과 영양을 제공했다. 내게 그랬던 것처럼, 새끼들에게도 어미 산토끼는 거의 신화 속 존재처럼 느껴졌을 것이다. 몇 달 뒤면 새끼들의 몸집도 어미와 비슷해질 거라는 사실이 도무지 믿기지 않았다.

내가 모아놓은 연구 논문에 의하면 갈색 산토끼의 갓 태어난 새끼는 귀의 길이가 평균 35밀리미터이지만 성체가 되면 최대 14센티미터까지 자란다. 새끼들이 풀숲에 숨어 긴 시간을 보내는 이유는 포식자를 피하기 위해서이기도 하지만 성장 자체를 위한 것일 수도 있겠다는 생각이 들었다.

다음 날 책상 앞에 앉아 일을 하는데, 커튼 밑으로 몸집이 큰 새끼 산토끼의 열은 색 발끝이 비죽이 나와 있는 게 보였다. 나는 새끼 산토끼의 귀가 점점 더 커다래지는 모습을 상상해 보았다. 마치 식물이 땅을 비집고 올라와 잎사귀를 펼치는 광경을 담은 타임랩스 영상처럼. 작은 녀석은 잠시도 가만히 있질 못하는 것 같았다. 호기심을 억누르지 못하는 것 같기도 했다. 녀석은 쉬는 장소로 이미 여러 곳을 실험하고 있었다. 책장들이 아귀가 딱 맞지 않아 생긴 틈새 공간도 그중 하나였다. 나는 매일 아침 조심스럽게 사무실을 둘러보았다. 혹시 녀석들이 자리를 옮겼을까 봐, 그리고 내가 실수로 그들을 건드릴까 봐 걱정되었다.

산토끼 전용 문이 따로 있다는 게 너무 다행스러웠다. 밤낮으로 항상 문을 열어두었기 때문에 어미 산토끼는 언제든 새끼들을 찾아올 수 있었다. 나의 집 일부를 비바람과 산토끼에게 내어준 이후, '실내'와

'실외'의 경계에 대한 나의 개념도 흐릿해졌다. 바람이 집 안으로 들이쳐 다리를 휘감았고 예전에는 간헐적으로만 들리던 소리들이 이제는 매일 밤 내게 닿았다. 모든 소리가 내 마음속에서 산토끼의 활동과 연결되었다. 저녁 하늘의 색이 하나로 녹아들 때면 숲 꼭대기에 모여드는 갈까마귀들의 거친 불협화음, 이름 모를 새의 날갯짓의 메아리, 휘파람 소리 같은 새소리의 조각들, 날카로운 꿩의 울음소리들이 더욱 또렷해졌다. 거칠고 혼란스럽고 귀에 거슬리는 밤의 교향곡은 산토끼가 가장 기민하고 가장 활발해지는 시간의 도래를 알렸다.

어미 산토끼는 나갔다가 못 들어와서 새끼들과 격리되는 것에 대한 두려움이 전혀 없는 듯했다. 나는 나와 어미 산토끼 사이에 구축된 신뢰 관계를 다시 한번 느꼈다. 그것은 내가 카펫 위에서 발견하곤 했던, 마치 조그만 호저의 가시털 같은 산토끼의 수염처럼 섬세한 것이었다.

화창한 날이 끝도 없이 이어지다가 어느 날 비가 내리기 시작했고, 날씨가 쌀쌀해져서 불을 지펴야 했다. 나는 난로에 장작을 하나 더 넣기 위해 어미 산토끼가 누워 있는 벤치를 살금살금 지나쳤다. 산토끼는 꼼짝 않고 앞발 너머로 나를 보았다. 몇 시간 후 녀석은 여전히 나로서는 알 수 없는 신비로운 목표를 좇아 빗길을 나섰다. 그날 저녁 돌아왔을 때 산토끼의 온몸이 흠뻑 젖어 있었다. 비에 젖은 털이 몸에 매끈하게 달라붙었다. 산토끼는 뒷다리로 서서 물기를 털어냈고 나는 녀석이 털어낸 물방울에 홀딱 젖었다. 산토끼는 앞발로 눈썹 근처를 닦고 귀밑의 물을 짜냈다. 눈은 어둡게 반짝였고 겨울 털이 이제 막 자라기 시작했다. 산토끼는 스스로 만족할 정도로 몸단장을 마친 뒤 조금 이동해서 불씨가 꺼져가는 난롯가에서 앞발을 몸 아래 넣고 카펫 위에 엎드려 누웠다. 불과 몇 미터 거리의 다른 방에서 새끼들이 졸고 있거나 공상에 잠겨 있었다. 집 안에서 다이제스티브 비스킷 냄새가 났다. 산토끼의 냄새였다.

새끼들은 갈수록 대담해져서 어미의 인내심을 시험하기 시작했다. 어미가 먹이를 먹고 있을 때 거실로 나갈 용기가 생기면, 호기심 가득한 눈으로 머리를 위아래로 까딱거리며 어미에게 다가가다가, 어미가 날카롭게 쏘아보는 순간 황급히 사무실로 도망쳤다. 나에게는 그런 위엄이 없었다. 새끼들은 당혹감으로, 혹은 조심스러운 수용의 태도로 나를 대하는 것 같았다. 밤이 되면 아래층 사무실에서 녀석들이 미친 듯이 뛰어노는 소리가 들렸는데, 뭉툭한 발톱이 거친 카펫을 긁는 소리가 났다. 어미 산토끼는 여전히 밤마다 두 번 새끼들에게 젖을 주었고 새끼들은 이제 계단에 나란히 앉아 어미를 기다렸다. 밤이 되고 내가 계단을 오를 때면 두 녀석이 더욱 바짝 붙어 앉았지만 도망치진 않았다. 어미가 돌아오면 새끼들은 어미에게 달려들어 열심히 젖을 빨았다.

새끼 산토끼들의 세계가 서서히 넓어졌고 생후 3주가 될 무렵에는 두 마리 모두 새벽녘에 잠시 밖에 머물렀다. 그들은 사무실에서 코를 맞대고 있다가, 마치 서로를 약 올리듯 카펫 위에서 펄쩍펄쩍 뛰더니, 갑자기 한 마리가 방향을 틀어 거실로 내달리자 다른 한 마리가 그 뒤를 바짝 쫓으며 문 쪽으로 질주했다. 두 마리가 동시에 나가려고 문간에서 서로를 밀치다가, 결국 찰나의 간격으로 한 마리씩 미끄러지듯 정원으로 나갔다. 풀밭을 처음 보는 게 어떤 기분일지, 마른 땅 위로

부는 바람과 꽃을 잔뜩 피운 식물의 향기를 맡는 게 어떤 기분일지, 야생에서 온갖 소리의 공격을 당하는 건 어떤 기분일지 궁금했다. 마침내 녀석들은 꽃밭에서 함께 놀 정도로 대범해졌다. 아침에 집 안으로 들어오는 모습은 보지 못했지만 다음 날 아침이 밝았을 때 두 녀석 모두 각자의 자리에서 쉬고 있었다.

그러한 패턴에 급격한 변화가 일어난 것은 나의 책임이었다. 사무실 벽에 구멍을 뚫기 위해 전기 기사가 집으로 왔다. 그 일로 몸집이 큰 녀석이 태어나 처음으로 은신처를 옮기게 되었다. 녀석은 위층 침실로 뛰어 올라갔고 커튼 뒤 은신처로는 다시 돌아오지 않았다. 나는 일하면서 커튼 뒤로 불룩 솟아오른 녀석의 몸통을 보거나, 자신이 안 보인다고 생각할 때 비죽이 밖으로 튀어나온 털북숭이 발끝을 더는 볼 수 없어 아쉬웠다.

그때부터 새끼 산토끼 두 마리는 내 침실을 점령했다. 녀석들이 밤중에 노는 소리 때문에 몇 차례 숙면을 방해받은 뒤로 나는 집 반대편 끝에 있는 손님방에서 자기로 했다. 샤워기를 틀기 전에 샤워 부스 안에 새끼 산토끼가 잠들어 있는지 확인하지 않아도 되었으면 좋겠다는 생각이 들었다. 다음 날 내가 가장 아끼는 베개와 담요, 옷가지를 챙겨 들고 잠든 새끼 산토끼들을 피해 살금살금 방에서 빠져나올 때, 나 역시 거처를 옮기고 있다는 걸 알았다. 그리고 나의 동물 친구들보다 나에겐 그게 훨씬 더 어려운 일이라는 것도.

그날 밤 나는 다른 방에서 잠자리에 들었다. 그러나 불과 몇 시간 후 타닥타닥 카펫을 두드리는 불규칙한 발소리에 잠이 깼다. 새끼 산토끼가 계단을 내려와 거실을 가로질러 복도를 지나고 또 하나의 짧은 계단을 내려와서 우리 집의 맨 끝방에 도착한 것이다. 내가 옮긴 방으로 녀석들이 찾아온 것을 단순한 우연이라고 보긴 힘들었다. 어쩌면 순수한 호기심 때문이었을 수도. 나는 마치 심장박동 소리처럼 침대 밑을 돌아다니는 녀석들의 기민한 발소리를 들으며 도로 잠들었다. 어미와는 달리 새끼들이 집 반대편도 편안해하는 이유가 궁금했다. 어미 산토끼는 목재와 석재의 매끄러운 표면에 대한 거부감을 끝내 극복하지 못했다. 언제든 바깥세상으로 나갈 수 있는 문과 도피로에서 너무 멀어지는 게 싫었던 것일 수도 있고, 예전에 내가 녀석을 위해 만든 상자에 갇혔던 경험을 기억하는 것일 수도 있었다. 그런 경험이 없어서인지, 아니면 둘이 함께 있어서 용기가 생긴 것인지, 새끼 산토끼들에게는 집 안의 출입 금지 구역이라는 게 존재하지 않았다.

아침이면 두 녀석이 서로에게 몸을 바짝 붙인 채 소파에 누워 마치 일광욕을 즐기는 바다표범처럼 쉬고 있었다. 경계하듯 귀를 쫑긋 세우고 있거나, 창틀에 서서 바깥세상을 바라보고 있기도 했는데, 그럴 때면 녀석들의 숨결이 유리창에 조그만 안개 동그라미를 그렸다. 새끼 산토끼들은 내가 거실로 들어서는 순간, 조심스럽지만 겁먹지 않은 상태로, 열린 문으로 느긋하게 달려 나갔다. 얼마 후 두 녀석이 계단을 올라와 내 방에서 잠이 들었는데, 그 모습이 어미의 어렸을 때 행동과 놀라울 정도로 닮았다. 어미가 그랬던 것처럼 그들 역시 그곳을 안전한 곳으로 여기는 것 같았다. 오후가 되면 새끼 산토끼들은 정원에서 놀았다. 다양한 질감들과 표면들을 발견하며 즐거워하는 모습을 보니, 예전에 내가 정원에 깔아놓은 러그에서 어미 산토끼가 놀았던 기억이 떠올랐다. 어느 날 둘 중 한 녀석이 내 무릎 위로 뛰어올라

나의 다리와 배를 신나게 두드려서 깜짝 놀랐다. 내가 가만히 앉아 있어서 나를 가구로 착각했던 걸까. 녀석을 가까이서 보니 눈동자의 검은 홍채가 어느새 반짝이는 호박색으로 바뀌어 있었다.

그날 오후, 나는 3주간의 미국 출장길에 올라야 했다. 내가 떠나기 며칠 전 놀랍게도 어미 산토끼가 예전에 머물던 침실에서 시간을 보내곤 했다. 떠나는 날, 새끼 산토끼들이 내가 없는 동안 마음대로 돌아다니는 방의 개수를 제한하기 위해 나는 침실이 있는 공간의 문을 닫아두었다. 잠든 어미 산토끼와 새끼 산토끼들을 두고 차를 몰고 나가려니 마음이 아팠다. 나는 대서양 건너에서 감시카메라를 통해 새끼 산토끼들이 한 달이 되어갈 무렵 어미의 귀리 가루 그릇에서 조금씩 귀리를 먹기 시작하는 모습을 지켜보았다. 어미는 여전히 밤에 새끼들에게 젖을 먹였고 다정하게 코로 새끼들을 건드렸다. 그러나 얼마 후 어미 산토끼는 마치 야단치는 것처럼 새끼들을 향해 펄쩍 뛰면서 새끼들을 밖으로 내몰았다. 그러나 새끼들은 어미가 돌아서기가 무섭게 도로 들어와 계단을 올라가곤 했다. 그로부터 한 주 뒤 어미 산토끼가 처음으로 새끼들에게 젖을 주지 않았다. 새끼들이 어미에게 달라붙으려 하자, 어미가 새끼들을 밀어냈다. 그날 밤 새끼 산토끼들은 처음으로 밖에서 밤을 보냈고 아마도 그것이 그들의 자립을 알리는 첫 신호였을 것이다.

출장에서 돌아와 보니 어미 산토끼가 보이지 않았다. 그러나 마치 요술처럼 이틀 뒤에 다시 나타났다. 날씨가 화창했고 들판은 따스하고도 유혹적이었다. 들판 가장자리에 캐모마일과 양귀비꽃이 무성했다. 어미 산토끼는 특유의 신비로운 방식으로 나타났다. 어느덧 호리호리하게 자란 새끼 산토끼들에 비해 어미 산토끼는 통통하고 늠름하고 여유로워 보였다. 어미 산토끼가 다시 한번 나를 향해 부드럽게 쌔근거리는 소리를 냈다.

새끼들 젖을 떼고 나서도 어미는 여전히 집 근처에 머물렀다. 화단 가장자리에 누워 있는 어미의 모습을 바라보면서 나는 어미가 또다시 행동이 굼떠지는 건가 생각했다. 바로 그런 생각을 하고 있던 찰나, 창문 밑 덤불숲에서 무언가가 움직여서 깜짝 놀랐다. 아주 조그만 무언가가 움직였다 멈추었다 하며 꽃잎을 갉아 먹고 있었다. 뒤뚱거리는 뒷다리가 몸집에 비해 지나치게 길었고, 나를 보는 순간 얼른 몸을 숨겼다. 마침내 나는 디기탈리스 밑에 자리 잡은 그것을 보았다. 디기탈리스는 나만큼 키가 컸다. 분홍색 종 모양의 꽃들이 바람에 조용히 흔들리고 있었고, 마치 나선형 계단처럼 널찍한 잎사귀들이 돋아 있었다.

불과 1미터 거리의 유리창 뒤에서 내가 지켜보는 동안 그 작은 생명체가 식물들 사이로 빠르게 움직였다. 틀림없는 새끼 산토끼였다. 활동적이었고 안전한 은신처를 벗어나 대낮에 돌아다니는 것을 보면 갓 태어난 새끼는 아니었다. 눈에 이미 호박색 홍채가 형성되기 시작했는데, 새끼 산토끼들은 생후 3주가 지나야 그런 홍채를 갖게 되었고, 어미 산토끼는 한 달이 걸렸다.

그렇다면 이 어린 산토끼는 생후 2주에서 4주 정도가 되었다는 뜻이었다. 나는 출장길에 오르기 전 어미 산토끼의 행동을 되짚어 보았다. 평소와 다르게 집의 반대쪽 끝을 탐색하던 일을 떠올렸다. 아마도 어미 산토끼는 출산 장소를 집 안에서 찾고 있었을 것이다. 출장을 가기 전에 내가 중간 문을 닫아버리는 바람에 집 안에서 새끼를 낳는 것이 불가능해졌을 것이다. 또 다른 가능성으로는, 어미 산토끼가 가장 최근 자취를 감추었던 시기 전후로 새끼 산토끼가 태어난 것이었다. 어느 쪽이든 임신이 겹쳤을 가능성이 높았다. 또 한 가지 그럴듯한 설명은 어미가 처음 새끼들을 낳은 직후 곧바로 다시 임신한 것인데, 새끼들을 낳고 나서 며칠 동안 어미가 정원을 떠나지 않았던 점을 살펴보면 그랬을 가능성은 매우 낮아 보였다. 어미가 쇠약해진 게 아닌지 걱정했지만, 사실 꽃들 사이에 누워 있던 어미 산토끼는 새끼를 보호하고 있었던 것이다. 다른 산토끼가 낳은 새끼일 가능성도 생각해 보았지만, 나의 정원에 다른 산토끼는 없었다.

의학 용어로 중복임신은 '임신이 시작된 이후 일정 시간이 지난 뒤 두 번째 난자가 수정되어서 하나의 자궁에서 성숙도가 서로 다른 두 태아가 자라는 현상'으로 정의된다. 연구에 따르면, 중복임신을 가능하게 하는 생물학적 메커니즘은 완전히 파악되지 않아서 여전히 의문으로 남아 있지만, 산토끼의 자궁에서는 이미 자란 태아 옆에 새롭게 수정된 난자가 함께 자라는 것이 가능하다. 중복임신은 산토끼의 임신 중 약 13퍼센트에 해당하는 것으로 관찰되었고 실험실에서 인위적으로 유도된 사례도 있었다. 이러한 현상이 암컷 산토끼가 1년 동안 더 많은 새끼를 낳게 해서 일부라도 살아남을 가능성을 높이기 위한 생식 전략인지, 아니면 일부 산토끼 개체에서만 나타나는 생물학적 이상 현상인지는 아직 밝혀지지 않았다.

중복임신은 아메리카 밍크와 유럽 오소리에게서도 나타난다고 알려졌는데, 산토끼의 경우와는 달리, 그들의 경우에는 새끼들이 모두

같은 날 태어난다. 산토끼에 관한 과학 문헌에 의하면, 두 번째 임신은 첫 임신 시작일부터 34일이 지난 시점부터 발생할 수 있다. 두 번의 출산은 24일 또는 25일 간격으로 일어날 수 있다고 하지만, 야생에서 중복임신은 지극히 드문 일로 여겨진다. 나는 산토끼가 잘 먹고 건강한 상태였고 안전한 환경에 있었던 점이 중복임신을 가능하게 한 요인이었을지 궁금했다.

또 한 가지 놀라운 사실은 산토끼가 두 번째 새끼를 낳은 장소가 디기탈리스와 벽 하나를 사이에 두고 있다는 점이었다. 단순한 우연일 수도 있겠지만, 세 번째 출산 장소는 야외이면서도 두 번째 출산 장소와 최대한 가까운 곳이었다. 나는 이 새끼 산토끼의 형제자매가 정원 어딘가에 위장한 채 숨어 있을지도 모른다는 생각이 들었고 혹시라도 어떤 움직임을 포착할 수 있을까 해서 어두워질 때까지 그 자리에 서 있었다. 그러나 어둠이 내리는 동안 나뭇잎 하나 흔들리지 않았고 결국 나는 아무것도 알아내지 못했다.

# 산토끼라는 동물

인간이 지닌 것 중 동물이 흔적으로라도 지니지 않은 것이 없고,
동물이 지닌 것 중 인간이 어느 정도 공유하지 않는 것 또한 없다.

—어니스트 톰슨 시턴, 『내가 알았던 야생동물들』, 1898

다음 날에도, 그리고 다음 날에도, 그 어린 산토끼를 볼 수 없었다. 내
가 실제로 본 게 맞는지 의심이 들기 시작했고, 벌써 잡아먹혔을지도
모른다는 생각도 들었다. 나의 두려움을 증명이라도 하듯 주방 밖 석
조 타일 바닥을 어슬렁거리던 족제비 한 마리를 쫓아냈다. 족제비는

양 우리의 벽에 생긴 구멍으로 들어왔다. 지상 1미터 높이의 벽이었다. 나는 거리를 두고 족제비를 지켜보았다. 궁지에 몰리면 녀석이 공격할 수도 있었다. 족제비는 날 볼 때마다 뒤로 물러서며 몇 번이나 나가는 척했다. 새의 눈 같은 두 눈이 신중하게 반짝였고 삼각형 모양의 머리는 이상하리만치 뱀을 닮았다. 결국 족제비는 사라졌다.

그런데 내가 막 집 안으로 들어가려는 순간, 무언가 움직이는 것이 얼핏 보였다. 이끼로 얼룩진 바위에 가로로 난 균열에서 족제비의 머리가 불쑥 튀어나온 것이다. 조금 전에 들어왔던 구멍에서 무려 3미터나 떨어져 있었다. 마치 샌드위치의 내용물처럼, 오래된 모르타르가 뭉텅이로 빠져나가면서 족제비의 호리호리한 몸통이 통과할 정도의 틈이 생겼다. 아마도 족제비는 오래된 돌담에서 통로를 찾았을 것이다. 그러다가 어느 순간, 돌담의 중심부를 채우고 있는 자갈과 잡석들 틈을 스르르 관통했을 것이다. 어쩌면 돌담 곳곳에 나 있는 눈에 보이지 않는 구멍으로 새어 나간 빛에 이끌렸을지도. 그래서 찬찬히 살펴보다가 마침내 유리잔 가장자리로 흘러넘치는 꿀처럼, 단 한 번의 매끄러운 동작으로, 네 발로 돌을 움켜잡으며 그 틈새에서 빠져나와 벽을 타고 흘러내렸을지도. 나는 오싹한 기분이 들었다. 그 광경이 인간에게 치명적인 더 큰 포식자들에 대한 원초적 기억을 깨운 것 같았다.

어미 산토끼와 어린 산토끼들은 족제비를 피할 수도 있겠지만 갓 태어난 새끼 산토끼들은 그런 위험한 짐승을 맞닥뜨렸을 때 무기력할 것이다. 문득 어미 산토끼가 집이라는 비교적 안전한 공간에서도 새끼들을 극도로 조심하며 돌보던 방식을 전혀 다른 관점에서 생각해 보게 되었다. 어미는 새끼들의 배설물을 치우고, 털을 핥아 깨끗이 씻기고, 은신처 주변의 바닥을 긁어 자신의 흔적을 없애고, 새끼들로부터 펄쩍 뛰어서 자신의 발자국을 분산시키고, 낮 시간에 새끼들이 밖으로 기어나오면 다시 은신처로 몰아넣었다. 그 모든 것이 생사를 가르는 차이를 만들었다.

이제 나는 안다. 나는 족제비를 나의 정원에서 내쫓을 수 없고, 여름 하늘을 나는 독수리와 황조롱이, 그리고 매일 정원에 내려앉는 피둥피둥한 까마귀 떼로부터 산토끼들을 지켜낼 수 없었다. 그들을 쫓으려는 것은 바람을 멈추려는 것만큼이나 허망한 일이었다. 그 어떤 벽으로도 그들이 정원에 들어오는 것을 막을 수 없었다. 더구나 그들은 밤낮을 안 가리고 사냥했다. 내가 할 수 있는 유일한 일은 그들이 더 쉬운 먹잇감을 찾기를 바라는 것뿐이었다. 먹잇감은 풍족했다. 담장 한 귀퉁이에 갓 부화한 새끼 꿩 열 마리도 있었다. 나는 죄책감이 깃든 기도를 했다. 족제비가 반드시 먹잇감을 구해야만 한다면, 부디 새끼 꿩 한 마리를 물고 가게 해달라고. 아니면 새로 심은 감자밭 근처에서 보았던 통통한 어린 토끼 중 한 마리를 물고 가게 해달라고. 그렇게 빌면서 특정한 생명을 다른 생명보다 더 아끼는 내가 위선적이라는 생각을 했다.

정원에 사는 짐승들이 다 위험한 건 아니었다. 할미새들은 풀밭에서 먹이를 찾아 산토끼들 근처를 종종걸음으로 돌아다녔다. 종달새는 잔물결 치다가 솟구쳐오르는 노래로 하늘을 채웠다. 저녁이면 붉은발자고새가 지붕 마룻돌을 따라 행진했고 통통하고 당찬 몸으로 가슴을 한껏 부풀리며 노래할 채비를 했다. 자고새의 노랫소리는 마치 고장

173

난 기계가 무언가를 갈아내는 소리처럼, 딸깍 소리와 괴성과 끽끽 소리의 시끄러운 불협화음이었다. 외로움에 사무쳐 짝을 찾아 목청을 높이던 자고새는 짧은 꼬리를 위아래로 까딱이며 들판을 응시했다. 나는 집 뒤편의 긴 풀숲에 몸을 숨기는 어미 산토끼의 모습을 지켜보았다. 녀석은 꽃대 끝부분을 혀끝으로 감아 끌어당긴 다음 씨앗 머리만 야무지게 뜯어 먹었다. 그 근처에서 오색방울새의 무리가 똑같은 행동을 하고 있었다. 바람에 풀잎이 살랑살랑 흔들릴 때, 오색방울새들은 제각기 발톱으로 꽃대를 움켜잡고 허공에서 균형을 잡으며 씨의 겉껍질을 쪼아 터뜨리고 흩날렸다. 산토끼의 털은 황금빛이었고 그 속에서 드러난 한쪽 눈이 햇빛에 반짝였다. 그 모습을 보니 예전에 읽은 산토끼에 관한 책이 떠올랐다. 그 책에서는 산토끼의 눈이 보석처럼, 혹은 반들거리는 개구리 피부처럼 차갑다고 설명했다. 그러나 햇빛에 반짝일 때나 집 안에서 날 바라볼 때나, 맑고 고요하고 침착한 산토끼의 시선은 결코 차갑지 않았다.

그날 저녁 느지막이 디기탈리스 잎이 살짝 떨리는 것으로 황혼 녘에 꼼지락거리는 새끼 산토끼의 움직임을 간파한 순간, 나는 안도했다. 그 모든 역경을 딛고 녀석은 여전히 살아 있었다. 어스름한 황혼의 햇살 속에서 무성한 잎사귀 사이로 삐죽이 나온 녀석의 귀 끄트머리가 간신히 보였다. 스무 걸음 정도 떨어진 풀밭에서 어미 산토끼가 기다리고 있었다. 어미는 일부러 새끼의 은신처가 잘 보이는 자리에 앉아 둘 사이의 지면을 주의 깊게 살폈다. 달이 떴다. 디기탈리스가 흔들렸고, 은빛 잎사귀 밑으로 잉크 같은 어둠이 퍼져 나갔다. 주변의 덤불이 바람에 갈라졌다. 새끼 산토끼는 여전히 그 자리에 있을까, 아니면 어미에게로 갔을까? 너무 어두워서 보이지 않았다. 나는 잠자리에 들었고 어린 산토끼의 행방은 끝내 비밀에 부쳐졌다.

그로부터 며칠 뒤 마침내 나의 인내심은 보상을 받았다. 밤 열 시가 되기 직전, 아직은 풍경이 보일 정도로 햇빛이 남아 있을 때, 조그만 새끼 산토끼 한 마리가 화단 뒤의 풀밭으로 살금살금 들어가고 있었다. 두 귀를 등에 바짝 붙이고 있어서 움직일 때도 짧은 풀의 키를 넘지 않았다. 새끼 산토끼들이 먹는 패턴을 관찰해 보니, 새끼 산토끼는 열두 시간을 족히 넘기도록 아무것도 먹지 않은 상태여도, 멀찌감치 떨어져 있는 어미에게 달려가지 않았다. 어미 산토끼가 귀를 앞뒤로 빠르게 움직이며 새끼 쪽으로 움직였고, 새끼는 여전히 몸을 바짝 낮추고 은폐 자세를 유지했다. 바람이 불었다. 어미와 새끼는 각자의 위치에서 앞발을 모으고, 머리를 약간 치켜들고, 귀를 뒤로 젖힌 채 꼼짝하지 않고 멈추어 서서 어둠이 내리기를 기다렸다. 다른 새끼 산토끼들은 보이지 않았다. 두 차례의 임신이 겹치는 바람에 이번에는 한 마리만 낳았을 수도 있었고, 같이 태어난 다른 새끼 산토끼가 살아남지 못한 것일 수도 있었다. 여전히 집 안이나 정원에 머물고 있던 더 자란 새끼 산토끼 중 한 마리가 화단 근처에 나타났지만, 더 다가가려 하지도, 그 신성한 의식에 끼어들려 하지도 않았다. 어미 산토끼가 안심할 정도로 황혼이 내리기까지는 다시 반 시간이 흘렀다. 마침내 나는 어미 산토끼가 새끼 산토끼의 몸을 자기 몸으로 덮고 젖을 물리는 모습을 보았고, 녀석이 어미 산토끼의 새끼임을 확인할 수 있었다.

그 후로 몇 주 동안 새로 태어난 새끼 산토끼는 화단의 은신처를 떠나지 않았다. 나는 녀석이 낙엽처럼 땅에 몸을 바짝 붙이고 숨을 쉬며 기다리고 또 자라는 모습을 상상했다. 그와 대조적으로 조금 먼저 태어난 새끼들은 어느덧 눈에 띄게 성장했지만, 집을 떠날 기미는 보이지 않았다. 나는 정원에서 주방으로 통하는 문을 대체로 열어두었고, 새끼 산토끼들은 어미 산토끼가 거실 카펫 위에서 자는 동안 그 문을 드나들며 뛰어다녔다. 활동 시간 중에 어린 산토끼들은 좀처럼 서로에게서 떨어지지 않았다. 녀석들은 함께 집을 드나들었고, 나란히 정원을 탐험했으며, 함께 자갈밭에서 뒹굴며 햇볕을 쬐었고, 담장과 담장 문 근처를 정찰하듯 함께 움직였다. 마치 한 쌍의 정찰병처럼 목적이 있는 듯한 움직임이었다. 안뜰에서 뛰놀다가, 서로를, 혹은 새끼 꿩들을 쫓기도 했다. 녀석들은 창문을 앞발로 짚고 집 안을 들여다보았고 나의 존재를 의식하지 않았다. 내가 깜빡하고 차고 문을 잠그지 않고 열어두었을 때는, 녀석들이 문을 밀고 차고로 들어오려고도 했다. 나는 혹시라도 녀석들이 날카롭거나 독성이 있는 무언가를 밟을까 봐 걱정되어서 얼른 뛰어가 녀석들을 쫓았다. 그러나 내가 다시 집 안으로 들어가자마자, 녀석들이 뒷다리로 서서 잠긴 차고 문을 발로 두드렸다. 얼마 후 흥미를 잃은 녀석들은 내가 정원을 조금이나마 깔끔하게 만들고 싶어서 자갈밭에서 잡초를 뽑은 뒤 담아둔 캔버스 가방을 들락거리며 재미있어했다. 나는 녀석들이 정원 돌담을 흘금거리는 모습을 보았다. 마치 돌담 밖 세상의 유혹을 느끼는 듯 가만히 돌담 너머를 응시하다가 이내 잔디밭을 점령한 클로버 덤불 속에 몸을 파묻었는데, 그럴 때면 영락없는 평온한 산토끼의 모습이었다.

두 마리 어린 산토끼가 서로 떨어져 있는 모습은 거의 본 적이 없었다. 세상이 황금빛으로 물들 때면 두 녀석이 어미 산토끼를 찾아가

176

같이 젖을 먹거나 어미 곁에 누웠다. 많이 졸린 상태일 때 어미는 새끼들의 이런 침입을 묵묵히 받아들였다. 새끼들의 성장 속도는 놀라웠다. 어미와 다른 점이 있다면 가녀린 몸과 여전히 동그란 얼굴, 살짝 다른 털 빛깔뿐이었다. 어미는 겨울에 태어났고 어미가 새끼였을 때의 옅은 색 털은 봄의 풍경에 스며들도록 설계된 것이었다. 반면 이 녀석들은 늦봄에 태어나서 털 빛깔이 여름 위장색으로 빠르게 변해갔다. 짙고 윤기 흐르는 매끄러운 갈색을 빠르게 흡수했고, 여우 털의 붉은 기를 머금었으며, 여름철 산토끼의 위장에 도움이 되는 섬세한 질감으로 흙이나 돌, 햇볕에 바짝 마른 풀밭에 자연스럽게 녹아들었다. 털과 가죽 전체가 윤기 흐르는 매끄러운 갈색이었는데 아직 털갈이의 흔적은 없었다. 조만간 털갈이를 할 것이다. 그 밖에도 미묘한 차이가 있었다. 새끼들은 수염이 아직 짧아서 볼에서 직각으로 삐죽삐죽 튀어나왔지만, 어미의 수염은 입 주위를 부드럽게 감싸는 후광처럼 뻗어 있었고 특히 입 가까이에 돋은 수염들은 발을 향해 부드럽게 휘었다.

새끼 산토끼들은 대체로 서로에게 온순했다. 몸집이 큰 녀석이 작은 녀석을 제압하고 싶을 때면 작은 녀석 위로 몸을 세우고 귀를 꼿꼿이 세우는 것만으로도 충분했다. 그러면 작은 녀석이 고개를 숙이고 물러섰다. 그러지 않을 땐 큰 녀석이 뒷다리를 뻣뻣하게 세우고 캥거루처럼 살짝 뛰어오르는 동작을 했는데 겁먹은 작은 산토끼는 재빨리 달아났다.

새끼들의 습성은 신기할 정도로 어미와 닮았다. 둘 중 작은 녀석은 어미가 새끼였을 때 그랬던 것처럼 계단 일곱 번째 칸에서 시간 보내기를 무척 좋아했다. 녀석은 사무실 문턱에서 문에 등을 대고 잠들곤 했는데, 어미와 꼭 한 가지 다른 점이 있다면 어미는 늘 사무실 밖을 바라보고 앉았던 반면, 새끼는 늘 사무실 안을 바라보고 앉았다는 것 이다. 정원에서도 새끼들은 어미가 좋아했던 장소, 이를테면 화단이 나 과일나무 아래 어미가 파놓은 은신처에 자연스럽게 이끌렸다. 어 미가 그랬던 것처럼 새끼 산토끼들도 새들에게 관심을 보였고, 귀를 쫑긋 세운 채 새들에게 다가가 시비를 걸었다. 정원에서 빠른 속도로 서로를 쫓기도 했다.

녀석들도 어미처럼 귀리 가루를 먹을 때 조그맣게 딸꾹질을 하곤 했다. 귀리 가루를 씹을 때면 마치 아코디언처럼 온몸을 움츠렸다 펴 기를 반복했다. 또한 녀석들도 어미처럼 널찍한 공간만 확보되면 그 안에서 무척 평온했다. 그 공간 밖에서 일어나는 일에는, 소음을 포함 하여 대체로 무심했다. 그러나 경계 안에서는 아주 작은 움직임이라 도 포착되면 마치 경보가 울린 듯 바로 도망쳤다. 마치 무언가가 보이 지 않는 경계선을 침범하기라도 한 것처럼. 그런데도 녀석들은 대체 로 서두르지 않고 느긋하게 움직이는 편이었고 전속력으로 달리는 일 은 거의 없었다.

그 밖의 다른 특성들도 정도의 차이만 있을 뿐 거의 비슷했다. 어 미 산토끼는 짚으로 만든 벤치 덮개를 살짝 깨물곤 했지만, 새끼 산토 끼들은 적극적으로 망가뜨렸다. 녀석들은 벤치 위로 올라가 짚을 물 어뜯었고 그 조각을 바닥에 흩어놓았다. 카펫 가장자리도 발과 이로 잡아당겼고, 작년에 생쥐가 만들어놓은 소파의 구멍을 발견한 뒤로는 신이 나서 그 구멍을 넓혀 속을 끄집어냈다. 점잖게 먹는 어미와 달리 새끼들은 조심성 없이 제멋대로 먹었다. 녀석들은 귀리 가루 그릇에 발을 넣고 코를 가루에 파묻은 채 먹었으며, 가루가 묻은 발과 수염으로 온 집 안을 다니며 귀리 가루를 묻혀놓았다. 어미는 집 안에서 조심스럽게 움직였지만, 새끼들은 거침이 없었다. 어미는 계단을 오를 때 매번 쿠션을 밟았지만, 새끼들은 매끄러운 나무 바닥 위에서도 쉽게 균형을 잡았고, 어미가 한 번도 올라가지 않았던 가구에도 올라갔다. 팔걸이의자에 젖은 발자국을 남기기도 했고 소파에서 재주를 부리기도 했다. 가려운 곳을 긁으려고, 혹은 충동적으로, 소파 위에서 구르곤 했다. 집 안에서 태어났기 때문에 녀석들에겐 집 안의 모든 표면이 익숙했고, 무엇보다도 안전하다고 느꼈을 것이다. 나는 그들의 본능도 시간이 지나면서 좀 더 조심성 있는 쪽으로 다듬어지기를 바랐다.

녀석들은 갓 태어났을 때 그랬던 것처럼 낮에 잠을 잘 때만 서로에게서 떨어졌고, 늦은 오후까지 덤불숲으로 자취를 감추었다. 나는 익숙한 딜레마에 직면했다. 녀석들에게 담장 문을 열어주어야 할까, 아니면 그들 스스로 나가는 길을 찾을 때까지 기다려야 할까? 어미는 담장을 넘기까지 넉 달이 걸렸지만, 이 녀석들은 본보기로 삼을 어미가 있으니 요령을 더 빨리 터득할 것 같았다. 녀석들은 조만간 덤불숲에서 살금살금 다가오는 포식자들에게 무방비 상태로 노출될 것이다. 그러나 담장을 넘는 법을 배우기도 전에 내가 문을 열어 내보낸다면, 녀석들이 돌아올 때 길을 잃어서 익숙한 집과 단절될 수도 있었다. 명쾌한 답이 없는 것 같아서 나는 상황이 자연스럽게 흘러가도록 내버려두기로 했다.

새끼들이 빠른 속도로 성장하면서 어미가 버거워하는 것 같았고 어미의 리듬이 깨지는 것도 같았다. 어미 산토끼가 정원에서 처음 낳았던 새끼 산토끼들은 집 안으로 들어온 적이 없었기 때문에 어미는 누가 보아도 집 안의 주인이고 새끼들은 정원을 떠난 뒤 다시는 돌아오지 않았다. 그러나 새로 태어난 새끼 산토끼들이 거실을 휘젓고 다닐 때면 어미 산토끼는 귀를 내리고 커피 테이블 뒤에 앉아 있곤 했다. 나는 어느 순간 새끼 산토끼들이 너무 힘이 뻗쳐서 어미를 몰아내는 지경에 이를까 봐 걱정이 되었다. 그래서 때로는 일부러 방에 들어가 새끼 산토끼들을 쫓아내고 어미가 평화롭게 은신처에 누울 수 있게 해주었고, 그럴 때면 어미가 비로소 긴장을 푸는 것을 느낄 수 있었다. 어느 날 저녁 내가 책상 앞에 앉아 있는데 어미의 뒤쪽에서 갑자기 새끼 한 마리가 사무실로 들어왔다. 어미는 놀라서 펄쩍 뛰었고 그 바람에 녀석의 발이 그릇을 건드려서 그릇이 엎어지면서 귀리 가루 구름이 일었다. 어미 산토끼는 사무실 계단으로 달려갔고 내가 녀석을 부르며 다가가자, 새끼들은 밖으로 달아났다. 어미가 주방에서 다시 내 곁으로 와 내 발목을 스쳤고 나는 어미를 정원으로 내보내 주었다. 해가 질 무렵 열어놓은 문 옆의 안락의자에서 내가 책을 읽는 동안 어미 산토끼는 내 곁에 있었다. 마치 새끼였을 때 그랬던 것처럼. 새끼 산토끼들은 그 뒤로 감히 집 안에 들어올 엄두를 못 내고 집 주변을 배회했다.

　나는 덩치가 큰 녀석이 수컷이라 어미보다 공격적인 성향을 보이는 거라고 생각했다. 녀석은 덤불숲의 잎을 살짝 뜯어 먹지 않고 대신 길고 유연한 가지를 앞발로 통째로 끌어당겨 잎사귀들을 씹어 먹었다. 새끼들이 집 안에 머무는 시간을 제한하기 위해 산토끼 전용 문을 달아둔 적이 있는데, 그럴 때 녀석은 뒷다리로 서서 창문을 요란하게 두드렸다. 녀석의 앞발 끝부분은 땅에서 1미터를 훌쩍 넘기는 높이까지 쉽게 닿았고, 유리창에는 겹겹이 포개어진 활 모양의 발자국들이 남았다. 불과 얼마 전까지만 해도 다리를 끌며 겨우 움직였다는 게 믿기지 않았다. 새끼 산토끼도 거들먹거릴 수 있는지 모르겠지만, 그 녀석은 확실히 거들먹거렸다. 때로는 잠든 암컷 새끼 산토끼 위로 뛰어오르곤 했는데—다소 소심하게 행동하는 것으로 보아 다른 한 녀석은 암컷이라고 생각했다—순전히 재미로 그러는 것 같았다. 수컷 새끼 산토끼는 과일나무 근처의 낮은 담장에 몸을 쭉 뻗고 누워 있기를 좋아했다. 그 지점의 담장은 지면에서 삼십 센티미터 정도 높이였고 라벤더 수풀에 가려져 있었다. 녀석은 뒷다리 하나를 담 너머로 늘어뜨린 채 햇볕에 데워진 돌 위에서 몸을 녹였다. 귀는 쫑긋 세우고 눈꺼풀은 나른하게 내리깔았다. 그렇게 여러 날이 흐르고 내가 미처 알아차리지도 못한 사이에, 이 수컷 새끼 산토끼가 소파 윗부분의 커튼 안감을 축구공 크기로 동그랗게 갉아냈다. 녀석은 미끄러지듯 창틀로 올라가 커튼의 면 안감을 이빨로 반듯하게 갉아내면서도 더 두껍고 광택이 있는 커튼 겉감은 건드리지 않았다. 안감을 물어뜯는 녀석을 처음 발견했을 때 나는 녀석에게 다가가 말로 타이르려 했다. 녀석을 살짝 야단쳐서 커튼을 구해볼 요량이었다. 그러나 녀석은 주눅들지 않고 한쪽 눈과 귀만 커튼 밖으로 내놓고는 날 쳐다보았다. 그러더니 잠시 후 하던 일을 그만두고 소파로 내려왔다가 다시 바닥으로 뛰어내려서 아무 일도 없었다는 듯 귀리 가루를 먹었다.

녀석이 가고 나서 바닥을 살펴보았지만 헝겊 부스러기조차 찾을 수 없었고, 그것은 곧 커튼의 사라진 부분 전체가 녀석의 배 속으로 들어갔다는 뜻이었다. 나는 녀석의 위가 걱정되어서 커튼을 창문 위에 설치한 봉에 묶었다. 그 뒤로 녀석은 발이 닿지 않는 커튼을 하루에 몇 분씩 쳐다보거나, 뒷다리로 서서 앞발로 유리창을 딛고 최대한 높은 곳까지 올라가보곤 했다.

사무실 한구석에 놓여 있던 공은 산토끼들에게 인기 있는 장난감이었다. 녀석들은 고무 재질 특유의 탄성과 울리는 소음이 재미있는지 발로 공을 두드리며 놀았다. 어느 이른 아침, 수컷 새끼 산토끼가 공 위로 뛰어올라 균형을 잡으려 발을 구르다가 카펫 위로 세게 떨어지는 사고가 나기도 했다. 쿠퍼는 산토끼에 대해 이렇게 썼다. "산토끼는 익숙한 장소에서 일어난 아주 미세한 변화도 기가 막히게 감지해 내는 특별한 총명함을 지니고 있으며, 새로운 물체가 나타나면 곧바로 코를 대고 검사한다. 한번은 내가 카펫을 태워 조그만 구멍이 생겼는데 헝겊을 대서 그 자리를 기우자마자 산토끼들의 철저한 검사를 받았다." 어린 산토끼들도 그와 비슷한 꼼꼼함을 보였다. 어느 날 집에 와보니 한 녀석이 앞발로 내 요가 매트의 모서리를 누르고는 가장자리에 꿰매진 상표를 물어뜯으며 검사 중이었다. 그러면 안 된다고 타이르려는 순간, 녀석은 이빨을 이용하여 보란 듯이 세게 당겨 상표를 뜯어내면서 귀를 까딱거렸다.

어린 산토끼들이 힘이 넘치다 보니 상대적으로 어미 산토끼의 나이가 느껴졌다. 어느덧 두 살 반이 된 어미의 나이는 외모에서도 그대로 드러났다. 움직임도 굼떠졌고 다쳤던 앞다리의 발목이 약간 울퉁불퉁했다. 얼굴선은 길고 가늘었고 옅은 색 옆구리 털과 짙은 색 등

털이 만나는 지점에 마치 배의 측면에 난 물자국처럼 띠가 생겼다. 어릴 때부터 있던 목 밑의 독특한 털이 어미 산토끼를 다른 산토끼들과 확실하게 구분해 주었다.

외형적인 차이 외에도 어미의 성향은 다른 산토끼들과 미묘하게 달랐다. 어미의 온화한 시선, 내 목소리와 움직임에 대한 민감한 반응, 특유의 우아함과 온순함, 그리고 평온함 같은 것들이었다. 믿기지 않겠지만 어미는 나를 볼 때 나와 눈을 맞추었다. 어미는 집 안에서는 긴장을 풀었고 발걸음이 느리고 온화했으며 나에 대한 신뢰를 보였지만, 새끼 산토끼들은 에너지가 넘쳤고, 모든 동작에 근육이 팽팽하게 긴장했으며, 언제든 달아날 준비가 되어 있었다. 어미의 얼굴에는 독특한 매력이 있었다. 두 눈 사이에 번개 모양으로 짙고 굵은 털이 나 있었는데, 이것은 털갈이의 흔적으로 어미의 성숙함을 더욱 강조했다. 어린 산토끼들의 통일된 털 빛깔과는 확연히 달랐다. 또 다른 특징으로는 어미가 담장에서 정원으로 뛰어내릴 때마다 보여주는 귀를 터는 동작인데, 그것은 어미가 처음부터 갖고 있던 습관이었다. 사람의 눈에는 활기차고 뿌듯해하는 것처럼 보이는 동작이지만 어쩌면 가려움을 해소하기 위한 동작일 수도 있었다. 이 모든 특징이 어미를 다른 산토끼들과 구분하도록 했고 말할 수 없이 소중한 존재로 만들었다.

거의 매일 저녁, 어미 산토끼는 먼저 낳은 새끼 중 한 마리를 안뜰에서 빠르게 쫓아버리곤 했다. 어미가 왜 그랬는지 나는 여전히 알지 못한다. 새끼가 어미의 공간을 침범해서였을까, 아니면 빠르게 달리는 법을 가르치는 중이었을까, 아니면 어미와 새끼가 둘 다 즐기는 놀이였을까? 그들의 행동 중 내가 이해하지 못하는 것은 여전히 너무 많왔다. 아마도 한 무리의 산토끼를 사육 환경이 아닌 여건에서 장기간 관찰하는 것 자체가 비교적 드문 일이기 때문일 것이다.

# 맑은 하늘에 날벼락

산토끼는 상처에 취약하다.
산탄총의 작은 탄환 한 개로도 산토끼를 죽일 수 있다.
— A. A. 체르카소프, 『동시베리아 사냥꾼의 기록』, 1865

8월이 되자 가장 어린 산토끼는 더 이상 디기탈리스 밑에 숨지 않았다. 대신 과일나무 옆 낮은 담장 밑에 스스로 은신처를 마련했다. 자갈밭을 뚫고 자란 풀 사이로 몸의 윤곽이 뚜렷하게 보였다. 나는 녀석이 담장을 넘으려다가 코를 박는 모습도 보았다. 늦은 저녁에는 정원을 휘젓고 다녔다. 저 멀리 숲 너머에 해가 낮게 걸려 있었다. 깃털처럼 보드랍고 노란 빛을 머금은 채 익어가는 곡식들이 바람에 휘어지며 나를 향해 파도쳤다. 나는 작은 산토끼가, 마치 바람에 힘을 얻어 낮게 날아가는 연처럼, 튀어오르고 회전하며 풀밭을 누비는 모습을 보았다. 녀석은 생울타리 덤불을 들락거리다가, 마치 번개처럼 공중으로 튀어올랐다가, 다시 덤불숲으로 사라졌다가, 어린 산토끼 특유의 주체할 수 없는 생명력으로 풀밭을 질주했다. 이제 나는 모든 어린 산토끼들이 구르기와 재주넘기 사이의 어디쯤인 동작을 연습한다는 걸 알았다. 뒷다리로 솟구쳐올라 잠시 앞발로 착지했다가, 수평축을 따라 한 바퀴 회전한 다음, 다시 뒷다리로 착지하는 동작이었다. 그러다가 어느 순간 어린 산토끼가 사라졌다. 녀석은 풀밭에서 그루밍을 하고 있었다. 클로버 잎사귀 아래 몸을 숨기고 클로버 꽃만큼 조그맣고 클로버 꽃만큼 끝부분이 희고 둥근 한쪽 뒷다리를 들고 있었다.

매일 밤 외동 산토끼는 마치 테니스 공처럼 정원을 뛰어다녔다. 어미 산토끼가 녀석을 지켜보았고, 때로는 풀밭에서 생울타리 덤불로 쫓아버리곤 했다. 지난 한 달간 어미는 길어야 몇 시간만 정원을 떠났고, 이전에 낳은 새끼들에게 그랬듯이 이번에 태어난 막내 산토끼도 세심하게 돌보았다. 어린 산토끼가 디기탈리스 아래 만든 은신처에 머물지 않자, 어미도 더 이상은 화단에서 잠들지 않았다. 아침 시간에 새끼를 지켜보기 위해 잠깐씩만 그곳으로 돌아왔다. 이제 어미는 낮 시간에 정원과 집을 오가며 시간을 보냈다.

작은 새끼 산토끼는 활기가 넘쳤지만 몸집이 매우 작았고 대체로 혼자였다. 어느 날 아침 아치문을 이룬 라벤더 수풀 아래 앉아 있는 녀석을 보았다. 어미 산토끼가 세 차례에 걸쳐 낳은 새끼 산토끼들과 어미 산토끼의 등에 의해 부드럽게 매만져진 아치문이었다. 새끼들은 차례로 그 자리를 발견했고 앞발로 수풀을 더 매끄럽게 다듬었다. 작은 새끼 산토끼가 꽃들 틈에 앉아 뒷발로 얼굴을 닦았다. 그 모습이 여러 새끼 산토끼들 중 유독 어미와 닮았다. 외동이라서 그런 건지 궁금했다. 그러나 녀석이 날씨와 포식자에 맞서는 강인한 모습에는 어딘가 뭉클한 데가 있었다. 녀석은 다른 새끼 산토끼들보다 늦은 아침까지 활동적이었다. 먹이를 얻기 위해 더 노력해야 했기 때문이었다. 그런데도 녀석은 슬금슬금 집 안으로 들어와 귀리 가루를 한 입씩 훔쳐 먹고 내빼곤 했다. 어미와 닮은 외모 때문에 나는 녀석이 암컷일지도 모른다고 생각했다.

어느 날 저녁, 작은 새끼 산토끼가 특유의 위장술을 완벽하게 보여 주었다. 녀석이 마른 풀숲에 몸을 숨기고 누워 있는데 내가 무심코 지나친 것이다. 오래된 풀은 마치 건초처럼 변해 있었고 작은 새끼 산토끼는 그 속에 몸을 숨겼다. 조금 자란 산토끼들은 다 달아났지만 녀석은 최대한 땅에 납작하게 엎드린 채 가만히 있었다. 짧은 풀 위로 머리만 나왔고 두 귀는 납작하게 등에 붙었다. 그 모습이 마치 작은 새끼 사슴 같았다. 체구가 작아서 아직은 도망치는 것보다 숨는 게 더 나은 방어책이었다. 녀석은 내가 지나간 뒤에야 그곳에서 나왔다.

그해 여름 내내 어미 산토끼는 매일 아침 여덟 시가 조금 못 되어서 집으로 돌아왔고 해가 질 때까지 집에 머물렀다. 어미는 벤치에서 눈을 감고 열두 시간을 꿈쩍하지 않고 보내는 일이 많았다. 때로는 밤이 되도록 그곳에 있었고 저녁 시간을 나와 함께 보내기도 했다. 어미가 벤치에서 쉬는 동안 나는 소파에 앉아 책을 읽거나 일을 하거나 통화를 했고, 그러다 보면 어느 순간 구름 가장자리가 빛으로 물들었다.

어미 산토끼는 내가 녀석을 위해 벤치에 깔아놓은 덮개에 이마를 비비곤 했다. 덮개의 거친 직물을 마치 솔처럼 사용했다. 간간이 새끼 산토끼들이 집 안으로 들어와 먹이를 먹었다. 바람이 잠잠한 날에는 사냥을 나서는 흰 헛간올빼미의 으스스한 울음소리가 들려오기도 했다. 아침 아홉 시쯤 그들이 각자의 은신처로 돌아가면, 어느덧 우리가 함께 사용하게 된 공간에 내가 머물 차례였다. 햇살이 깃든 고요한 정원에 산토끼 네 마리가 숨어 있다는 게 도무지 믿기지 않았다. 이미 알고 있지 않았다면 결코 알아차리지 못했을 것이다.

비가 억수처럼 쏟아지던 어느 날이었다. 책상 앞에 앉아 책을 읽고 있는데, 천둥이 치고 폭풍이 몰아쳤다. 어미 산토끼는 벤치 위에 있었고 암컷 새끼 산토끼가 쿠션을 북처럼 두드렸다. 그 소리는 군악대의 북소리처럼 크고 강렬했지만 박자는 조금 더 빨랐다. 작은 새끼 산토끼는 은빛 배나무 아래 얌전히 누워 빗속에서 얼굴을 닦았다. 그때 갑자기 내 왼쪽 유리창에 무언가 부딪치는 소리가 났다. 수컷 새끼 산토끼가 폭우를 피해 급히 뛰어들다 유리창에 부딪친 것이었다. 평소의 당당하고 침착했던 모습은 온데간데없었고 젖은 상태로 처량맞게 창틀에 웅크리고 있었다. 이마까지 흠뻑 젖어 진한 갈색 털이 뾰족한 가시처럼 곤두섰다. 녀석은 폭우가 쏟아지는 동안 비바람을 피할 수 있는 자리에서 몸을 말리기 시작했다. 날렵한 혀로 가슴 털을 길게 쓸어올려서 부풀렸다. 그렇게 해서 나의 양옆에서 산토끼들이 비를 피하고 있었고, 고개를 돌려보니 또다른 창문에 젖은 자고새 두 마리가 웅크리고 있었다. 그제야 나는 벅찬 기쁨을 느끼며 깨달았다. 외로운 자고새가 마침내 짝을 찾은 것이다. 나는 바람에 시달리는 곡식들을 바라보면서 들판의 산토끼들과 그들의 새끼들이 견디어야 할 온갖 위험들을 상상했다. 그 순간이 나에겐 이 경이로운 경험의 절정처럼 느껴졌고, 이 놀라운 동물들에 대한 무한한 애정을 느꼈다.

그렇다고 해서 산토끼 네 마리와 함께 지내는 시간에 애로가 없었던 건 아니다. 애먼 장소에서 잠든 산토끼를 깨우지 않고 움직이기가 때로는 힘들었다. 어떤 날은 외출하려고 문을 열었는데 현관 앞에 산토끼가 잠들어 있기도 했고, 또 어떤 날은 계단을 오르다가 단잠에 빠진 새끼 산토끼를 밟을 뻔하기도 했다. 그럴 때 산토끼는 발톱으로 카펫을 거칠게 긁으며 쏜살같이 달아났고, 나는 깜짝 놀라 사과하고는 반대 방향으로 달아났다. 이런 불편들이 있긴 했지만 그들이 지닌 신비로움은 그 모든 것을 압도하고도 남았다.

어느 날 저녁, 집 안에서 태어난 두 마리 중 작은 녀석이 방 안으로 들어와서는 조심스럽게 내 쪽으로 다가왔다. 녀석은 코를 벌름거리며 발끝으로 아장아장 걸어오더니, 나를 여러 각도에서 이리저리 살폈다. 녀석은 내 냄새를 맡고 나를 지나치고는 집 안을 탐색하기 시작했다. 그때 나는 바닥에 앉아 있었는데, 같은 눈높이에서 바라보니 녀석의 존재감은 더할 나위 없이 강렬하고도 야성적이었다. 어린 산토끼들은 갈수록 어미를 닮아갔다. 그러나 나는 항상 그들을 구별할 수 있었다. 아주 단순한 이유 때문이었다. 내가 다가가면 어미 산토끼는 날 향해 달려왔지만 어린 산토끼들은 도망쳤다. 그리고 오직 어미만이, 새끼였을 때 내가 손으로 빗겨주었던, 턱 밑의 독특한 털을 지니고 있었다. 그 털은 겨울이 되면 풍성해지고 환절기엔 성글어졌지만 완전히 사라진 적은 없었다.

내가 너무 순진하다고 생각하는 사람들도 분명히 있었다. 내가 산토끼의 매력과 아름다움만을 보고 그들이 인간에게 끼치는 해악은 외면한다는 이유로 말이다. 실제로 나의 지인 중 한 명이 새로 숲을 조성하고 있었는데, 산토끼 한 마리가 갓 심은 묘목 여러 그루를 망쳐놓았다. 그는 사람을 불러 그 산토끼를 잡아서 사살했다. 그런데 축 늘어진 산토끼의 사체를 들어보니 젖을 먹이는 암컷이었다. 유감스럽게도 그들은 새끼 산토끼들까지 찾아내 죽였다. 숲을 조성하기 위해 많은 돈과 시간을 투자했다는 건 알지만, 산토끼를 멀리 쫓아내거나, 산 채로 잡아 다른 곳으로 이주시키는 것이 과연 그렇게 힘든 일이었는지.

반면 한결같은 배려와 친절을 보여준 사람도 많았다. 예초기를 들고 와 집 뒤의 무성한 수풀을 베어준 친구도 있었다. 그 수풀이 포식자들이 숨어들어 먹잇감을 노리는 은신처가 될까 봐 걱정하고 있던 터였다. 우리는 풀밭을 나란히 걸으며 수풀 속에 짐승이 숨어 있지 않은지 확인했다. 친구가 풀밭 한복판에서 걸음을 멈추더니 수풀이 만든 지붕 아래 누운 풀잎들이 매끈한 잠자리를 이루고 있는 곳을 가리켰다. 나는 그의 제안에 따라, 집 가까이에서 자란 풀만 베고, 풀을 베어낸 지점과 보금자리 사이에 키 큰 수풀의 완충 지대를 만들어서 그 보금자리를 보존했다. 산토끼와 함께하는 이 진귀한 시간이 나에게 선물 같은 시간이라는 것을 그는 아는 것 같았다. 내가 마음만 먹으면 이 모든 상황을 단번에 끝낼 수도 있었다. 산토끼들을 나의 정원 밖으로 내보내고, 집으로 들어오는 길을 차단하고, 녀석들이 서서히 풍경 속으로 사라져가는 광경을 지켜보는 것이다. 그러나 그것은 신이 내린 선물을 거절하는 일처럼 느껴졌다. 이 이야기를 할 수 있는 날들이 얼마 남지 않았음을 나는 마음속으로 알고 있었다. 그 어떤 산토끼도 시간을 따돌릴 수는 없었다.

8월이 끝나갈 무렵, 나는 산토끼가 얼마나 연약한 존재인지 가장 고통스러운 방식으로 깨달았다. 어느 날 아침, 새끼 산토끼 세 마리가 모두 안뜰에 있었다. 먼저 태어난 둘은 무성하게 우거진 클로버 잎을 뜯어먹는 중이었다. 아직 그 둘보다 체구가 한참 작은 외동 새끼 산토끼는 햇살 가득한 풀밭에 배를 깔고 누워 있었다. 그런데 시간이 흐를 수록, 녀석이 누워 있는 모습이 평상시와 다르다는 생각이 들었다. 녀석은 몸을 살짝 웅크리고 있었고 머리는 비스듬했고 뒷다리 하나가 옆으로 비어져 나왔다. 녀석의 옆구리가 불규칙하게 오르내렸다. 어딘가 이상했다. 녀석은 머리를 들 수 없는 상태인 것 같았고 가만히 누워 쉬는 것조차 힘겨워 보였다. 나는 어머니에게 전화를 걸어 도움을 청했다. 안뜰로 나가 녀석을 안아들 엄두가 나지 않았다. 무얼 보게 될지 두려워서 무기력하게 손만 비볐다. 어머니가 와서 풀밭을 가로질러 조심스럽게 안아들어도 녀석은 꿈쩍도 하지 않았다. 어머니가 내게 녀석을 건네주었고 내 몸에 닿은 녀석의 다리 길이가 나를 압도했다. 길게 늘어진 다리는 우아했지만 한편으로는 녀석의 상태를 드러냈다. 다리를 가눌 힘마저 없는 듯했고 내가 안아들 때에도 축 늘어진 상태로 다리가 대롱거렸다. 건강한 산토끼라면 다리를 몸 아래로 단단히 접고 있거나 내 몸 위에 기대듯 올렸을 것이다. 그러나 녀석의 근육에는 전혀 긴장감이 없었다.

외상의 흔적은 없었다. 우아한 힘을 지닌 기적과도 같은 녀석의 가녀린 몸이 갑자기 약해진 것이었다. 그 어떤 긴장도, 저항도 없고 오직 체념만이 있었다. 병에 분유를 담아 힘없는 입 가장자리에 흘려넣어 보았지만 녀석은 먹지 못했다. 우리는 녀석을 벽난로 옆에 모로 뉘었다. 녀석의 생명이 서서히 꺼져가는 게 분명했다. 내 손에 닿는 녀석의 어깨가 가슴 아플 정도로 가냘팠고 몸을 숙여 손을 대어보니 심장이 약하게 뛰었다. 갑자기 여름날의 폭우가 하늘을 가르며 쏟아지기 시작했고 순식간에 대지를 적셨다. 그리고 녀석은 살아 있을 때 그랬던 것처럼 소리 없이 세상을 떠났다.

녀석의 앞발이 뒷다리 쪽으로 말려 있었다. 여전히 달리는 것처럼. 그의 영혼이 살아서 누리지 못한 들판을 달리는 것처럼. 녀석의 몸 구석구석은 여전히 완벽했다. 보드라운 회색 입가에서부터 정교한 머리의 곡선, 길고 유연한 귀, 형언할 수 없는 질감과 색채를 머금은 티없이 깨끗한 털까지 전부 다. 녀석의 아름다운 몸이 지닌 풍성함과 미묘함을 표현할 수 있을 정도로 섬세한 붓은 아마도 없을 것이다.

나는 정원 한 귀퉁이의 장미 덤불 아래에 녀석을 묻었다. 비가 내린 뒤라 촉촉한 흙이 너무도 쉽게 열렸다. 나는 정원의 높은 지점에서 가져온 마른 풀을 바닥에 깔고 그 위에 조심스럽게 새끼 산토끼를 뉘었다. 마치 대지의 어둠과 하나가 된 것 같았지만 그러면서도 그만의 빛깔을 발했다. 가슴 털은 한여름 산토끼의 금색과 적갈색이었다. 나는 혹시 녀석이 그저 잠이 든 건 아닐까 하는 생각에 가슴에 손을 얹어보았다. 그러나 녀석은 떠났고, 그가 어떤 천성을 지닌 산토끼였는지는 영원히 수수께끼로 남았다. 불과 석 달도 안 되는 시간 동안 그는 지상에서 가져간 것은 거의 없고 오직 커다란 기쁨만을 남겼다.

무엇이 새끼 산토끼를 죽음에 이르게 했는지 나는 알지 못한다. 여름이었으니 날씨 탓은 아니었을 것이다. 녀석의 죽음은, 마치 맹수의 공격이나 중독에 의한 죽음처럼 갑작스러웠다. 그러나 어쩌면 녀석은 내가 알아차릴 수 없는 방식으로, 더 오랜 시간에 걸쳐 천천히 쇠약해졌을지도 모른다.

죽기 며칠 전부터 녀석은 주방 문 바로 옆 클로버 수풀 속에서 한참씩 자곤 했다. 그저 쉬는 줄만 알았는데 어쩌면 이미 그때부터 서서히 스러져가는 중이었을지도. 산토끼는 질병에 취약하지만 녀석은 아직 담장을 넘어 감염원과 접촉할 기회가 없었고, 어미 산토끼와 녀석보다 더 나이 든 두 마리 산토끼 역시 병을 앓는 기색이 없었다. 여위지도 않았고 설사나 구토 같은 다른 질병의 징후도 없었다. 아버지는 사인을 알고 싶으면 사체를 도로 꺼내 수의사에게 부검을 맡겨 확인해 보는 게 어떻겠냐고 제안했지만, 선을 넘는 행위처럼 느껴졌고 상상하는 것조차 끔찍했다.

새끼 산토끼가 죽은 뒤 며칠 동안, 어미 산토끼는 밤에만 잠깐씩 나타났다. 먼 들판 어딘가에서 새끼들을 돌보고 있는지 어둠이 내린 뒤에야 집으로 돌아왔다. 하늘에 낮게 걸린 수확의 달은 꽉 차 있었고 어딘가 불길했다. 새끼 한 마리가 사라졌다는 것을 어미는 알아차렸을까. 담장을 넘을 때 정원 한구석에 새로 생긴 조약돌 무덤을 어미가 보았을까. 환경의 변화에 민감한 어미의 천성을 생각하면, 어미는 분명히 풀밭이 파헤쳐진 것을 알아차렸을 것이고 어쩌면 무덤을 살펴보려 잠시 멈추었을지도 모른다. 어미 산토끼와 조금 자란 새끼 산토끼들 모두, 이전과는 확연히 다르게, 몇 달 동안 안뜰에 발을 들이지 않았다. 어쩌면 그들이 나보다 더 많은 걸 알고 있는 건지도 모르겠다.

9월 내내 다른 어린 산토끼들과 어미 산토끼가 같은 방식으로 병들까 봐 두려움에 떨었다. 산토끼에 관한 구체적인 정보를 찾을 수 없었던 나는 산토끼에게 독성이 있는 것으로 알려진 모든 식물을 조사했고 정원에 그런 식물이 있는지 확인했다. 반려동물과 사람 모두에게 독성이 있다고 알려진 흰 수국이 있다는 것을 알게 되었을 때, 어미 산토끼가 태어나기 전부터 정원에 있었던 것인데도 수국을 뽑아버렸다. 새끼 산토끼가 그 밑에서 태어났지만 디기탈리스도 같은 이유로 뽑아버렸다. 그러나 독성 식물 목록 중에 양귀비도 포함된 것을 알게 되었을 때 작업을 중단했다. 양귀비는 들 가장자리에 무성하게 자라 있었고 산토끼들은 양귀비를 일체 건드리지 않았다. 결국 나는 산토끼들이 본능적으로 자신에게 독이 되는 식물을 알고 있다는 결론에 도달했고 정원에 대한 복수를 멈추었다.

나는 그 외의 다른 가능성들도 검토해 보았고, 혹시 어린 산토끼의 죽음이 어미의 중복임신과 관련이 있는지도 생각해 보았다. 중복임신으로 태어난 산토끼가 다른 산토끼보다 허약한지 여부에 관한 정보는 찾을 수 없었다. 그러나 그것은 산토끼의 낮은 생존율과 연약함을 새삼 일깨워주는 쓸쓸한 사건이었다. 저물어가는 태양을 바라보던 작고 우아한 어린 산토끼의 기억은 나의 마음속에 오래도록 남았다.

## 피로 물든 수확

인간은 얼마나 파괴적이고 잔인한 존재인가.
그 자신의 생명을 유지하기 위해
얼마나 많은 생명과 식물을 말살하는가.

—레오 톨스토이, 『하지 무라트』, 1912

어린 산토끼가 죽은 다음 날, 거대한 트랙터 두 대가 동시에 감자밭으로 진입했다. 한 대에는 수확기가 달려 있었고 다른 한 대에는 대형 트레일러가 달려 있었다. 감자와 흙이 파헤쳐지고 거대한 기계의 커다란 입으로 빨려 들어간 다음, 거름망을 거치면서 흙을 털어낸 감자들이 컨베이어 벨트를 통해 트레일러 안으로 쏟아졌다. 기계가 지나간 자리에는 트랙터에서 털려 나온 흙이 만들어놓은 둔덕과 고랑이 있었다. 그 광경이 어린 산토끼의 죽음으로 인한 나의 무력감을 더욱 증폭시켰다. 아직 아물지 않은 마음이 마치 갈아엎어지는 땅처럼 잔인하게 파헤쳐졌다.

이틀째 되던 날 오후 늦게 수확이 마무리되었다. 트랙터들은 철수했고 대지는 맨살을 드러낸 채 소리 없이 누워 있었다. 하늘에는 종달새 한 마리도 노래하지 않았다. 나는 밖으로 나가 털리고 파헤쳐진 밭으로 들어섰다. 대지는 처절하게 발가벗겨졌다. 밭고랑의 선은 흠잡을 데 없이 반듯했으며, 대형 바퀴가 밟고 지나간 자리는 콘크리트처럼 단단하게 다져졌다. 전에도 여러 번 수확을 본 적이 있지만 가까이에서 보고 싶었던 적은 없었다. 이번 수확은 너무 감정적으로 다가왔다.

열 걸음을 채 걷기도 전에, 어린 산토끼의 사체와 마주쳤다. 파헤쳐진 흙 속에 으깨지고 내장이 터진 사체가 감자 뿌리들과 함께 흩어져 있었다. 조금 더 들어가보니 더 어린 산토끼 한 마리가 놀라 도망쳤다. 녀석의 엉덩이와 꼬리에 피가 묻어 있었다. 태어난 지 이 주쯤 되었을까. 광활한 밭 한복판에 있는 녀석의 모습이 처량했다. 조심스럽게 다가가보려 몇 차례 시도했지만, 혼란에 빠진 가냘픈 새끼 산토끼는 절뚝이며 내게서 도망쳤다. 녀석은 간헐적으로 속도를 내며 짧게 몇 번을 달려 고랑으로 들어가더니 파헤쳐진 흙의 바닷속으로 사라졌다. 녀석의 털 빛깔은 흙과 구별되지 않았다. 밭 가장자리에서 다 자란 산토끼를 한 마리 보았고 그 뒤로는 더 이상 새끼 산토끼를 쫓지 않았다. 괜히 새끼 산토끼를 깊은 밭고랑으로 몰았다가 까마귀나 매의 눈에 뜨이거나 어미가 못 찾게 될까 봐 두려웠다.

나는 14에이커(약 1만 7천 평)에 달하는 밭 가장자리에 서서 무거운 마음으로 생각했다. 무자비한 바퀴에 짓이겨진 채, 저 밭고랑 어딘가에 묻혀 있거나, 흙에 가려져 보이지 않는 어린 산토끼들과 땅에 둥지를 틀었던 새들이 얼마나 많을까. 이것은 그저 어느 평범한 날의 어느 평범한 수확일 뿐이었다. 이런 광경은 이 나라와 전 세계 곳곳에서 되풀이되고 있었다.

나는 혹시 어미 산토끼가 밭에 있었던 건 아닌지 걱정이 되었고, 다음 날 아침, 내가 보았던 새끼 산토끼가 살아 있기를 바라며 눈을 떴다. 부질없는 짓인 줄 알면서도, 녀석을 찾아보려고 아침 해가 뜨자마자 나갔다. 거대한 맹금이 발톱으로 무언가를 찢고 있는 모습을 보고 다가가다가 다 자란 산토끼의 사체를 두 번째로 발견했다. 거대한 기계의 엄청난 소음과 규모에 맞닥뜨렸을 때 어린 짐승만 그 자리에 얼어붙는 게 아님을 암시하는 광경이었다. 나는 더는 걸을 수가 없었다. 더 끔찍한 광경을 보게 될 것 같아 두려웠다. 나를 보는 순간 맹금이 움직였고, 나는 녀석의 커다란 한쪽 날개가 질질 끌리는 것을 보았다. 가까이에서 보니 독수리처럼 구부러진 부리와 무시무시한 발톱을 갖고 있었다. 녀석도 다쳤다. 우연이라고 보기에는 다친 시점과 장소가 너무 절묘했다. 트랙터에 찢겨 죽은 산토끼를 보고 내려와서 먹으려다가 녀석도 기계에 걸려든 것일까? 언니가 와주었고, 조심스럽게 새를 담요로 감쌌다. 언니는 새를 수의사에게 데려갔고 수의사는 새의 날개뼈가 두 군데 심하게 부러져 있는 것을 확인했다. 상처가 아문다고 해도 날개의 기능이 영구적으로 손상되어서 야생에서 살아남을 수 없었다. 그렇다고 우리에 가두면 비참한 삶을 살게 될 것이다. 수의사는 안락사시키는 것이 그나마 친절을 베푸는 것이라고 조언했다. 하늘을 누비던 찬란한 생명이 땅에서 이토록 무참히 짓밟히다니 너무도 끔찍한 낭비였다.

물론 나는 안다, 새 생명은 계속 태어날 것임을. 어떤 산토끼들은 도망쳤을 것이고, 또 어떤 산토끼들은 새끼를 다른 곳에 두었을 것이다. 이 땅엔 다시 곡식들이 자랄 것이고, 바라건대 종달새들도 돌아올 것이다. 그러나 내가 본 수확기는 경제적 효율성을 극대화한 기계였다. 그 기계의 목표는 최대한 많은 양의 감자를 손상 없이, 물론 인간의 기술이 어느 정도 개입된 것은 사실이지만 최소한의 인력으로, 신속하게 수확하는 것이다. 작업 과정에 야생동물의 희생을 최소화하거나 심지어 줄이기 위한 배려도 없었다. 이미 여러 선진국에서 로봇 수확기가 도입되고 있고, 작업방식은 진보와 효율의 명목으로 갈수록 비인간화되어 가고 있다.

로봇과 드론을 이용한 수확이 가능하다면, 기술을 이용하여 새끼 산토끼와 사슴, 둥지를 튼 새들을 감지해서 그들이 기계에 짓이겨지지 않도록 안전한 곳으로 옮길 수도 있지 않을까? 자원봉사자들이 그 작업에 기꺼이 동참하지 않을까? 감자 수확이 시작되기 전에 내가 그 사실을 알았다면, 나 역시 동참했을 것이다. 산토끼를 포함하여 밭에 숨어 있는 다른 종들이 생존할 수 있는 방안을 연구해 볼 수도 있을 것이다. 밭의 경계에 의무적으로 수풀을 조성하거나 휴경지를 지정해서 경작지 주변에 안전한 은신처를 제공할 수도 있을 것이다.

실제로 그해 가을, 우리 집 주변의 땅 주인들이 모든 밭에 유기농법을 도입했다. 토질을 개선하기 위해 허브와 콩과 식물로 임시 목초지를 만들었고 밭 가장자리마다 널찍하게 야생화를 심었다. 야생화는 꽃가루 매개자들을 유인한 것은 물론이고, 땅벌레, 거미, 무당벌레, 들쥐, 생쥐에게 은신처를 제공했으며, 부엉이의 먹이 자원도 증가시켰다. 그런 조처를 통해 댕기물떼새나 검은머리물떼새처럼 땅에 둥지를 트는 새들과 산토끼들에게 안전하게 번식할 수 있는 은신처가 제공되기를 바랐다.

사냥과 농사와 서식지 파괴에 이르기까지, 우리는 수 세기에 걸쳐 산토끼에게 너무 많은 해악을 끼쳤다. 단순히 즐기기 위해, 그리고 경제적 효율성에 대한 욕망으로, 이곳에 사는 야생동물들이 감당할 수 있는 한계를 넘어 압력을 가했다. 그러나 자연은 늘 변화했고 우리는 늘 적응해 왔기에, 우리가 지금까지와 다른 방식으로 일할 수 있다는 희망은 언제나 있다. 그러나 이 문제에 있어서, 그리고 수많은 다른 문제에 있어서도, 우리의 관행과 방식은 자원의 고갈을 초래하고 있다. 우리는 우리에게 남겨진 자연의 자원을 고갈시키고, 언제나 오늘의 필요가 내일의 희망에 우선한다.

우리는 우리가 자연에 의존한다는 사실을 잊었다. 우리가 먹을 식량을 재배하는 이들에 대한 감사도 사라졌다. 그들이야말로 이 땅의 수호자들이건만 그들은 끊임없이 경제적 압박에 시달린다. 우리의 더 큰 가치는 왜곡되었고, 인간이건 동물이건, 힘없는 존재들이 그 대가를 치른다. 인간의 노력이 대체로 그러하듯이 주의를 기울이지 않으면, 우리가 수확하는 작물은 피로 물든다.

내가 자랄 때만 해도 환경 보존 운동은 사자나 코끼리 같은 대형 동물을 보호하는 데 초점이 맞추어져 있었다. 코끼리에게 이 땅에서 존엄한 삶을 누릴 자격이 있다면 산토끼도 마찬가지다. 산토끼를 비롯한 다른 생명체들에게 조금 더 공간을 양보하고 우리가 조금 덜 차지하는 쪽으로 결정하지 못할 이유가 없다. 산토끼가 그렇게 살고 있는 것처럼 말이다. 그렇게 하면서도 충분히 인간의 필요에 맞게 식량을 확보할 수 있을 것이다. 삼림을 지금까지와 다른 방식으로 관리하면 나무가 성긴 곳은 산토끼들이 올라가 쉬거나 위험을 피하는 용도로 활용될 수 있을 것이다. 산토끼들이 나무껍질이나 나뭇가지 대신 먹을 수 있는 풀과 잡초의 공급을 늘릴 수도 있을 것이다. 산토끼가 먹이를 얻고 농기계를 피할 수 있도록 덤불이나 나무 군락, 생울타리 같은 수목 환경을 조성할 수도 있을 것이다. 실제로 많은 이들이 이미 이러한 방법을 시행하고 있다. 산토끼가 우리의 작업을 훼방 놓을 때마다 총으로 해결하는 것보다 나은 방식으로 산토끼와의 관계를 개선할 수 있을 것이다. 이토록 희귀하고 해롭지 않은 짐승이라면 최소한 그 정도의 배려를 받을 자격은 있다. 헨리 데이비드 소로는 이런 글을 썼다. "우리는 이것이 유일한 길이라고 말하지만, 사실 원의 중심에서 뻗어 나가는 반지름만큼이나 수많은 길이 존재한다."

무고한 생명의 살상으로 인해 무거워진 마음으로 집으로 돌아왔다. 며칠째 보이지 않는 산토끼의 안전이 더욱더 걱정되었다. 밭에서 보았던 사체가 그 녀석일까 봐 두려웠다. 어쩌면 새끼를 지키기 위해 그곳에 있었을지도.

산토끼의 죽음과 밭에서 벌어진 살상, 어미 산토끼의 부재는 평화로운 일상을 살고 있다고 생각했던 나의 환상을 깨뜨렸다. 어미 산토 끼와 새끼들은 거스를 수 없는 자연의 힘에, 시간에, 그리고 인간의 활동에 종속되어 있었다. 나를 둘러싸고 있는 들판은 하나의 독립적인 땅이 아닌 지역과 국가 경제의 일부였고, 인간과 상업적 이해관계와 법, 지역사회 활동에 영향을 받고 있었다. 야생동물들과 함께한 시간은 너무도 아름다웠지만 한편으로는 너무도 무상한 것임을 뼈저리게 느꼈다. 나는 이미 지나간 일처럼 이 시간을 회상하며 슬퍼하고 있는 나 자신을 발견하곤 했다. 마치 산토끼들과 함께한 날들은 시간의 섬 위에 있고, 나는 이미 바다에 휩쓸려 떠내려 가서 다시는 그 섬으로 돌아가지 못할 것 같은 기분이었다.

그런 감정들에다 그해 가을의 이례적인 풍요로움까지 보태어져서, 나는 대지에 매료되었다. 내가 목격하는 모든 것에 강렬한 호기심을 느꼈다. 그런 충동을 느끼는 이유가 그 감정이 사라지기 전에 마음에 새겨두려는 열망 때문인지, 아니면 그날 이후 나의 삶을 영원히 바꾸어놓을, 그동안 잠들어 있던 나의 감수성 때문인지 알 수 없었다. 나는 다시 책을 모으기 시작했다. 이번에는 새, 농업, 토양, 파종, 수확, 밀렵에 관한 책들이었다. 도서관에서 책들이 택배로 배송되었다. 책장은 종종 갈색으로 변했거나 세월의 흔적으로 얼룩져 있었다. 온라인에서 최신 연구자료를 볼 수 있을 거라고 친구들이 알려주었지만 나는 컴퓨터 앞에 앉아 있기보다는 실물을 손에 들고 싶었다.

색채에 관한 나의 어휘가 얼마나 제한적인지, 그리고 자연의 섬세한 색조와 마주할 때 나의 어휘가 얼마나 순식간에 고갈되는지 알 수 있었다. 그러던 차에 독일의 광물학자 아브라함 고틀로프 베르너에 관해 알게 되었다. 그는 색상을 동물, 식물, 광물로 분류했는데, 그의 작업은 후세에 엄청난 영향을 미쳤고, 찰스 다윈조차 HMS 비글호를 타고 탐험할 때 베르너의 색상 표본을 가지고 갈 정도였다. 나는 베르너의 색상을 재현해 놓은 그림에 매료되었다. 이를테면, '지빠귀알의 푸르스름한 초록색', '북극곰의 짚 빛깔 노란색', '수컷 청둥오리의 날개 반점의 프러시안블루', '사마귀영원의 배의 웅황 오렌지색', 그리고 '수컷 오색방울새의 머리 동맥혈의 빨강' 등이 있었다.

황당한 일도 있었다. 친구가 새소리를 판별해 주는 도구가 있다고 알려주었다. 우리는 야외에서 실험을 해보았고 동남아시아가 원산지인 붉은정글닭이 근처에 있다고 나와서 잠시 흥분했다. 허겁지겁 달려나가 그 새를 찾아보았더니, 문제의 새는 다름 아닌 "갈루스갈루스 *gallus gallus*", 즉 집닭이었다.

모든 새로운 발견이 그동안 잊고 있었던 세계로 나를 이끌었다. 정원에서 어미 산토끼가 몇몇 식물의 줄기를 세심하게 선별해서 먹고 나머지를 외면하던 모습이 내 안에 있던 호기심의 씨앗에 물을 주었다. 나는 스노우슈 산토끼의 식단에 블루그래스, 물봉선화, 질경이떡쑥, 쇠뜨기 같은 환상적인 이름을 가진 식물들이 포함된다는 사실을 알게 되었다. 북극 산토끼는 바위취, 까마귀베리, 난쟁이버드나무를 찾아 먹었고 영양 산토끼는 캘리포니아와 멕시코의 사막에서 세이지브러시와 선인장을 먹고 생존한다. 유럽 산토끼는 베수비오산의 험난한 환경 속에서 화산작용으로 만들어진 경사면에서 자란 염소풀과 블루루핀을 먹고 산다. 강렬한 이미지를 담고 있는 이름들이었지만 그러면서도 생소했고, 나는 문득 산토끼가 매일 밤 조심스럽게 걸어다니는 무성한 수풀 속에 어떤 식물들이 자라고 있는지 궁금해졌다. 과거에는 인간이 지금보다 훨씬 더 자연친화적으로 살았다는 사실도 생각하게 되었다.

나는 시선을 땅에 고정한 채 들판 가장자리를 걸었다. 무심코 지나쳤던 식물의 초록색 덩어리가 뚜렷한 형태와 질감, 색채로 분리되어 보였다. 나는 걷다가 걸음을 멈추고 온갖 종류의 양치 잎과 줄기와 잎사귀가 달린 식물의 다발과 가지를 꺾어 표본을 모았다. 바람에 물결치거나 휘어지는 잎들은 저마다 미세하게 다른 에메랄드 빛깔이었고 그 차이를 묘사하는 것은 불가능에 가까웠다.

나는 새로운 식물을 발견할 때마다 한 마리의 매처럼 맹렬하게 달려들었고, 잎사귀 한 개를, 혹은 씨앗을 가득 머금은 줄기 한 개를 높이 쳐들며 감탄했다. 수집한 식물들은 내가 급한 대로 쓰고 있던 식물수집용 자루에 하나씩 담았다. 얇고 비치는 흰색 자루는 과일 보관용으로 슈퍼마켓에서 파는 것이었는데 그 전에는 사용한 적이 없었다. 온갖 버섯과 균류가 마치 폭발한 것처럼 사방에 퍼져 있었지만 나는 도무지 분간할 수 없었다. 버섯은 매끄럽고 탐스러우며 유혹적이었지만 독성이 있을 수도 있었다.

집으로 돌아오면 채집한 식물들을 흰 종이 위에 쏟아놓고 분류하고 식별하며 행복한 시간을 보냈다. 우엉, 돼지풀, 치커리, 들제비꽃, 붉은토끼풀과 흰토끼풀, 분홍바늘꽃, 조팝나물, 제라늄, 새발풀, 부들, 봄여뀌, 메도스위트, 애기겨이삭, 개불알풀, 호밀풀, 프랑스국화, 그리고 '살찐 암탉'이라는 재미있는 이름으로도 불리는 명아주. 어린 시절 옥수수 그루터기 사이에서 보았던 흰 꽃은 야생 당근이었다. 야생 당근이 기원전 8세기 바빌론 왕실 정원에서 향기로운 잎이나 씨앗을 얻기 위해 재배되었다는 사실도 알게 되었다. 초서가 '하루의 눈 day's eye, eye of the day'이라 불렸던 프랑스 국화oxeye daisy는 해가 뜨고 질 때에 맞추어 꽃잎을 열고 닫았다. 비과학적인 방식으로 조사했는데도 영국에서 흔히 볼 수 있다고 알려진 여러 종류의 식물 중 극히 일부만을 찾을 수 있었다. 아마도 집약 농업으로 인해 식물 다양성의 감소가 가속화되었음을 반영하는 현상일 것이다.

나는 '약초백과'로 불리는 오래된 가정의료 지침서를 찾아보았고, 거기서 내가 발견한 석잠풀이 상처를 치료할 때 붕대 대용으로 쓰일 수 있다는 사실을 알았다. 연못 가장자리에 무리 지어 자란 빗살새는 밀짚모자를 만드는 데 쓰였고, 그 옆에서 자란 부드러운 골풀은 꼬아서 깔개나 방석을 만들었으며 속심은 램프의 심지로도 활용되었다.

테이블 위에 놓아둔 소박한 들갓 잎이 겨자나 중이염 치료제의 원료가 되었고 야생 귀리는 송어를 유인하는 미끼로도 사용되었다. 냉이는 심한 출혈을 멈추는 데 효험이 있었다. 1810년의 어느 가정의료 지침서에 따르면, 서양 톱풀의 라틴어 이름인 아킬레아 밀레폴리움 Achillea millefolium은 아킬레우스처럼 다친 병사들의 지혈과 상처를 아물게 하는 데 효험이 있어서 붙여진 이름이었다. 저자는, 허심탄회하게 얘기하자면, 이 식물이 '치질로 인한 출혈'을 완화하는 데에도 효과가 있다고 덧붙였다.

이 지침서에서는 '성 안토니우스의 불St. Anthony's fire'이라는 중세 질병에 대해서도 언급하고 있었다. 이 신비로운 병에 걸리면 발작, 타는 듯한 통증, 히스테리, 괴저 증상이 나타나는데, 맥각균이라는 곰팡이에 감염된 호밀로 만든 빵을 먹었을 때 걸리는 병이다. 산토끼와 관련된 이름을 가진 식물들도 많았는데, 나의 자루에는 하나도 없었다. 산토끼발 클로버hare's-foot clover, 산토끼발 사초hare's-foot sedge, 그리고 눈처럼 새하얀 씨앗 머리를 수천 개 만들어낸다고 알려진 산토끼 꼬리풀hare's-tail grass 같은 것들이었다.

이렇듯 풍요로운 식물 자원 속에서 갈색 산토끼는 자신의 에너지 수준에 따라 지방과 단백질이 풍부한 풀을 선택하거나 철분과 칼슘이 풍부한 풀을 선택했다. 나의 짧은 아마추어 식물 탐험에서 발견한 왕김의털, 애기겨이삭, 흰토끼풀과 붉은토끼풀이 바로 그런 풀들이었다. 나는 가장 어린 산토끼가 웅크리고 있던 디기탈리스가 전설 속에서만 그런 게 아니라 실제로도 독성이 있음을 알게 되었다. 미신에 따르면 디기탈리스는 요정들이 가장 좋아하는 식물로, 꽃망울이 요정의 귀에만 들리는 음악을 연주한다고 한다. 누구든 살아 있는 디기탈리스를 자신의 정원에 옮겨 심으면 재앙이 닥칠 것이라고도 했고, 이 식물의 잎을 먹거나 빨면 심각한 중독과 심부전을 일으킨다고도 했다. 새끼 산토끼는 디기탈리스 수풀에서 벗어난 뒤에도 꽤 오래 살았지만, 나는 녀석의 죽음에 디기탈리스가, 다시 말해서 내가 어떤 역할을 했을지도 모른다는 생각을 떨쳐낼 수가 없었다.

그런 서글픈 생각도 했지만 한편으로는 내가 풀과 나무의 세계에 대해, 그리고 아주 작은 것이나마 알아가는 기쁨에 대해, 그동안 얼마나 무지했는지 깨닫게 되어서 역설적으로 오히려 좋았다. 새로운 시작은 언제나 새로운 희망을 가져다준다. 나는 곧바로 이해의 한계에 봉착했고, 과학 용어의 덤불 속에서 길을 잃었으며, 새로운 정보의 빛과 반짝임을 흡수했다. 세부적인 정보들은 내가 걸을 때 흩날리는 풀씨보다도 빠르게, 바람에 날리는 민들레 홀씨보다 더 순식간에, 나의 기억에서 사라졌다. 그러나 모든 발견이 마치 하늘을 가르는 혜성의 행로처럼 이 세계에 대한 나의 인식을 확장시켰고 나의 마음에 설렘과 따스함을 남겼다.

초가을 나무 꼭대기에서 노래하는 울새 한 마리가 그 쩌렁쩌렁한 목소리로 숲 전체를 채우는 것만으로도 감탄이 절로 나왔다. 나의 인식이 깊어짐에 따라, 산토끼에 대한 감사의 마음도 커졌다.

어느 날 저녁 나는 호기심에 이끌려 어둠이 내린 뒤에 집을 나섰다. 야행성인 산토끼의 세계를 직접 체험해 보고 싶은 마음에서였다. 계절에 맞지 않게 따스하고 고요한 밤이었다. 나는 발소리를 줄이기 위해 풀이 돋은 곳을 따라 걸었다. 그렇게 하지 않으면 밤의 정적 속에서 내 발소리가 천둥소리처럼 들렸다.

언덕 꼭대기에 올라서는 순간, 내 집 창문에서 새어 나오던 위안의 불빛이 갑자기 꺼졌다. 나의 배짱도 순식간에 사라졌다. 사방에서 밤이 나를 에워쌌다. 철새 기러기 떼가 머리 위로 지나갔고, 익숙하면서도 기묘한 그들의 울음소리가 어둠 속에서 들렸다. 한밤중에도 길을 찾는 그들의 능력이 낯설게 느껴졌다. 구름이 별들을 가렸고 사냥꾼 오리온의 발치에 있다는 이유로 산토끼를 뜻하는 라틴어 레푸스라고 이름 붙여진 별도 보이지 않았다. 나는 횃불을 든 산토끼 무리와 함께 다녔다는 독일의 여신 이야기를 떠올렸다. 그리고 지금 나에게 산토끼 수행단이 있다면 얼마나 좋을까 생각했다. 내 주위에는 비록 보이진 않았지만, 밤의 세계에 살고 있는 생명들이 걷고, 천천히 달리고,

깡충깡충 뛰고, 훨훨 날고, 기어다니고, 급강하고 있었다. 나는 그들의 무리에 낄 수 없었다. 나는 산토끼의 몸으로 변신할 수 없었고 산토끼의 눈으로 볼 수 없었다. 어쩌면 마녀 산토끼가 부리는 진정한 마법은 산토끼가 불러일으키는 갈망인지도 모른다고, 나는 생각했다. 그것은 단 한 순간이라도 인간의 육체에서 벗어나, 산토끼의 힘과 속도로 지칠 줄 모르고 대지를 질주하고, 인간의 수준을 훨씬 능가하는 소리와 냄새와 감각의 세계를 향유하며, 햇살 속에서 걷듯 자유롭게 밤을 누비고 싶은 갈망이었다.

부엉이 한 쌍의 울음소리를 들으며 집으로 돌아왔다. 방마다 불을 켜다가 거실의 스위치를 올린 순간, 앞다리를 쭉 뻗고 배를 깔고 누워 있는 어미 산토끼를 보았다. 마치 두 주 동안 집을 비운 게 아니라 늘 그 자리에 있었다는 듯이. 녀석은 난로를 바라보고 있었고 표정을 읽을 수 없었다. 마치 뒤러의 그림이 살아난 것 같았다. 털은 따스한 갈색과 황금빛으로 빛났고 눈에서 불빛이 반사되었다. 갑작스럽게 불을 켰는데도 녀석은 움찔조차 하지 않고 여전히 불꽃을 바라보고 있었다.

무엇이 녀석을 집 안으로 이끌었을까? 귀소 본능이었을까? 아니면 불의 온기였을까? 녀석은 이번에도 나를 한발 앞질렀다. 내가 가장 예상하지 못한 순간에, 거의 희망을 놓아버리려는 순간에, 다시 나타난 것이다.

# 비밀 통로

야생동물은 노쇠해서 죽지 않는다.
그들의 삶은 이르건 늦건 비극적인 종말을 맞이한다.
결국 적과 싸우며 얼마나 오래 버틸 수 있는가의 문제일 뿐이다.

—어니스트 톰슨 시턴, 『내가 알고 지낸 야생동물들』, 1898

어린 산토끼들이 생후 넉 달째에 접어들자 주둥이와 귀가 길쭉해졌고
호리호리했던 옆구리는 살이 올랐다. 겨울을 대비해 털 빛깔이 탁해
지기 시작했다. 녀석들의 어미가 그 무렵 처음으로 담장을 넘었으니

이제 새끼 산토끼들도 담장을 넘는 것은 시간 문제인 듯했다. 나는 그들이 담장을 넘은 뒤에도, 원한다면, 혹은 필요하다면 집으로 돌아오는 길을 찾을 수 있기를, 그들의 존재로 인해 말할 수 없이 아름다워진 풍경 속에서 그들이 오래오래, 자유롭게, 홀가분하게 살기를 바랐다. 아무리 그들의 필요에 맞게 집을 개조한다고 해도 그들에겐 인간의 집이라는 부자연스러운 환경보다는 그들의 서식지가 안전했다. 앞으로 나는 늘 궁금할 것이다. 떨리는 수풀 속에 검은 눈을 반짝이며 경계하는 새끼 산토끼가 웅크리고 숨어 있는지.

수컷 새끼 산토끼는 갈수록 힘이 넘치는 것 같았다. 녀석은 키 큰 들장미 덤불 속에 꼿꼿하게 서서 들판을 찬찬히 살피곤 했다. 빳빳하게 세운 귀는 호기심으로 움찔거렸다. 때로는 돌담 덮개돌 가장자리의 좁은 턱을 따라 뛰어다녔고, 때로는 돌담에 올라가 밖을 내다보았는데, 그러다가 어느 순간 뒷다리는 어정쩡하게 집 쪽으로 늘어뜨리고 앞발은 야생을 향해 뻗었다. 녀석의 온몸에서 불확실성과 망설임이 배어났다.

녀석은 들판 쪽으로 뛰어내리려다가 말고 돌아서서 정원 쪽으로 뛰어내리곤 했다. 미지의 세계로의 도약이 아직은 너무 두려운 모양이었다. 그러나 몇 시간 뒤 다시 담장 위에 올라갔고 때로는 거의 한 시간 가까이 들판을 바라보며 앉아 있었다.

산토끼의 시점에서 들판의 풍경은 호기심을 자극했을 것이다. 10월의 어느 날 아침, 동이 틀 무렵, 산토끼 다섯 마리가 옥수수밭 가장자리의 그루터기 밭에 모여 있는 것을 보았다. 무리의 중심에 암컷으로 보이는 산토끼가 있었는데, 다른 산토끼들이 그 산토끼에게 주의를 집중하고 있어서 그렇게 짐작했다. 암컷은 다른 토끼들에게 등을 돌린 채 귀를 머리에 바짝 붙이고 풀밭에 웅크리고 있었다.

무리 중 한 마리가 몸을 세우더니 다른 한 마리를 쫓아냈다. 경쟁자를 쫓아낸 녀석이 암컷에게 다가가 앞발을 내린 상태로 꼿꼿하게 섰다. 암컷이 돌아앉았고 그 둘이 코를 맞대었다. 코가 맞닿는 순간, 수컷 산토끼가 네 발을 모두 들어 공중으로 사뿐히 뛰어올랐다가 도로 같은 자리에 착지했다. 그러자 또 다른 산토끼가 비슷한 방식으로 수직으로 뛰어오르더니 첫 번째 수컷을 밀어내며 그 자리를 차지했다.

훼방꾼 산토끼는 꼬리 바로 위에 유난히 짙은 띠무늬의 겨울털을 지니고 있었고, 경쟁자들보다 덩치가 커 보였다. 녀석이 신중하게 몇 걸음을 내딛으며 암컷에게 다가가자 암컷은 참을 만큼 참았다는 듯 시든 엉겅퀴 덤불 쪽으로 움직였다. 네 마리의 구애자가 모두 암컷을 따라갔다. 검은 띠무늬 수컷이 암컷의 오른쪽 어깨 쪽에 자리를 잡자, 암컷이 재빨리 왼쪽으로 몸을 돌려 가뿐히 수컷들을 따돌리며 들판으로 향했다. 수컷들이 다시 한번 암컷을 둘러싸자, 놀라서인지, 아니면 위협하기 위해서인지, 암컷이 펄쩍 뛰었다.

검은 띠무늬 수컷이 다시 암컷에게 접근했다. 수컷이 온몸을 암컷 쪽으로 기울이고 코를 내밀었다. 암컷은 재빨리 피하면서도 달아나진 않았다. 수컷은 그 틈을 노려 여전히 뻣뻣하면서도 탐색하는 자세로, 목을 길게 빼고 앞발을 막대처럼 뻗고 다가왔다. 암컷이 살짝 몸을 낮추자 수컷이 암컷을 올라탔다. 수컷이 몸을 숙이자, 둘의 코가 거의 맞닿을 정도로 가까워졌고 둘 다 귀를 쫑긋 세웠다. 마치 망설이는 듯, 암컷이 몸을 뒤로 젖히며 귀를 등 쪽으로 납작하게 눕혔다. 그러다가 다시 몸을 일으켰고 마침내 둘의 코가 맞닿았다.

마침내 수컷이 구애에 성공하나 싶었는데, 암컷이 갑자기 몸을 일으키더니 왼쪽 앞발로 수컷의 코를 때렸다. 암컷의 모욕에 수컷이 움찔하며 뒷발로 몸을 세우더니 자존심에 상처를 입었는지 온몸의 털을 공격적으로 곤두세웠다. 그 둘은 잠시 그 상태로 얼어붙었다. 수컷은 암컷을 공격하려는 듯 자세를 가다듬었고, 암컷은 뒷다리에 체중을 싣고 싸울지 도망칠지 망설이는 듯했다.

암컷이 수컷을 쏘아보는 듯했고 수컷이 앞발을 내리고 네 발로 섰다. 몇 초 후 그 둘은 다시 코끝을 맞대었다. 여전히 털을 곤두세우고 있었고 호기심과 경계심으로 긴장한 상태였다. 그러다가 암컷이 몸을 획 돌려 들판으로 내달렸고 구애자의 무리도 그 뒤를 뒤따랐다. 이것이 암컷 산토끼가 종종 겪는 일이라면, 암컷이 때때로 구애자들을 따돌리고 담장을 넘는 것은 놀라운 일이 아니었다.

어린 산토끼 두 마리 중 암컷은 집을 떠날 생각이 없어 보였다. 녀석은 혼자 집으로 들어가 몇 시간이고 소파에서 쉬었다. 뒷다리를 길게 뻗고 털이 수북한 앞발을 소파 가장자리 밖으로 내밀고는 머리를 소파에 납작하게 대었다. 수염이 빛을 받아 반짝였고 숨을 들이쉬고 내쉴 때마다 마치 산들바람에 흔들리는 거미줄처럼 미세하게 떨렸다. 밤이 되면 같은 자리에 나타나 동이 틀 때까지 느긋하게 시간을 보냈다. 적외선 카메라 속에서 녀석의 두 눈은 마치 반짝이는 두 개의 구슬 같았다.

호기심, 소란이 일어나는 장소에 다가가고 싶은 욕구, 교류의 열망은 어미 산토끼와 새끼 산토끼가 보여주는 끝없는 탐색 본능에서 가장 놀라운 특성이다. 언제든 달아날 퇴로만 확보된다면, 예기치 못한 위험을 피해 도망칠 수만 있다면, 산토끼들은 무슨 일이 벌어지고 있는지 알아내려는 욕구를 못 참고 호기심에 이끌려 소란이 벌어지는 장소로 자꾸만 돌아오는 것 같다. 민간설화에서 흔히 묘사되는 것처럼 변덕스럽고 산만한 것과는 달리, 내가 관찰한 산토끼와 새끼 산토끼들은 오히려 일상의 규칙과 익숙함을 선호하는 것 같았다.

어미 산토끼는 나에게 산토끼가 지혜롭고, 유희적이며, 헌신적인 동물이라는 인상을 심어주었다. 산토끼는 햇빛을 사랑하는 소박하면서도 품위 있는 생명체였고, 이 적대적인 세상에서 그들에게 허락된 자그마한 땅에서 새끼들을 키워냈으며, 고독을 즐긴다기보다는 조심성이 있어서 홀로 지냈다. 어느 모로 보나 산토끼는 자신의 삶을 즐기는 듯했고, 배움의 능력을 지녔으며, 비록 아주 조그만 공간이라고 해도 자신에게 주어진 땅에 평생토록 충성했다. 새끼를 지키기 위해 포식자를 쫓아낼 줄도 알았다. 산토끼는 습관의 동물이었고, 시간을 지켰으며, 좋아하는 장소들을 만들었고, 이 땅에서 너무도 가벼이 살았다. 그리고 오직 그 자신의 기준에 따라 신뢰를 보였다.

산토끼를 알고 지낸 시간 동안, 나는 산토끼를 의인화하지 않으려 노력했다. 녀석에게 이름을 지어주지 않았고, 반려동물처럼 대하지도 않았으며, 거의 만지지 않았다. 우리 관계의 조건은 산토끼가 정했다. 산토끼는 오고 싶을 때 왔고 강제로 머무는 일은 결코 없었다. 나는 동물이 환경의 요구에 맞춰 진화했다는 다윈주의 개념을 배우며 성장했다. 동물들의 성향은, 때로 너무도 사람처럼 보이고 너무도 감정을 이입하고 싶지만, 결국은 유전적 명령에 바탕을 둔 것이었다. 그런데도 나는 산토끼의 성향을 관찰하면서 감탄하지 않을 수 없었고, 많은 이들이 동경하는 인간의 성품, 즉 인내, 품위, 침착함, 강인함을 떠올리지 않을 수 없었다. 만약 나에게 그럴 권한이 있다면, 나는 우리의 언어에서 '3월의 산토끼처럼 미쳐 날뛰는'이라는 표현을 '산토끼처럼 온화한', '산토끼처럼 신의 있는', '산토끼처럼 한결같은'으로 바꿀 것이다.

나는 여전히 산토끼의 미스터리를 풀지 못했다. 산토끼는 손에 잡히지 않는, 정의할 수 없는 본질을 지녔고, 아마도 그것이야말로 우리 인간이 두려움과 욕망을 산토끼에 투영했던 이유일 것이다. 우리는 가장 사악한 것에서부터 가장 매혹적인 것에 이르기까지, 산토끼에게 초자연적인 능력을 부여했고, 그것은 우리 인간이 이해하기 어려운 것을 숭배하거나 악마화하는 경향이 있음을 다시 한번 일깨운다. 산토끼는 삶의 무상함과 영광의 덧없음, 자연에 의존하면서도 그것을 무분별하게 파괴하는 우리의 모습을 상징하는 존재다. 그러나 산토끼와 대자연의 무한한 회복력에서 우리는 희망을 본다. 윌리엄 블레이크가 말했듯이 '한 알의 모래에서 세상을' 볼 수 있다면, 아마도 한 마리의 산토끼에게서 자연 전체를 볼 수 있을 것이다. 자연의 단순함과 복잡함, 연약함과 영광, 그리고 덧없음과 아름다움을.

산토끼는 그 자신의 방식으로 나와의 공생에 도달했다. 산토끼는 절대로 길들여지지 않을 것이다. 산토끼가 귀 기울이는 언어와 산토끼의 귀가 찾는 소리는 야생의 소리다. 그러나 녀석은 내 곁에서 편안해하는 것 같고 때로는 내 곁에서 쉬기도 한다. 나의 삶을 산토끼에게 맞추어야 하는 게 싫었던 적은 없었다. 언젠간 이 기회를 잃게 되리란 걸 늘 알았기 때문이다. 내 눈에 산토끼의 패턴이 보일 때마다, 내 눈에 보이지 않는, 그와 상반되는 패턴이 있을 거라고 상상한다. 담장 밖 산토끼의 삶은, 집을 비운 시간 동안 그가 키우고 있었을지 모를 새끼들까지 포함하여, 내게 영원히 미스터리로 남을 것이다. 녀석은 단 한 번도 들판에서 내게 다가온 적이 없었고, 담장 밖 세계에서 녀석은 다른 인간에게 그러는 것처럼 날 피해 달아날 것이다. 그러나 내가 이미 알고 있는 것 이상을 알아야 할 필요는 느끼지 않는다. 나의 삶과 조그맣게 포개어지는 산토끼의 삶 일부만으로도 나는 만족한다. 우리는 다른 세계에 살고 있다. 녀석은 나의 세계로 들어올 수 있지만, 나는 결코 녀석의 세계에 다가갈 수 없고 또 그래야만 한다. 쿠퍼의 산토끼처럼 집에 가두고 키운다면 녀석이 오래 살 수 있을지도 모른다. 그러나 그것은 녀석의 천성을 거스르는 것이다. 그래서 녀석은 야생 산토끼의 삶을 살아간다. 혹독하고 짧은, 그러나 자유로운 삶을.

나는 이 놀라운 동물의 가족과 한동안 함께 지내는 행운을 누렸다. 단순히 물리적으로만 가까이 산 게 아니라, 함께 자유를 누리며 살았다. 아마도 나는 많은 실수를 저질렀을 것이다. 훗날 이와 똑같은 결정을 내려야 하는 상황에 맞닥뜨리면, 나는 망설일 것이다. 왜냐하면, 그것이 산토끼에게 이로운 일이라고 생각하지 않기 때문이고, 그래서 역설적으로 그럴 용기가 없을 것 같다. 그들이 얼마나 연약한지, 얼마나 고통받기 쉬운지, 그들을 생명과 잇는 끈이 얼마나 가냘픈지 너무도 잘 알고 있는 지금, 2월의 어느 날보다 나의 두 손은 훨씬 더 떨릴 것이고, 그래서 나는 다시 생각할 것이다. 산토끼는 야생에서 살아야 한다. 내가 산토끼에게 쏟아온 모든 보살핌의 이면에는, 어쩌면 녀석의 자연스러운 삶에 내가 어떤 식으로든 영향을 준 것에 대한 보상 심리가 있을 것이다.

　나의 결정들을 되돌아보니 내가 내린 가장 훌륭한 결정은 가장 본능적인 결정이었다. 바로 산토끼를 우리에 가두지 않은 것이다. 그 자신이 누리는 자유가 커질수록, 산토끼는 나를 더 신뢰했다. 어쩌면 이것은 모든 반려동물에게 해당되는 얘기일 수도. 동물들이 최대한의 자유를 누릴 방안과 어쩔 수 없이 우리가 유발하는 스트레스를 줄이는 방안을 고민해 볼 가치가 있지 않을까. 나는 종종, '산토끼를 길들일 수 있는가?'라는 질문으로 되돌아간다. 그러나 그게 중요한 게 아니라는 것을 이제는 안다. 길들인다는 것은 동물의 본성을 변화시켜 인간의 방식에 맞추는 것을 뜻한다. 그러나 산토끼처럼 태생이 야생인 동물은 길들이는 것보다는 공생이 더 나은 방법이다.

　태어나서 처음으로 인간이 아닌 동물을 공부할 이유가 생겼고, 그들에게 길을 내어준다고 해서 결코 우리의 삶이 축소되지 않는다는 것을 알았다. 공생은 우리 삶에 더 깊은 통찰을 주고 어쩌면 우리 삶을 더 근사하게 만든다. 지금 내가 바라는 것은 산토끼와 이 땅의 생명들이 어디에서든 더욱 안전하게 살아가는 것이다. 인간이 희생하는 방식이 아닌, 우리의 우선순위와 균형을 이루는 방식으로 그렇게 되기를 바란다. 야생동물과 인간 모두를 위해 훼손되지 않은 야생의 공간이 더 많아지기를 바란다. 자연을 복원하고 자연에 감사하는 것이 때로는 우리가 잊고 살았던 우리 자신의 욕구를 충족시킨다는 사실을 우리 모두가 보다 깊이 이해하기를 바란다. 산토끼는 나의 삶에 미묘하게 영향을 미쳤고 그 속에서 내가 원하는 것은 단순해졌다. 나는 일보다는 사랑과 우정에 의존하며 살고 싶다. 내가 처음 발견했을 때보다

이 땅을 더 자연에 가까운 상태로 남겨두고 싶다. 내 곁에 있는 것들을 좀 더 잘 보살피고 싶고 평범한 것에서 아름다움과 가치를 발견하고 싶다.

산토끼가 집에 없는 어느 날, 나는 늦은 오후의 햇살 속으로 걸어 나갔다. 마른 풀로 뒤덮인 들판은 황갈색이었고 가장자리에는 무릎 높이까지 토끼풀이 무성하게 자랐다. 산토끼와 지상의 다른 생명들이 다니며 만들어놓은 미로 같은 길과 굴을 피하려고 조심하며 걸었지만, 아무리 주의를 기울여도 키 큰 엉겅퀴의 꽃머리에서 씨가 떨어지는 것은 막을 수 없었다. 들 한복판에는 풀이 내 허리높이까지 자랐다. 내가 놀라게 한 산토끼들이 갑자기 수풀에서 뛰쳐나와 매끄러운 동작으로 풀을 스치며 달렸다. 마치 초원의 돌고래들처럼.

숲 가장자리의 나뭇잎이 군데군데 초가을의 황금빛으로 물들었다. 가문비나무는 축 늘어진 솔방울들로 풍성했고, 호랑가시나무는 잘 익은 포도처럼 빼곡한 선홍색 열매들로 화려했다. 숲 그늘에서 한 무리의 엉겅퀴가 마른 씨앗 머리를 토끼풀 수풀 사이에 애처롭게 떨군 채, 마치 다른 세상의 생물처럼 바짝 마른 상태로 시들어가고 있었다. 생울타리에 잘 익은 블랙베리의 만찬이 펼쳐져 있어서 지나가는 새들에게 성찬을 제공했다. 가시덤불 위에는 붉은 산사 열매가 핏방울처럼 반짝였고 창백한 들장미의 줄기는 반짝이는 장미 열매의 무게로 휘청였다. 연못 물이 찰랑거렸고 둑에는 바람이 뿌려놓은 씨앗에서 식물과 풀이 무성하게 자랐으며 먼 둑 한 귀퉁이에는 부들이 빼곡하게 자랐다. 키 큰 풀숲 사이로 야생동물들이 물가로 향한 흔적이 있었다. 도요새는 수풀에 몸을 숨겼고, 제비와 칼새는 연못의 수면을 스치듯 날며 곤충을 잡거나 목을 축였다.

온 세상이 풍요롭고 충만했다. 계절이 바뀌는 중이었지만 여전히 여름이 흘러넘쳐서 둑과 언덕에 그득했다. 철새의 무리가 하늘을 가로질렀다. 다가올 추위를 피해 일찌감치 이주하는 강렬한 날갯짓과 늦기 전에 떠나려는 듯 긴박하고 날카로운 울음소리가 허공을 갈랐다. 바람이 닿지 않는 숲에서 사슴 한 쌍이 뿔을 맞대고 싸우고 있었다. 머리 위 소나무의 우윳빛 헛간올빼미가 내 기척에 놀랐다. 올빼미가 내 머리 위로 날며 천천히 방향을 틀어서 날개의 흰 아랫면과 몸통이 보였다. 그리고 그 순간 나는 확신했다. 올빼미도 날 내려다보고 있었다고. 하트 모양의 엷은 색 올빼미의 얼굴을 흘긋 본 순간 정신이 번쩍 들었다. 올빼미가 있다는 것은 들판 가장자리에 조성한 야생화 구역이 성공했다는 뜻이었다. 야생화 구역으로 인해 이미 들쥐와 생쥐의 개체 수가 증가하고 있었다.

나는 다른 나무의 가지들을 올려다보며 올빼미가 또 있는지 찾아보았고, 올빼미 대신 도토리나무 몸통에 납작하게 몸을 숨긴 회색 다람쥐를 발견했다. 다람쥐의 몸통은 그림자 속에 있었고 얼굴과 짧고 둥근 귀와 민첩한 앞발의 털은 황갈색이었다. 꼬리의 잿빛 털 가장자리를 그와 대비되는 흰색 털이 두르고 있었는데, 이것은 나무껍질의 색조와 질감을 닮은 것으로 산토끼의 위장술과 비슷했다. 다람쥐는 겨울을 나기 위해 저장할 엷은 초록색 도토리를 입에 물고 있었다.

얼마 후 나는 숲의 모퉁이를 돌았고 그늘에서 벗어나 늦은 오후의 햇살 속으로 들어섰다. 햇빛이 키 큰 풀 위에서 반딧불처럼 춤추는 곤충의 무리를 비췄고, 내 앞에서 생명 없는 물체에 몸을 숙이고 있던 말똥가리가 나의 기척에 놀랐다. 말똥가리는 거대한 날개를 한 번 퍼덕이며 날아오르더니 근처에서 원을 그리며 맴돌았다. 언제 다시 먹잇감으로 돌아갈 수 있을지 살피는 듯했다.

내 앞에 있는 것이 배를 드러내고 누운 산토끼의 사체임을 알아본 순간 가슴이 철렁했다. 가냘프고 흰 배가 가슴에서 꼬리까지 갈라져 있었다. 말똥가리가 산토끼를 죽인 건지, 아니면 여우가 남긴 먹잇감을 말똥가리가 먹고 있었던 건지 알 수 없었고 알고 싶지도 않았다. 털 위에 맺힌 피를 본 순간 내 머릿속에 떠오른 것은 '동맥혈의 빨강, 오색방울새의 머리색'이었다. 그 산토끼가 어미 산토끼라고 생각하지는 않았지만 어미 산토끼도 얼마든지 여기 올 수 있었다. 어미를 포함한 모든 생명체에게 다가오는 죽음의 그림자를 떠올리지 않을 수 없었다. 나 자신도 예외는 아니었다.

나는 다시 걸었다. 바람이 내 발소리를 덮었다. 생울타리의 틈새로 빠져나오니 갓 파종한 옥수수밭이 펼쳐졌다. 옥수수밭에는 열 마리의 산토끼가 짝을 지어 어슬렁거리거나 혼자서 햇살을 즐기며 누워 있었다. 녀석들은 바람을 등지고 하루의 마지막 햇살을 만끽하고 있었다. '나의' 산토끼도 그들 중에 있는지 궁금했다. 거리가 멀어 확인할 수는 없었지만, 그 무리 속에서 녀석을 발견하면 무척 기쁠 것 같았다. 그들 중 한 마리가 어떤 선택의 순간에 맞닥뜨렸을 때, 알 수 없는 충동에 이끌려 무리에서 벗어나 세 개의 들판과 세 개의 생울타리를 가로지르고, 부들이 우거진 연못을 지나고, 담장을 뛰어넘어 오직 그만의 성역에 도착할 수 있으리라는 것이.

어미 산토끼는 이제 곧 세 살이 된다. 녀석은 세 번의 겨울과 세 번의 수확기를 견뎠고, 최소 세 번의 출산을 통해 적어도 여섯 마리의 새끼를 낳았다. 어쩌면 그보다 더 많을지도. 그리고 한 차례 심하게 다쳤고 그것도 이겨냈다. 야생 산토끼치고는 이미 오래 산 셈이다. 녀석은 정원 담장을 뛰어넘어 위험 가득한 세상으로 나아간다. 그 위험 중 일부는 다른 동물에게서 오고, 일부는 인간에게서 온다. 그래서 녀석이 내 곁에서 보내기로 선택한 매 순간이 너무도 소중하고 너무도 짧게 느껴진다.

거의 모든 아침, 산토끼는 해 뜨는 시간에 도착한다. 귀를 쫑긋거리며 신이 나서 집으로 달려오거나, 정원에 햇살이 번져갈 때 햇살 속에 몸을 누이고 잠시 쉬어간다. 언젠가 녀석이 경계를 풀고 있을 때, 하늘에서 덮치는 날개 달린 사냥꾼에게 붙잡히거나, 풀숲을 헤치며 다가오는 송곳니를 가진 사냥꾼에게 습격당하거나, 들판을 가로지르는 거대한 기계의 강철에 짓이겨질 수 있다는 걸 안다. 어쩌면 지금 이 순간에도 녀석은 귀를 세우고, 거센 심장 박동을 느끼며 경계하고 있을지도. 긴 풀숲을 헤치고 여우가 새끼 산토끼들을 찾고 있을지도, 그래서 팽팽하게 근육을 조이고 여우를 유인해 새끼들로부터 따돌릴 채비를 하고 있을지도.

그러나 그보다는 이런 상상을 하는 편이 더 좋다. 옥수수밭 그루터기들 사이를 날렵하게 가로지르며 바람을 탐색하고는 갑자기 다른 모든 산토끼들을 앞지르며 달리다가, 어느 순간 그중 한 마리가 따라잡는 것을 허락하는 녀석을 상상한다. 때로는 멀리서 나의 방 창문에서 불빛이 반짝이는지 돌아보는 녀석을 상상한다. 나는 바로 그 방에서 녀석이 다시 담장을 넘어 귀를 쫑긋거리며 집으로 돌아와 주기를, 자신이 안전하고 환영받으리라는 확신을 갖고 돌아와주기를 기다린다.

산토끼가 어렸을 때 어린 자두나무 아래 몇 시간이고 앉아 있는 모습을 지켜보곤 했다. 녀석은 나무의 몸통과 완벽한 직선을 이루고 앉아 있어서 앞에서도 뒤에서도 보이지 않았다. 황혼이 내릴 무렵, 나는 꼼짝없이 앉아 있는 녀석의 모습을 뚫어져라 바라보곤 했다. 내가 눈을 한 번 깜빡이거나 잠시 시선을 돌리면, 산토끼는 어느새 사라져 있었다. 이것이 바로 녀석과 나의 이야기가 끝나는 방식이라는 것을 안다. 산토끼의 이야기는 시작이 그랬듯이 조용히 끝날 것이다.

다른 장면들도 너무나 많다. 나를 찬찬히 보고 싶을 때 옆으로 고개를 돌리던 모습. 깊은 잠에 빠져들 때 몸이 한쪽으로 기울어지면 흠칫 놀라며 깨어서 자세를 바로잡는 모습. 무언가를 하다 말고 갑자기 정성스럽게 몸을 닦던 모습.

산토끼를 처음 만난 날 이후, 내가 사는 지상의 이 자그마한 땅에 마법이 걸린 것 같은 기분이었다. 나는 일상에서 벗어나 특별한 경험을 하는 특권을 누렸다. 팬데믹이라는 특수 상황이 아니었다면 내가 녀석을 만날 일은 없었을 것이고 나의 삶은 익숙한 궤적을 따라 흘러갔을 것이다.

지금 생각해 보면 다시 도시로 돌아갈 수 있게 되었을 때 바로 떠나지 않았던 게 얼마나 다행인지. 창밖을 바라보며 보낼 수 있었던 그 모든 날들에 감사한다. 일찌감치 떠났다면 갓 태어난 새끼들을 보지 못했을 것이다. 산토끼를 중심으로 사람들과, 그리고 이 자그마한 땅과 이런 관계를 맺지 못했을 것이다. 이토록 순수한 의외의 기쁨을 느끼지 못했을 것이다. 그 기쁨이 내 안에서 불러일으키는 감정들을 억

누르지 않는 법을 배우지 못했을 것이다. 내 삶을 다른 관점에서 바라보지 못했을 것이고, 내가 더 나은 사람이 되는 것에 대해, 내게 필요하지 않은 것에 대해 생각하지 못했을 것이다. 과거의 내가 특별한 경험을 추구하며 다른 사람들과 나를 구분하려 애썼다면, 이제 나는 이러한 자기 발견의 과정이 나보다 앞서간 수많은 이들이 겪어온 것이며, 자연에서 위로와 영감을 얻는 것이 결코 새로운 일이 아니라는 사실에서 위안을 얻는다. 이것은 우리 모두가 누릴 수 있는 일이고, 어쩌면 우리 모두가 진정으로 공유하는 유일한 유산이자, 고단한 삶을 견디고 다시 일어서게 하는 희망의 원천일지도 모른다. 이 행성에서 우리가 영역, 지위, 이름을 차지하려 서로 밀치며 다투고, 길을 잘못 들거나 길을 잃었다고 괴로워하고, 우리의 희망이, 우리가 소중히 여기는 것들이 얼마나 깨지기 쉬운 것인지 새삼 느낄 때면 나는 산토끼를 떠올린다. 이 땅에서 가벼이 다니다가, 바람이 불면 몸을 숨기는 산토끼를. 우리도 크게 다르지 않다. 마음먹은 일들을 다 이루지 못하더라도, 우리의 열망보다 더 거센 바람에 밀려나더라도, 잠시 쉬며 풀밭에서 반짝이는 햇빛을 바라보고 다시 기운을 차리면 된다.

산토끼에 대해 아무것도 모르고 그들에 대해 거의 생각하지 않았던 시절이 있었다. 이 경험을 통해 알게 된 수많은 삶의 이면들에 대해서도 그 시절엔 알지 못했다. 나는 마치 새로운 능력을 습득한 기분이었고, 나를 둘러싼 물리적 환경에 대한 의식이 조금 더 깊어진 것 같았다. 이제 나는 여행을 할 때, 사람과 장소뿐 아니라, 언제 어디서나 우리를 둘러싸고 있는 자연의 흔적과 자취를 눈여겨본다. 우리는 산토끼처럼 자연의 계절과 연결되어 있고, 비록 우리가 의식하지 못할지라도, 계절의 변화에 영향을 받는 존재임을 이제는 안다.

산토끼는 나의 집에서 수천 시간을 잠들었지만, 그가 남긴 흔적이라고는 사무실 문간의 카펫에 남아 있는 거의 알아차리기 힘든 자국뿐이다. 그의 따스하고 길쭉한 몸이 매일 미세하게 움직이며 보드랍게 만든 카펫의 표면, 몇 년에 걸쳐 떨어뜨린 여섯 가닥의 수염, 몇 개의 가벼운 털 뭉치가 전부다. 비가 오거나 이슬이 내린 아침, 그가 남긴 젖은 발자국은 몇 분 내로 증발해 버린다. 그러나 그가 남긴 감정적 여파는 어마어마하다.

산토끼는 나에게 인내심을 가르쳐주었다. 말과 글을 업으로 삼고 있는 나에게 침묵의 품위와 설득력을 생각하게 했다. 산토끼는 나에게 다른 삶을 보여주었고 그 삶의 풍요로움을 느끼게 해주었다. 모든 동물을 새로운 관점에서, 산토끼와 연결하여 보게 했다. 나의 삶을 재평가하게 했고, 좋은 삶을 만드는 것들에 대해 질문하게 했다. 아름다운 시간을, 그 시간에 머무는 그 순간 만끽하는 법을 배웠다. 그것이 아무리 작고 사소하고 일상적인 것이라 해도 그 순간의 감정 속에 살게 했고, 소박한 자아를 추구하게 했다. 산토끼가 나의 내면에 불붙인 경이로움은 여전히 내 안에서 불타고 있다. 돌처럼 굳은 것으로 여겼던 내 삶의 면면들이 실제로는 밀랍처럼 유연하며 내가 빚거나 다시 빚을 수 있는 것임을 보여주었다. 변한 것은 산토끼가 아닌 나 자신이었다. 나는 산토끼를 길들이지 않았지만, 산토끼가 나를 고요하게 만들었다.

산토끼가 집 안에 퍼뜨린 고요함은 그가 떠난 뒤에도 여전히 남았다. 나는 언제든 내가 원하면 그 고요함을 소환할 수 있기를 바란다.

내 손바닥에 닿던 녀석의 가볍고 믿음직한 발과, 깊이를 알 수 없는, 침착한 그의 시선과 함께. 언젠가 더는 녀석을 볼 수 없는 날이 온다고 해도, 나는 들판의 산토끼들을 바라보며 그의 존재가 그들 속에 스며 있음을 알 것이다. 밤하늘을 바라보면서, 녀석의 상징이 별들 속에 새겨져 있음을 알 것이다.

나는 다짐한다. 산토끼가 내게 오지 않을 미래의 날을 꼽아보지 말자고. 대신 자유의지로 녀석이 내게 베풀었던 지난날들을 소중히 여기자고. 산토끼라는 동물이 본능적으로 지니고 있던 인간에 대한 경계를 낮추고, 조용하고도 우아한 동반자적 관계 속에서 녀석이 나와 나누었던 아름다움과 신비로움을 소중히 여기자고. 그가 언젠가 떠나리라는 것을 기억할 것이다. 그러나 떠나기 전에 그가 반드시 뒤를 돌아보리란 것 또한 기억할 것이다.

# 저자 후기

자연은 결코 배신하지 않았다. 자연을 사랑하는 마음을.

—윌리엄 워즈워드, 「틴턴 수도원에서 몇 마일 떨어진 곳에서 쓴

시」, 1798

이 책을 쓰면서 나는 그동안 거쳐온 그 어떤 땅보다 이 한 자락의 땅
에, 그리고 여기 사는 산토끼들에게 나를 단단하게 연결할 수 있었다.
나의 마음은 여기에 묶였다. 들판 가장자리를 걸을 때만큼 나의 자아
와 내가 있는 곳이 완벽한 조화를 이루는 시간은 없다. 뒤엉킨 풀들이
내 발목을 잡고, 고르지 않은 흙이 내 발밑에서 꺼지고, 토끼들의 등
에 스치는 그 바람이 내 얼굴을 식히는 그 시간.

그 결속의 힘을 가장 선명하게 느낄 무렵 나는 떠나야 했다. 기차를 타고 나라를 가로질러, 곳곳에 흩어진 청중들에게 이야기를 들려주기 위해서였다. 가는 곳이 시골 마을인 경우도 종종 있었다. 비록 잠시일지라도 산토끼들을 두고 떠나는 일은 쉽지 않았다. 산토끼의 삶은 일련의 미세한 계산과 조정의 연속이다. 각각의 계산과 조정은 사소해 보이지만, 그것들이 합쳐지면 놀라울 정도로 강인한 생존 전략이 된다. 이제 산토끼들의 일상의 리듬은 나 자신의 것처럼 익숙해졌다. 나는 그들이 언제 은신처로 돌아가는지 알았고 풀숲에서 그들의 존재를 드러내는 조심스러운 움직임들을 알았다. 우리 집으로 가장 가까이 다가오게 만드는 날씨를 알고, 그들이 가장 사교적인 계절과 가장 위태로운 계절을 알고 있었다.

그들이 일어나고 잠드는 삶의 순환을 내 눈으로 직접 좇을 수 없게 되니 왠지 내 안에 무언가가 어긋난 것 같은 기분이 들었다. 창밖에서 낯선 풍경이 흘러가는 기차의 좌석에 또다시 몸을 구겨 넣을 때면, 내 마음 한 조각이 여전히 산토끼들과 함께 들판을 달렸다. 먼 도시에서 눈보라나 강풍, 한파 예보를 들을 때면 그와 똑같은 한기가 나를 관통했다.

산토끼들을 바라보면서 커피를 내리며 시작하는 나의 하루가 그리웠다. 나의 감정은 그들의 행동으로 어루만져졌고 나의 감각은 그 패턴의 미세한 변화에도 깨어 있었다. 겉보기에는 매일이 비슷해 보였지만, 매일 똑같이 해가 떴다가 지고, 동물들이 돌아다니다가 쉬고, 계절의 변화에 따라 햇살이 비치는 것 같았지만, 그 모든 자연의 현상들이 매번 새롭고 예측 불가능한 방식으로 어우러져 끊임없이 놀라움이라는 감정을 일으킨다는 데에 자연의 신비가 있었다. 나는 산토끼들에게 매혹당한 채 몇 달을 보내고 나서 느꼈던 평온함과 안정감을 지키려고 노력했다. 그들의 세계에 몰입함으로써 얻은 평화와 고요를 지니고 다니면서, 기차가 취소되거나 사람이 너무 많은 곳에서 익숙한 짜증이 치밀어오를 때 굴복하지 않으려 노력했다.

나라 곳곳을 여행하며 나는 또 다른 위안을 얻었다. 그 여행은 네 개의 바다가 위치한 작은 군도 영국제도에서 사는 삶에 대한 나의 인식을 넓혔다. 그리고 다른 사람들에게 가까이 다가가도록 나를 이끌었다. 나는 새로운 골짜기와 절벽, 숲과 강어귀, 언덕과 황야를 보았다. 마을회관이나 작은 서점의 안쪽 공간에서 사람들을 만났고 그들은 산책하다가, 혹은 그들의 정원에서 만난 산토끼 이야기와 어린 시절 기억 속의 산토끼 이야기를 들려주었고 산토끼가 그들이 사는 마을에 돌아왔으면 좋겠다는 소망을 얘기했다. 나는 담비나 비둘기, 다람쥐, 붉은 여우를 길렀다는 사람들과 이야기를 나누었다. 그들 역시 나처럼 야생에 매혹된 사람들이었다. 사람들은 내가 알지 못했던 산토끼에 관한 그림과 글을 보여주었고, 과거와 현재 속에서, 현실과 신화 속에서, 박물관, 화랑, 신전, 고고학적 유적지에서 산토끼에 대해 더 많은 것을 배울 수 있는 길을 안내했다. 나는 윌리엄 쿠퍼의 시를 읽으며 산토끼에게 먹이를 주는 법을 배웠는데, 사람들이 그의 집을 방문해 보라고 권했다. 또 스코틀랜드 고원에 가면 겨울의 흰 털옷을 입고 눈 속에 웅크리고 있는, 털의 색을 바꿀 수 있는 산토끼를 볼 수도 있을 거라고 했다. 가끔은 산토끼의 실제 발자취와 상징적 발자취를 좇으며 평생을 살아도 그 주제를 정복하지는 못할 것 같다는 생각이 든다.

그들의 발자취는 해외로도 이어졌다. 그리스에서, 핀란드와 프랑스에서, 그리고 미국에서도 산토끼를 보았다며 사람들이 내게 편지를 썼다. 나는 더 멀리 가보고 싶은 충동을 느꼈다. 산토끼가 그들 종족과 함께 살아가는 모습을 있는 그대로 보고 그들을 더 이해하고 싶었고, 아득히 오래전 갈색 산토끼가 태어난 그 땅을 보고 싶었으며, 세상 저편에 사는 산토끼의 친족들을 만나보고 싶었다. 하지만 집이야말로 나를 가장 강하게 끄는 힘이었다. 나의 가장 간절한 소망은 산토끼와 그 새끼들이 오가는 모습을 지켜보고 한 가족의 운명을 따라가 보는 것이었다. 그 시간이 얼마나 길건 혹은 얼마나 짧건, 유한한 인간이 볼 수 있는 한 가장 많이 보고 싶었다.

시간의 흐름은 자연 앞에서 내가 얼마나 무력한 존재인지 늘 새롭게 일깨워 주었다. 거대한 붉은솔개 한 마리가 이 일대를 유영하듯 맴돌았다. 독수리보다도 컸고 깃털은 적갈색이었으며 꼬리가 갈라졌고 휘파람 같은 울음을 울었다. 나는 반가웠다. 인간의 사냥으로 인해 한때는 멸종 직전까지 내몰렸던 붉은솔개가 다시 살아나고 있었다. 솔개의 존재는 이 지역의 생태계가 건강해지고 있다는 신호였다. 그러나 머지않아 나는 솔개의 뛰어난 사냥 솜씨의 증거와 마주해야 했다. 그것은 근육과 힘줄, 보드라움을 완전히 발라낸 성체 산토끼의 유골이었다. 산토끼의 기다란 척추와 가느다란 뼈들이 풀 위에 가지런히 쌓여 있었다. 불을 지피지 않은 외로운 장작더미처럼, 머지않아 바람에 흩어지거나 골수를 좋아하는 지나가던 여우의 이빨에 부서지거나, 풀이 덮어 다시 젖은 흙으로 돌아갈 참이었다. 오직 두 귀만이, 위풍

당당하고 끝부분이 검은 두 귀만이 온전하게 남아 있었고, 길고 강력하며 보드라운 털이 난 뒷발 하나는 하늘을 향하고 있었다. 마지막 순간 두 발로 서서 매를 물리치려 했던 걸까, 아니면 그저 죽기 살기로 달아나려 했던 걸까. 그게 자연의 섭리라고 해도 너무도 끔찍한 광경이었다. 토끼의 응축된 에너지는 이제 비행 에너지로 전환되어서 매의 날개에 힘을 불어넣고 있었다.

나는 새벽녘과 해 질 무렵에 우리 집 지붕에 앉아 있는 건장한 헛간올빼미를 보곤 하는데, 순백의 얼굴에 머리를 덮은 꿀 빛깔 깃털이 접힌 날개까지 층층이 이어졌다. 어떤 날엔 몸을 웅크린 음울한 황조롱이의 형체가 마치 성벽의 파수꾼처럼 그 자리를 지켰는데, 그럴 때면 바람이 녀석의 가슴 솜털을 흩어놓았다.

2월 말의 어느 이른 아침, 창가에 서서 낮게 걸린 태양이 서리와 옥수수 그루터기를 비추는 광경을 바라보고 있는데, 정원 울타리 근처에서 어린 산토끼 한 마리가 아주 조그만 새끼를 먹이는 모습이 눈에 들어왔다. 우리 집과 너무 가까워서 그 어미가 집 근처에서 태어난 산토끼 새끼 중 한 마리일지도 모른다는 생각이 들었다. 담장 안의 안전한 곳까지 미처 돌아오지 못해서 길에서 새끼를 낳은 건 아닐까. 한 마리만 배었다가 낳았을까, 아니면 다른 새끼들은 살아남지 못한 걸까.

해가 뜨자 어미 산토끼는 뒷다리로 서서 새끼를 노리는 위험이 없는지 주위를 살폈다. 새끼는 거친 풀숲 사이에 겨우 보일락 말락 했고 먹이를 먹기 위해 은신처에서 나왔다. 날씨가 매서웠다. 얼마나 추웠는지 여린 햇살이 어미 산토끼의 수염에 맺힌 얼음을 관통할 정도였다. 산토끼 자신의 숨결이 얼어붙은 것이었다. 새끼 산토끼는 하루 종일 풀숲에 웅크린 채 서리를 덮개 삼아 미동도 하지 않을 것이다, 부엉이나 황조롱이의 눈에 쉽게 뜨이는 그곳에서.

그날 밤 기온이 급강하했다. 아침이 되자 새 목욕통에서 길고 가느다란 고드름이 자랐는데, 해시계의 손가락처럼 비스듬했다. 며칠 동안 고드름은 먼 어딘가를 가리켰다. 마치 경고처럼, 나 자신의 불안을 얼음으로 형상화한 것처럼. 그 조그만 새끼 산토끼가 이 무지막지한 추위를 어떻게 견딜지 걱정이 되었고 내가 나서서 녀석을 집 안으로 데려올까 하는 생각이 잠시 들었다. 나는 새끼 산토끼를 내 손으로 키우는 데 필요한 모든 것을 갖고 있었고 날 지도해 줄 경험이라는 안내자도 있었다. 나는 밖으로 나가 조심스레 그 새끼를 안아드는 내 모습을 그려보았다. 잠깐이면 충분한 일이었다. 하지만 나는 그 충동을 억눌렀다. 어미는 새끼를 보살필 능력이 충분하다고 나 자신에게 일깨웠다. 그 둘을 떼어놓는 건 잔인하고 잘못된 일이었다.

그 뒤로 일주일간 비가 내렸고 틈틈이 한파가 들이닥쳤다. 바람이 땅을 훑어 거대한 수증기를 밀어 올렸고 그것이 얼음이 되어 떨어졌다. 나는 매일 아침 일찍 일어나 창밖을 내다보았고 여린 새벽 햇살 속에서 풀밭을 탐험하는 녀석의 모습을 보고 안도했다. 녀석은 날마다 조금씩 더 멀리까지 나아갔고, 내 창문 밑을 멈칫거리며 뛰어다녔다. 어느덧 내겐 익숙한, 호기심 많고 조심스러운 산토끼 특유의 움직임이었다.

그로부터 며칠 뒤의 어느 날 아침, 늘 앉던 자리에 앉아 창밖을 내다보고 있는데, 족제비 한 마리가 들판 가장자리에서 유령처럼 움직이며 새끼의 은신처로 살금살금 다가가는 것이 보였다. 만약 어미 산토끼가 근처에 있다면 너무 완벽하게 숨어서인지 내 눈에는 띄지 않았다. 나는 비를 맞으며 집 밖으로 뛰쳐나가 울타리 문을 활짝 열어젖혔다. 너무 많은 산토끼들을 놀라게 하지 않았기를 바라면서. 족제비는 번개처럼 달아났고 살기를 품은 힘의 흐릿한 잔상만이 남았다. 족제비의 행로를 되짚어 보니 풀 무더기 속에 숨겨진 새끼의 은신처로 돌아오게 되었다. 나는 잠시 망설였다. 찬 공기가 나의 입김을 흰 구름으로 응축했다. 눈으로 빗물이 들어왔다. 나는 원뿔 모양의 보금자리 옆에 무릎을 꿇었다. 족제비가 나보다 먼저 왔을까 봐 두려워하며 조심스레 풀 무더기 가장자리를 젖혀보았다. 바르르 떠는 갈색 옆구리를 볼 수 있기를, 혹은 석탄처럼 새카만 생기 있는 눈동자를 볼 수 있기를 바라면서.

나의 두 손 밑에 새끼 산토끼가 모로 누워 있었다, 생명 없이. 빼곡한 풀잎 차양이 비를 막아주었지만, 보아하니 냉기는 막지 못했던 듯했다. 맹금류의 눈에 띄지 않게 숨겨져 있었고, 족제비의 이빨도 피할 수 있었지만, 추위가 잠입해서 그 어떤 포식자보다도 확실하게 녀석의 심장을 멈추었다. 녀석은 변덕스러운 날씨의 희생양이 되었고, 나는 다시는 녀석이 풀밭을 몰래 돌아다니는 모습을 볼 수 없었다. 햇살 속에서 뛰어노는 모습도, 기다란 다리를 갖게 되는 모습도, 꿰뚫는 듯한 호박 빛깔의 눈동자도 볼 수 없었다. 후회가 날씨보다 더 날카롭게 나를 파고들었다.

내가 둥지를 열어 비를 들이는 바람에 새끼의 조그만 몸이 비에 흠뻑 젖었고, 윤기 흐르는 갈색 털을 지워내며 순식간에 침울한 애도의 잿빛으로 바꾸어놓았다. 녀석의 안식처를 건드린 것이 미안했다. 그래서 최대한 조심스럽게 풀잎을 도로 덮었다, 새끼를 그 안에 두고서. 그로부터 며칠 동안 어미 산토끼는 새끼 가까이에 머물렀다. 고통스러울 정도로 충실한 모성의 표현이었다. 나는 들판 어딘가에 눈에 띄이지 않고 누워 있는 산토끼들을, 겨우 생명을 붙잡고 있거나 조용히 꺼져가고 있는 산토끼들을 생각했고, 비와 한파라는 이 죽음의 조합 속에서 과연 몇 마리나 살아남을 수 있을지 생각했다. 그리고 이것이 바로 산토끼의 삶이라고 생각했다. 해마다 수많은 개체가 자연의 변화에 생명을 잃었고 살아남은 산토끼들은 끊임없이 싸워야 했다.

악천후와 질병, 그리고 인간의 활동이 맞물리면 지역의 산토끼 개체군이 얼마나 쉽게 파괴될 수 있는지 비로소 보였다. 걱정스러웠다. 나를 안심시키는 일은 거의 없었고, 자세히 들여다볼수록, 더 괴로워졌다. 야생동물을 사랑하고 그들의 삶을 따라간다는 것은 기쁨만이 아니라 슬픔도 함께 겪는 일임을 알았다. 새끼 산토끼의 죽음이 내 마음을 무겁게 눌렀고, 어느 순간 나는 날마다 들판을 돌아다니며 산토끼의 수를 세기 시작했다. 예전보다 줄어든 것 같았지만 확신할 수는 없었다. 이 작은 집단은, 혹은 이 나라 곳곳에서 위기에 처한 다른 집단들은 아주 사소한 일로도 쉽게 파괴될 수 있었다.

나는 따뜻한 계절에 안심하고 번식할 수 있도록 일정 기간이라도 사냥을 금지하는 '금렵기'가 왜 산토끼에게는 적용되지 않는지 다시금 생각하게 되었다. 그해 겨울 사냥철 내내 바람에 실려오는 총성이 여느 때와 다르게 들렸다. 나는 정원을 돌아다니는 꿩들을 보면서, 화단에서 흙목욕을 하고 식물의 뿌리를 파헤치는 그들을 용서했다. 머지 않아 그들도 이 사냥을 피할 수 없을 것이기 때문이었다.

봄까지 살아남은 꿩은 가을까지 법의 보호를 받는다. 그러나 산토끼는 그렇지 않다. 야생동물 보호 단체들의 말에 따르면, 영국 전역에 약 열일곱 곳의 대규모 영지에서 조직적으로 산토끼 사냥을 진행하고 있으며 해마다 이들이 잡는 갈색 산토끼의 숫자는 국내 갈색 산토끼 개체 수의 60퍼센트 정도로 추정된다. 단 한 번의 사냥에서 평균 이백 마리에서 삼백 마리의 산토끼가 목숨을 잃는다. 산토끼가 젖먹이 새끼를 기르는 시기에 산토끼 사냥을 금하지 않는다는 것이 나로서는 도무지 이해가 되지 않는다. 어미를 잃은 새끼 산토끼는 굶어 죽을 수밖에 없기 때문이다. 영국과 웨일스에서 1년 내내 산토끼를 사냥할 수 있는 권리는 1880년에 제정된 '지상 사냥 허용법'에 명시되어 있는데, 이후 산토끼 개체 수의 극적인 감소와 동물 복지에 큰 가치를 두는 사회적 추세에도 불구하고 이 법은 여전히 효력을 지닌다.

산토끼 사냥을 정당화하는 사람들은 흔히 산토끼들을 유해 생물이라는 의미에서 '페스트'라고 부른다. 이 용어는 12세기와 13세기, 림프절 페스트, 즉 쥐들이 옮긴 악명 높은 흑사병에서 유래한 것으로 당시 수백만 명이 페스트로 목숨을 잃었다. 이후 페스트라는 말은 인간에게 골칫거리 혹은 성가신 존재, 피해 혹은 질병의 근원이라는 의미를 지니게 되었다. 말하자면 제거하는 것이 미덕이 되는 해로운 생물에 대해 '유해 생물 관리'라는 말이 생겨난 것이다. 나는 우리 집에서 평화롭게 누워 있는 산토끼를, 혹은 정원에서 풀 한 포기도 건드리지 않고 쉬고 있는 산토끼를 떠올렸다. 사람이건 동물이건 흉측한 이름을 붙이는 순간, 그들을 잔인하게 다루기는 너무도 쉬워진다.

영국 전역을 돌아다니며 사냥 애호가들을 포함하여 많은 사람들을 만나게 되면서 또 한 가지를 알게 되었다. 어떤 농부들은 산토끼를 싫어해서라기보다는 산토끼들이 그들의 땅에 더 위험한 인간 포식자, 즉 산토끼 사냥꾼을 끌어들이기 때문에 마지못해 제거하고 있다는 사실이었다. 산토끼 사냥꾼들은 종종 범죄 조직과 연관되어 있으며, 사유지에 무단으로 차량을 몰고 들어와 울타리 문과 생울타리를 파괴하고 농장주를 폭력적으로 위협하며 사냥개를 풀어 산토끼를 쫓게 하는 것으로 악명이 높다.

돈을 받고 고객에게 산토끼 사냥을 제공하는 사람들의 상업적 이해관계도, 몰이 사냥(코싱)이나 그 외 농촌 지역에서 발생하는 범죄를 막기 위해 투입되는 자원의 부족도, 산토끼의 금렵기를 제정하지 않는 이유로는 충분치 않아 보인다. 금렵기는 이 아름답고 활기찬 생명체들에 대한 압박을 조금이나마 완화하고 그들의 개체 수가 서서히 회복되는 것을 돕기 위해 우리가 취할 수 있는 작고 현실적인 한 걸음이다.

나처럼 산토끼들 곁에서 살아볼 기회가 주어지는 사람은 극히 드물다. 아마 그 점도 이 문제에 일조하는 것 같다. 우리는 우리와 가까운 동물들을 가장 소중히 여기는 경향이 있고 멀리 있는 것들은 외면하거나 헐뜯기 쉽다.

나는 어쩌다 보니 우리가 본능적으로 소중히 여기는 동물들의 서열에서 낮은 곳에 위치한 생명체를 알게 되었고 또 사랑하게 되었다. 산토끼는 서열상 개보다도 낮고, 사슴이나 꿩보다도 낮으며, 어떤 이들의 눈에는 그저 유해 생물일 뿐인 존재다. 하늘을 나는 매에서부터 풀 속의 들쥐까지, 생태계에 대한 나의 인식과 이해를 천천히 넓혀가며 들판을 걷는 동안 나는 여전히 나의 시야에서 벗어나 있는 모든 존재들을 생각했고, 어쩌면 우리의 시각을 바꾸는 것이 가능할지도 모른다는 희망을 느꼈다. 산토끼는 수 세기 동안 변하지 않았건만 우리는 그들 주위의 풍경을 거의 알아볼 수 없을 정도로 바꾸어놓았다. 그럼에도 그들은 여전히 버티고 있다. 그러한 관점에서 볼 때 산토끼는 아직 남아 있는 야생의 상징이며, 발견되기를 기다리며 우리의 눈앞에 놓여 있는 무한한 아름다움과 신비의 상징이다. 야생을 보존하고자 한다면, 보잘것없는 산토끼에서 시작하는 것도 괜찮은 방법일 것이다.

나의 생각들이 이 길을 서성일 때마다, 산토끼들은 온갖 시련에 맞서 자신들의 삶을 이어가며 나를 다시 현재로 이끌었다. 나는 수컷 산토끼 한 마리가 풀 속에 누워 있는 암컷에게 시선을 고정하고는 암컷과 코가 맞닿을 때까지 조금씩 다가가는 것을 지켜보았다. 녀석은 암컷을 유심히 바라보면서 암컷의 뒤쪽으로 살금살금 이동했지만 그때마다 암컷이 몸을 돌려 앞발로 녀석의 코를 때렸다. 암컷 한 마리를 두고 수컷 두 마리가 양쪽 90도 각도로 앉아 있는 것이 보였다. 마치 암컷이 둘 중 한 마리를 선택해 주기를 기다리는 것처럼. 수컷들의 코가 암컷의 옆구리에 거의 닿을락 말락 했다. 수컷 하나가 갑자기 성급하게 움직이며 주도권을 잡으려 하자, 암컷이 벌떡 일어나 봄풀과 미나리아재비로 화사해진 들판을 가로지르며 그 둘을 추격전으로 이끌었다. 암컷은 처음에는 느긋한 걸음으로 움직이더니, 이내 전속력으로 달리며 뒤쫓는 수컷들의 배짱을 시험했다. 마치 겨울과 겨울의 고통스러운 상실을 한 번도 겪어보지 않은 것처럼. 산토끼들이 겨울의 짐을 훌훌 털고 흡족한 표정으로 달릴 수 있다면, 나 역시 두려움과 걱정에 사로잡혀 집 안에 머물러서는 안 되겠다는 생각이 들었다.

짧은 여행을 마치고 산토끼들에게 돌아오는 일은 마치 귀향처럼 느껴진다. 이제 나는 정원 문을 늘 열어둔다. 얕은 테라코타 화분 하나를 엎어놓고 그 옆에 돌들을 괴어 문이 닫히지 않게 했다. 산토끼 가족이 드나들기 편하게 만들어놓은 좁은 문틈은 머지않아 더 많은 야생동물들의 통로가 되었다. 꿩과 자고새들은 날기보다는 그 틈을 깡충 뛰어넘기를 더 좋아했고, 까치는 매일 아침 말쑥한 외투를 입고 흔들거리는 걸음으로 그 틈을 뒤뚱뒤뚱 통과했다. 근처의 토끼 굴에서 나와 헤매던 어린 토끼들은 어미 토끼가 와서 몰고 갔다. 반갑지 않은 검은 들고양이 한 마리도 매일 밤 몰래 드나들었다. 녀석은 무방비 상태의 어린 새와 포유류에게 위협적인 존재였다. 깡충깡충 뛰고, 내달리고, 주춤거리는 산토끼들은 그들이 선호하는 시간에 드나들며 자갈밭에서 서로를 쫓았다.

어느 날 밤 거센 바람에 울타리 문이 화분을 세게 때려 산산조각 냈다. 나는 아침에 깨진 화분 조각들을 주워 돌담 한옆에 쌓아두었고, 세찬 바람을 맞으며 근처 도랑에서 돌을 하나 파내어서 그 자리에 대신 세웠다.

그 돌은 화분과 높이가 비슷했고 윗면이 매끈하고 평평해서, 충분히 제 몫을 할 거라고 생각했다. 그러나 그 뒤로 이 주 동안 산토끼들은 정원에 들어오지 않았다. 나는 혹시 무슨 불행이라도 닥친 게 아닐까 걱정이 되기 시작했다. 그러다 오래전 어미 산토끼가 어렸을 때 집 안에서 얻은 교훈이 떠올랐고, 익숙하지 않은 돌이 문제일 수도 있음

238

을 알았다. 나는 화분 조각들을 모아 집으로 들고 와서 하나하나 힘겹게 붙였다. 부실한 화분을 본래의 자리에 세워놓고 열린 문을 고정해놓자 예민한 산토끼들이 바로 돌아왔다. 아마 그들은 본능적으로 인간이 만들어내는 변화가 위험 신호임을 알고 있는 것 같았고 그러한 변화에 조심스럽게 대처하는 것 같았다.

다른 야생동물들에게도 저마다의 일과가 있었고, 그들의 움직임은 날이 갈수록 나의 생활 리듬과 포개어졌다. 내가 산토끼들을 위해 문을 열어두었다는 사실을 그들이 알아차린 뒤로는 더욱 그랬다.

하루는 책상 앞에 앉아 일을 하고 있는데, 꿩 울음소리가 들려서 깜짝 놀랐다. 황금색 수컷 꿩이 어느 틈에 집 안으로 들어와 새끼 산토끼 한 마리와 귀리 가루 한 그릇을 평화롭게 나눠 먹고 있었다.

까치 한 마리가 우연히 산토끼의 출입문을 발견하고는 벽난로 옆 카펫 위를 당당하게 걸어다니다가, 배가 불룩해질 때까지 귀리 가루를 먹고 사방에 부스러기를 뿌려놓기도 했다. 그 뒤로 몇 주 동안 까치는 매일 같은 시간에 산책하듯 찾아왔고 그럴 때면 내가 얼른 문을 닫았다. 까치는 마치 자물쇠를 따려는 듯 유리문을 날렵한 부리로 쪼았다.

초여름에는 집 근처에 가만히 서 있는 은빛 산토끼 한 마리를 보고 놀랐다. 털 빛깔이 이 세상의 것 같지 않은 밝은 회색이었고 군데군데 희었다. 귀 끝에서 발끝까지 갈색이나 붉은 털은 한 올도 없었다. 특이한 빛깔은 가던 길을 멈추게 만들었다. 어쩌면 색소 형성 과정에서 일어난 변이의 결과일지도. 나에게 전할 메시지를 가져오기라도 한 것처럼 산토끼를 바라보았고, 녀석이 몸을 돌려 긴 풀숲으로 그 자신의 비밀과 함께 미끄러지듯 사라질 때까지 시선을 거두지 못했다.

어느 날 해 질 무렵, 헛간올빼미 한 마리가 뒷문 옆 나무 난간 위에서 깃털을 다듬는 모습을 지켜보았다. 그 바로 아래 두 마리 산토끼가 자갈밭 위에서 장난스럽게 서로를 빙빙 돌며 뛰놀고 있었는데, 올빼미의 발톱이 닿을 만한 거리였다. 산토끼들이 두려워하지 않는다는데 놀랐다. 산토끼들이 올빼미를 못 본 것일 수도 있고, 여럿이 함께 있어서 안심한 것일 수도 있었다. 아니면 나보다 훨씬 예민한 감각으로, 올빼미가 이미 사냥을 끝내고 지금은 먹이를 노리지 않는 시간임을 알아챈 것일 수도 있었다. 신비로운 은빛 산토끼처럼, 그 모습은 우리의 인식 너머에 조화로움과 암묵적 신호가 존재함을 일깨워 주었다. 그 모든 것이 우리가 완벽하게 이해하지 못하지만 함부로 건드려서는 안 되는, 자연의 복잡하고도 경이로운, 그러나 보이지 않는 메커니즘 안에 놓여 있었다.

자연의 신비와 아름다움, 슬픔과 상실, 인간의 근시안적 태도에 대한 좌절, 그리고 지구의 연약한 환경에 대한 염려, 이 모든 생각들을 저울질해 본 끝에, 나는 여전히 저울이 희망 쪽으로 기우는 것을 느낀다. 우리 자신의 개인적 삶은 짧을지언정 결코 그게 끝이 아니라는 사실이 주는 여린 기쁨이 있고 거부할 수 없는 낙관이 있다. 인간이 지닌 가장 큰 힘은 배우고 깨닫는 능력이며, 야생동물이 지닌 가장 큰 힘은 놀라운 회복력이다. 그 둘의 조화 속에 새로운 세상이 열릴 가능성이 있을 거라고 감히 희망해 본다. 그것은 산토끼처럼 야생적이고 자유로운 삶과 땅에 대한 희망이다. 그들에게도, 그리고 우리 모두에게도.

# 억자 후기

언제나 나의 삶에서 가장 멀고 가장 낯선 이야기를 번역하려고 노력한다. 오랜 세월 해왔던 일에 안주하거나 정체되지 않고 일을 통해 내 삶의 용적을 조금이나마 넓혀가고 싶은 마음에서다. 정치외교 분야에서 일하던 작가의 에세이 『산토끼 키우기』은 코로나 팬데믹 당시 시골 마을에 내려갔다가 우연히 만난 새끼 산토끼를 얼떨결에 기르게 되는 이야기다. 강렬하고 자극적인 소설을 주로 번역해 왔던 나에게 야생의 새끼 산토끼를 기르는 과정만큼 멀고 낯선 이야기는 없을 것 같았다.

그러나 가장 멀고 가장 낯선 이야기에서조차도 가장 가깝고 가장 익숙한 무언가를 발견하게 되곤 한다. 작가가 아무런 대비 없이 만난 야생의 새끼 산토끼에게 가만가만 다가가는 모습에서 하늘 아래 살아 있는 모든 생명체를 대하는 가장 지혜로운 인간의 모습을 보았다. 우리의 삶을 이전과 이후로 가르는 모든 사건이 그렇듯이 산토끼와의 만남은 작가의 인생 계획표 그 어디에도 없었다. 그러나 혼자 힘으로 아무것도 할 수 없는 작고 어린 생명을 만났을 때 작가는 통제하지 않고 신뢰했으며, 경계를 지켜주었고, 있는 그대로 인정했다. 언제나 문을 열어두고 자유롭게 드나들게 했으며, 심지어 떠나는 결정조차 스스로 하게 했다. 기쁨은 물론이고 슬픔과 괴로움까지 기꺼이 포용했으며, 때로는 가만히 지켜보는 게 세상에서 가장 힘든 일일 때조차도 지켜보며 그 시간을 견디었다. 무엇보다도 작가는 단 한 번도 '나의' 산토끼라고 부르지 않았다. 수많은 산토끼 중 작가에게 특별했던 그 산토끼를 나도 모르게 앞질러 '나의 산토끼'라고 번역했다가 지운 기억이 있고 그때마다 감탄하고 또 감동했다. 『산토끼 키우기』는 하나도 낯설지 않은 이야기였다. 단 한 번이라도 누군가를 사랑해 본 사람이라면, 그렇게 느낄 것이다. 그 대상이 가족이건 자식이건 연인이건 반려동물이건 말이다.

작가가 말한 것처럼 야생동물에게 삶을 내어준다고 해서 우리 삶이 축소되지 않는다. 공생은 우리 삶을 아름답고 풍성하게 만들고 이 세상과 그 안의 생명에 대한 더 깊은 통찰을 주어 우리를 성장하게 한다. 우리의 사랑이 아무리 절절해도 세상의 모든 독수리와 족제비로부터 우리가 아끼는 생명을 완벽하게 지켜낼 수는 없을 것이다. 언제 나서야 할지, 언제 지켜보아야 할지는 매 순간 혼란스러울 것이다. 그러나 그 어떤 생색도 없이 고통과 불편을 감수하고 조금 더 멀리 마중나가는 그 마음이야말로 인간으로서의 우리의 삶에 가치와 의미를 더

하고 궁극에는 가장 소중하고 숭고한 시간으로 기억되지 않을까.

햇빛과 계절과 자연과 그 속에 사는 생명의 섬세한 묘사가 경이로울 정도로 아름다웠고, 그 속에 사는 생명에 대한 작가의 따스한 시선은 그보다 더 아름다웠다. 작가가 희망을 보았듯이 나 역시 번역을 마치며 희망을 느꼈다. 때로 인간은 단지 이해할 수 없다는 이유로 타인을 악마화하며 박해할 정도로 악랄하다. 그러나 작고 약한 동물이 삶을 통째로 변화시키는 것을 허락할 정도로 유연한 존재이기도 하다. 인간과 인간이 거리를 두어야만 하는 전대미문의 재난 상황 속에서도 작가는 야생의 산토끼와 거리를 좁혀가며 특별한 유대를 쌓았다. 그리고 그 경험으로 이토록 아름다운 글을 남겼다. 우리에겐 분명히 희망이 있다.

작가는 우연히 작은 산토끼를 만나 더 넓은 세상에 자신을 연결하고 대자연의 시선으로 세상을 바라보게 되었으며 영원히 다른 삶을 살게 되었다.

독자들에게 이 책이 작은 산토끼였으면 좋겠다.

# 산토끼 키우기

초판 1쇄 발행 | 2026년 1월 15일
지은이 | 클로이 달튼
옮긴이 | 이진
펴낸이 | 안의진
만든이 | 김민령 안의진 유수진
펴낸곳 | 바람북스
등록 | 2020년 11월 4일 (제2022-00055호)
주소 | 03035 서울특별시 종로구 필운대로 116 (신교동) 신우빌딩 501호
전화 | 02-723-0456   팩스 | 0505-007-0494
이메일 | barambooks@daum.net
인스타그램 | @barambooks.kr
트위터 | @baramkids
블로그 | blog.naver.com/barambooks_kr
제조국 | 한국

www.barambooks.net